魅丽文化 飞言情工作室

借春光

红桑 著

江苏凤凰文艺出版社
JIANGSU PHOENIX LITERATURE AND ART PUBLISHING

图书在版编目（CIP）数据

借春光 / 红桑著 . -- 南京 : 江苏凤凰文艺出版社，2022.3

ISBN 978-7-5594-6470-5

Ⅰ. ①借… Ⅱ. ①红… Ⅲ. ①长篇小说－中国－当代 Ⅳ. ① I247.5

中国版本图书馆 CIP 数据核字 (2021) 第 269971 号

借春光

红桑 著

责任编辑　张　倩
出版统筹　曾英姿
特约编辑　何　进
封面设计　殷　舍
出版发行　江苏凤凰文艺出版社
　　　　　南京市中央路 165 号，邮编：210009
网　　址　http://www.jswenyi.com
印　　刷　湖南天闻新华印务有限公司
开　　本　880mm × 1230mm　1/32
印　　张　10
字　　数　251 千字
版　　次　2022 年 3 月第 1 版
印　　次　2022 年 3 月第 1 次印刷
书　　号　ISBN 978-7-5594-6470-5
定　　价　42.80 元

目录

CONTENTS

Spring Scenery

目录

CONTENTS

Spring Scenery

楔子

门里和门外像是两个世界。

门外长廊的尽头有一扇很大的落地窗，初夏的早晨，阳光格外明媚，又不会过分炙热，依稀能听见不知来处的蝉鸣。

门里是一间宽敞的卧室，但窗帘厚重，只有一丝微光从缝隙里透出来，使得房间看起来十分暗。

季明明进门后就闻到了一股浓重的药味。她朝里面走了两步，躺在床上的人听到了动静，微微抬手，旁边的护工帮他调整好枕头的角度，小心翼翼地扶着他的身子，让他躺得高了一些。

季明明看着床上的人，发现他精神还不错，只是脸色苍白，像是被抽走了骨头，一副行将就木的样子。有种腐朽衰败的气息混杂在药味中，一点一点地渗入空气里。

年少的季明明觉得，如果死亡也有味道，那一定就是此刻她所闻到的。她停下来，不再往里走，可紧接着就有人用不容抗拒的力道推了她一把，故作亲热地笑着催促道："好孩子，快进去。"

季明明站稳身子，倏然回头看了身后的人一眼，眼神里有一种和年纪不符的冰冷阴沉。

那人被她看得有些发愣，随即讪笑道："你、你爸爸可是一直在等着你呢！"

季维智倚着床头，笑看着被推进来的女孩儿，吩咐护工道："把窗帘拉开，然后你们先出去吧。"

屋子里总算明亮了一些。季明明走进去，她径自坐到床前的沙发椅上，看见床头柜上有两本旧书，视线还来不及收回，床上的季维智便察觉到了。他看起来有些高兴，声音温和地介绍道："你感兴趣吗？这是《韵略》，当然，只是刻本，虽然这在市面上也已是千金难……"

"不。"季明明面无表情地看着他，打断他的话，"没兴趣。"

对于她的冷漠，季维智并不觉得意外，他咳嗽了几声，微喘的呼吸平复了些，不再继续先前的话题，问道："今年多大了？"

季明明又看了他一眼，没说话。

"有些记不清了。"季维智笑了笑，似乎丝毫不觉得身为人父问出这个问题有什么不妥。他如今病得瘦骨嶙峋，但脸上依稀还能看出曾经的英俊模样。他端详着季明明，笑着说道，"你的鼻子长得像我，嘴巴有些像你妈妈。但比我们都好看。"

身高方面季明明有基因优势，她虽然年纪不大，但早已经开始抽条，只是偏瘦了些，通过精致的五官已经能窥见几年后的妍丽动人。此时，她只是垂眸安静地坐着，嘴唇微抿，整个人都透着一股冷漠。

"这么多年不见，突然见到我，你不开心也是正常的。不过你妈妈已经不在了，你也总是要回国的。乔家未必愿意养你，倒不如回季家来。"季维智仍是轻笑着，说，"我自己也没想到，我到底还是不能免俗，快死的时候，也会想见见亲生骨肉。"

季明明没意识到自己的手已经攥紧了，她看着眼前完全陌生的季维智，努力让自己的声音平静，她问：“如果你不是快……快要死了，是不是根本不会想起我？”

季维智虽然已经病入膏肓，但神情自然，他看着面前这个拥有着他血脉的女孩子，语气温和地解释道：“如果说完全没有，似乎也不是，对你来说也不公平。但是明明，你要知道，每个人都有自己的生活。我这一辈子，除了收藏和研读古籍，分不出多少时间来给别的人和事。”

原来自己只是“别的人和事”，季明明想。

季维智爱古书成癖，她早已听乔薇骂过很多次了，只不过日子这么长，那些辱骂里的憎恨也早已经变成发泄不满时顺带的牢骚。

“所以当初你和乔薇离婚的时候，你根本没打算要我的抚养权。”季明明低下头，自嘲似的笑着说道。

季维智没有回答“是”或“不是”，而是极有耐心地和她说起了当年的事：“是你妈妈贪心了。我们的婚事本来就是给季家和乔家锦上添花，最开始相敬如宾，一切安好，但后来她不满意了，想要的越来越多，反倒让我明白了还是一个人过更自在。我们彻底闹翻后，她被乔家送出国，那时候你刚出生不久，没理由不跟着妈妈，不是吗？”

季明明抬起头看着季维智，原本冷淡的眸子里有一丝不易觉察的波动。她仿佛察觉不到指甲扎刺掌心的疼痛，盯着季维智问：“即使你明知道她有很严重的躁郁症？”

季维智脸上的笑意未变，慢条斯理地继续说道：“如果你是想说你这些年过得不开心，我只能说我很抱歉。但即便当年你留在季家，或者我和乔薇没有离婚，也没有任何人能保证你一定能过得开心。明明，你还小，等你长大了总会明白的，你活在这个世界上，除了你自己，不要去找任何人为你负责。”

季明明有些抑制不住身体的颤抖，她以为她在回国的路上已经做好了一切思想准备，但是此刻听到季维智这些话，她还是觉得眼底一片灼热。她死死地克制着自己，以至于声音有些喑哑：“父母不需要为自己生出来的小孩儿负责吗？”

“很抱歉让你遇上了不负责任的父母，但你是季家的人，就凭这一点，你已经比绝大多数孩子幸福了。”季维智的轻笑被自己的咳嗽打断，许久之后才平复下来，“好了，不说这些不开心的事情。你在国外这些年，中文水平怎么样？来，给我读几页书，我最近视力越来越差了。”

季明明坐在原处，那些前一秒就快要把她灼伤的愤怒瞬间变成了此刻身体里几乎凝固的冰冷血液。她觉得自己从小到大的困顿和痛苦都有些可笑，也从没有哪一刻像现在这样，既冷静又清醒。

攥成拳的手倏然松开，季明明站起来，拿起床头柜上的两本书，轻声说：“我也很抱歉，因为我不会给你读。”说完，她直接把书扔进了垃圾桶。然后她回过身，冷冷地看着病床上的季维智，脸上露出了进门后的第一个笑容，“因为你的喜好，和我一点儿关系都没有。”

短暂的沉默后，季维智用枯瘦如柴的手指拉了拉盖在身上的被子，看季明明的眼神仿佛在看一个恶作剧的孩子，而大人能够轻易洞悉孩子的目的时，难免有一种高高在上的宽仁的姿态。他说：“你这种挑衅没有任何意义，明明。”

原本季明明心里还隐隐有些自得，如今季维智的不在意，就像一个巴掌狠狠地打在了她的脸上。她的脸色又阴沉下来，咬紧嘴唇，冷着脸冲出了门。

她出门时撞到了等在外面的人，可能是护工，也可能是之前推她进屋子的人，但她没听那个人的喊声，只是低着头往外跑——她现在不想面对任何人，包括她自己。

这些年，她觉得乔薇有时候爱她，有时候恨她，但更多的时候，乔薇只是通过母亲的身份在寻求认同感和存在感。乔薇不生气的时候，她们可以是再普通不过的一对母女；乔薇即使生气，也不会动手打她，但会用最恶毒的字眼辱骂她。而她永远不知道乔薇会因为什么事生气，可能是她不小心打碎了一个杯子，也可能只是园丁修剪草坪的顺序不对。

她有时候甚至宁愿乔薇打她，因为身体上的疼痛至少能让她意识到自己是个活生生的人，而不是一个在乔薇的骂声里毫无尊严地长大的、一天比一天麻木的出气筒。

她很多次蜷缩在房间的角落里，听着外面乔薇歇斯底里的骂声，幻想那个从来没有出现过的爸爸会像个超人一样来拯救她。可这一切直到乔薇过世之后她才等到，她更加没想到的是，她的爸爸是这样一个冷漠无情的人。

如果一个孩子甚至不能要求父母对自己负责，那她大概不需要长大，就足以断定自己的存在毫无意义了。

卓清淮快抽完一支烟的时候，书房里的季行知还在打着电话。卓清淮半靠着小露台的围栏，看着不远处的竹海有些出神。衣兜里的手机在振动，他拿出来正要接，不小心手一滑，手机就这么掉了下去。

卓清淮无奈地笑着叹了一声，低头朝下看的时候，一眼就看到了楼下的人——那个角落其实还算隐蔽，但因为头顶斜上方就是季行知的书房，所以他站在那里能清楚地看到一个小姑娘抱膝坐在树墙后。

她的头埋在手臂里，身子颤抖，似乎是在哭。

之前听季行知提过几句，所以卓清淮很快就猜到了她的身份。原本他并没在意，直到他眼尖地看到她动了动胳膊，原本贴着脸的手臂处露出了一抹红，像血。

卓清淮好看的眉头微不可见地皱了皱，本想喊她一声，但想了想，又没开口。他掐灭了手上的烟，将衬衫的袖子挽至手肘处，动作利落地翻下围栏，踩到墙外延伸出的窄台上，直接跳到了树墙边松软的土上。

凌霄花爬满树墙，大片的橙红色覆盖着翠绿，尽头是肤色雪白的小姑娘，她手臂上猩红的血痕十分醒目。她似乎沉浸在自己的悲伤里，并不在意周遭的动静，牙齿锋利得很，在手臂上咬出一个个血迹斑驳的齿痕。

季明明突然被人拉开胳膊，她没看来人是谁，第一反应就是直起身子，另一只手紧锁住对方的手腕一拧，向后推开他的同时，把那只被拉住的手猛地抽了回来。

卓清淮冷不防被她挣脱，有些意外地轻笑了一声，问："怎么，练过啊？"

女孩儿并不理会，但他眼见她缩回去后失去理智一般再次狠狠地咬上小臂，干脆直接攥住她的手腕反剪在身后，一只手制住她，另一只手掐住她的后颈把人直接拽了起来。

季明明像掉进了捕兽网的小兽，再怎么用力都挣不开。她喘着气一声不吭，回过头冷冷地盯着他，全身上下散发着一股陡然而生的戾气。

"才多大的小崽子，"卓清淮见她不再挣扎，低头看了看她手臂上的齿痕，皱眉笑着说道，"学人玩什么叛逆！"

受制于人，季明明有一种无能为力的愤怒，但她没想到，对方下一秒就松了手，以至于她愣在原地，一时有些反应不过来。

"和自己这么较劲不算本事，"卓清淮姿态随意地靠在开满凌霄花的树墙边，丝毫不在意白衬衫被弄脏，他说话的样子十分轻松，声音中却像是有着能轻易蛊惑人心的力量，"没什么事情比让自己活得痛快更重要。"

听到这句话，季明明眼中的愤怒虽然褪去，却有一种和年龄不符的悲凉取而代之。她自嘲地笑了笑，不知道是在对眼前的陌生男人说，还是对自己说：“你说得对，我爸妈都这么想。所以我就是这么被生下来的，也是这么被养大的。”

季维智和乔薇都是把“自私”两个字发挥到极致的人，他们只看得到自己，并不在意孩子这样长大是不是会被毁掉，结果显而易见——有什么比毁掉一个孩子更容易的事情呢？只要你不给她爱。

卓清淮脸上的笑容敛起，静静地看着她。他终于知道，面前的小姑娘已经是能和成年人平等对话的独立个体，而不是一个早熟叛逆、可以用流于表面的话去随便敷衍的孩子。只是她缺少阅历，即使在陌生人面前努力强忍痛苦，看似轻描淡写地自嘲，眼里还是隐隐透着对未来的茫然和惊惧。

他随手摘了一朵花，拿在手上把玩着，此时停下动作，弯下身子和季明明平视，认真地看着她说：“既然这样，你就更应该活得随心所欲一点儿。因为如果他们能做到，你也一样可以。”

季明明不置可否，但仍是因为这句话有些失神。沉默许久，她低声说：“你走吧。”

“手臂的伤记得处理一下。”卓清淮说完，抬手揉了揉她的头发，即使他的指尖还残留着几片捻碎的凌霄花花瓣。

季明明一言不发地看着他的背影消失，然后才收回视线，看着地上的凌霄花花瓣，有些出神。

季明明再次见到那个陌生的年轻男人是在季维智死后。

虽然季家能提供最好的医疗条件，季维智还是死在了那个夏天。

彼时季明明刚回季家不到一个月，和任何人都不亲近，大多数时间待在房间里不出来，如非实在必要，也不会去看病中的季维智。她觉得自己是恨季维智的，但他并没有给她时间滋长更多的恨意，就在一个清晨悄无声息地停止了呼吸。

季明明看着大人们忙碌。他们来来去去，有条不紊，大概是因为季维智已经病得足够久，他们的身份也不容许他们失态，所以就连悲伤也显得十分克制。众人没有歇斯底里，没有号啕痛哭。爷爷再淡漠，也自有白发人送黑发人的悲切，伯母和堂哥、堂姐落了几滴泪，大伯和小叔叔则只红了红眼睛。

而季明明自己，心里比难过更多的其实是茫然。

在乔薇身边，她始终有种窒息感，而她还没有彻底摆脱乔薇死亡的阴影，就再次面临了失去——虽然季维智这样一个父亲，她并不认为自己曾经拥有过。

事实证明，痛苦永远不会只有一种形式。

季明明坐在走廊的角落里，不知过了多久，看到那个有过一面之缘的人一步步地朝她走来。

卓清淮一眼就看到了这个孤独的女孩儿。在匆忙的人群后，她穿着一条黑色长裙，头上戴了一朵小白花，安静地坐在角落里，没有了初见时的满身戾气，也看不出丧父的悲切，明明年纪不大，却丝毫没有这个年纪应有的朝气，整个人透着一种枯井般的空洞茫然。

卓清淮把黑色手工西装的扣子解开，在她身边坐下来。一个没有打招呼，另一个也没有出言安慰，两个人只静静地坐着，季明明心中隐隐的不安却无端淡了许多——像是在深夜前行时身边突然多了个同路之人，虽然陌生，却也不能说不是一种依靠。

两个人坐了许久，一起看楼下的人们匆匆忙忙，往来穿行。

季明明发现虽然诸事繁杂，大人们处理起来却也井然有序，熟练得像是生来就知道该以怎样的姿态面对死亡和离别。她又偏了偏头，看向身边的“大人”，对方察觉到她的视线，也同样看向她。

“身手还可以，以前练过？”

季明明没想到对方会用这样一个问题打破长久的沉默，但她还是答了，即使她的回答听起来有些答非所问：“有些外国人会欺负亚裔。”

“如果是为了实用，就不要学那种特长班里的花架子。”卓清淮说得十分直接。

季明明想起第一次见面时的情景，不以为然地说：“你只是占了年纪和体力的优势。”

卓清淮并不反驳，径自说道：“我认识一个不错的教练，回头介绍给你。”

季明明闻言，看他的眼神里第一次带着探究，问道：“你和季家很熟吗？”

葬礼还没有正式举行，这个时候会出现在季家的人，不是关系很近的亲戚，就是世交。

“我家和季家是世交，你的小叔季维礼和堂哥季行知都是我的朋友。所以，我也算得上是你半个长辈。”他说完之后，递过一张名片给她。

季明明没有接，唇边反而露出一丝隐约可见的嘲讽，嗤笑道：“原来季家人也有朋友。”

“季家人不仅有朋友，他们还有优点。”卓清淮煞有介事地点了点头，笑意疏朗地说，“季家人虽然缺乏热情，但也足够包容，所以你在这里至少能活得更自由。”

见季明明有些不以为然，卓清淮笑了笑，叹道：“等你再长大一点儿，就会明白自由有多重要了。”

虽然像是在说教，但他说话时的神情和语气始终轻松，季明明甚至觉得，如果不是因为丧事，他也许会更恣意一些。她对他的话不置可否，心里却隐隐羡慕他那种面对一切都能游刃有余的从容。

卓清淮见她不说话，再次把自己的名片递给她，见她还是不接，直接放进了她的手里，说：“以后如果有什么事情需要帮忙的话，你可以打这个电话。”

“随时？”

“随时。”

季明明这才接过来，发现这张名片极为精致，样式和内容却十分简单，没有公司和职务等内容，只有底下的一个电话号码，和中间笔迹行云流水般的三个字：卓清淮。

她抬起头，看着卓清淮离开的背影，像第一次那样，没有道谢，也没有道别。

第一章
史上第一不讨喜

上午十点，一男一女走进卓越集团总部大楼。

为首的男人生得斯文俊秀，身姿笔挺，穿着一身考究的灰色休闲西装。他身后的女人高挑纤瘦，长发乌黑柔顺，穿着一条黑色复古暗纹的连衣裙，裙子有些短，裙下两条腿又细又直，白得扎眼。不过一副大大的墨镜遮住了她大半张脸，让人一时看不清她的长相。

新入职的前台在接受岗前培训时，熟记了集团各管理层领导的信息，因而她发现这两人很陌生，且并不打算来做任何登记预约时，下意识地想要上前询问，同事立刻把她拉到了身后，对男人十分礼貌地鞠躬，笑着说道：“季总好。”

男人轻轻颔首，并回以微笑。直到两人走远，刚刚打招呼的前台才一脸严肃地嘱咐新同事说：“这位是季氏集团的小季总，咱们卓总的朋友，以后见了千万别拦。”

小菜鸟连忙乖乖地点头称是，然后又低声问道：“他后面那位是谁啊？”

“这我就不知道了。”对方摇摇头，答道，“以前没见过。”

另一头的电梯里，因为外面的声响被隔绝，气氛稍显沉闷。季行知看了看旁边始终面无表情的人，温声说道："你刚回国不久，我也忙，没什么时间和你好好聊。明明，如果你已经规划好了事业方向，尽管和家里说，爷爷会同意的。"

季明明摘下墨镜随意地挂在领口，露出一张冷艳的面孔。她抬头看着变动的显示电梯楼层的数字，声音没有任何起伏地说："无所谓，我随便干什么都行。"

季行知一时不知该说什么，最后只能说道："好。"

电梯不久后停在了顶楼。

一路上偶遇的几名员工纷纷停下向季行知问好，包括总裁办公室门口办公区的美女秘书——所有人都对季行知十分熟悉，而落在季明明身上的目光则带着些小心翼翼和好奇的审视。

她任他们看，眼神没有半分波动。

季明明跟着季行知走进总裁办公室。

彼时办公桌前站着一个助理模样的年轻男人，季明明的视线越过他，冷冷地瞥向坐在办公桌后看文件的那个男人。对方已经听到声响，此时也抬头看了过来。那人便是卓越集团如今的当家人卓清淮，俊颜明眸，皓齿薄唇，黑色衬衫领口微敞，显得他白皙瘦削。他注意到季明明那道没有温度的视线，站起身走过来，原本平静的脸上露出了一丝笑容。

皎皎如玉树，朗朗似日月。

"你确定现在上演的不是'逼上梁山'吗？"卓清淮的视线转向一旁的季行知，笑着说道，"你们家明明小姐看上去好像并不怎么情愿。"

季行知早已习惯了季明明的古怪脾气，所以面对卓清淮的调侃，也笑着说道："胡说什么，我们明明这是沉稳、有气场。"

三人到会客区就座，卓清淮吩咐一旁站着的助理："骆康，去让人帮季先生和季小姐准备咖啡。”

叫骆康的年轻男人应声后，拿起桌上的文件夹朝门外走去，与此同时，季明明却毫无预警地开口说道：“我不喝咖啡。”

卓清淮闻声看了她一眼，心内微哂。

骆康停下脚步，向季明明颔首，十分礼貌地问：“季小姐想喝点儿什么？”

“随便，除了咖啡。”说完，她又礼貌地补了一句“谢谢”。

卓清淮无声地笑了笑，季明明神情冷淡地看着他，稍后便移开了视线。

季行知对此见怪不怪，待到骆康离开后，他指了指卓清淮，十分和气地为季明明介绍道：“明明，这位你还记得吧？你小时候见过的。”说着，他又看向卓清淮，笑着说道：“不过称呼方面是个问题，我实在不知道该怎么介绍。按年龄，她是应该叫你哥哥的，但是按辈分，我们可都得管你叫叔叔。”

卓清淮看向季明明，薄唇微勾，问道：“还记得我吗？”

他如今已过而立之年，眉目虽然温柔多情，却素来杀伐决断，是商界无一人敢小觑的“玉面修罗”。如果说十年前的卓清淮已经足够成熟理智，那么如今岁月赠予他更多的，则是越发出众的容貌和气度。

面前的卓清淮眸光十分平和，却依然带着一种让人无法直视的压迫感。所以即使他看上去笑容格外温和，季明明也绝难生出亲近之心。她看着卓清淮，没有说话，心里只有复杂无比的陌生感和抵触情绪。

卓清淮并不介意她的沉默，伸手比了一个高度，笑着说道：“我记得当年你好像也就这么高，没想到一转眼已经长这么大了。”

“女大十八变，我们家明明虽然从小美到大，但现在和小时候也完全是两个模样了。”季行知也笑起来，说，“如果走在街上迎面遇见了，你一定认不出来。”

卓清淮又笑了起来。季行知见季明明不说话，感慨道：“也难怪明明对你陌生，算一算，差不多十年了。前几年你忙着开拓海外市场，基本上没回来过；等你回来坐镇总部的时候，明明已经去法国读硕士了。”说完之后，他又想起什么，细细回忆了片刻，对季明明说：“对了，你常去的那家拳馆，当初就是他介绍的，这个总还有印象吧？”

季行知的话，勾起了卓清淮有些久远的记忆。过去许多模糊的画面渐渐清晰了些，他笑着说道：“除非你贪了功，没告诉她教练的名片是我让你转交的。”

季行知举手做发誓状，为自己辩解道：“我绝对说了。”说着，他向季明明求证道：“我当时告诉你了，对吧？”

季明明的情绪丝毫没被这两个人的谈笑风生所感染，她看向卓清淮，表情自始至终没有任何变化。不久后，纡尊降贵般动了动唇，最后也只说了四个字：“不记得了。”

季行知绞尽脑汁地想着这些年他们两个人的交集，说：“还有，前几年你看上苏富比拍卖会上的一只手镯，我说去帮你拍下来，结果有事走不开，当时清淮正好在伦敦，所以最后我还是托他帮你拍回来的。”

季明明始终不为所动，卓清淮不由得挑眉看向她。

当初那个乖戾孤僻的小女孩儿长大了，五官殊丽，气质更是冷艳，所以即使她生得高挑，看上去也极像一个乌发红唇的“暗黑娃娃”。她的性格似乎没怎么改变，依然又冷又硬，沉默里藏着尖锐。在很多人眼里，这种性格都不讨喜，而她显然也不在乎自己看上去是否讨人喜欢。

“人我现在亲自给你送来了。”季行知干脆把话题转移到了此行的主要目的上，笑着对卓清淮说，“明明刚毕业不久，在企业管理方面还是新手，培养出季家新一代女企业家的重任就交给你了。”

卓清淮轻笑出声，十分从容地颔首说道：“但愿我能不负所托。”他看着季明明，唇边那丝笑意显得正经了许多：“从今天起，你就是卓越集团总裁办的一名普通员工了。工作中我从不徇私，所以不会讲什么世交情面，希望你已经做好了思想准备。”

季明明站起身来，神色依旧疏离，但姿态并不失礼，鞠了一躬。说道：“好的，卓总。”

她对卓清淮的称呼正式、合理，但也突兀。

季行知轻咳两声，掩下脸上无奈的笑意。他本想跟季明明说私底下可以随意一些，但犹豫了几秒，到底没有说出口，只是嘱咐道：“你今天就留在这里熟悉一下情况，我再坐会儿就要回公司了，下班前你记得通知司机来接你。”

季明明点了点头。

不久之后，女秘书敲门进来。

她妆容精致，长发微卷，黑色套裙极其贴合身材，勾勒出腰臀玲珑的曲线。她把托盘上的咖啡和奶茶分别放到三个人面前，然后含笑站直身子，在卓清淮看向她的时候，抬手将一侧的头发轻轻拢到了耳后，姿态妩媚，别有一番风情。

卓清淮吩咐她说：“孙秘书，带你的新同事熟悉一下环境。具体工作，骆康会安排下去。”

“好的，卓总。”孙秘书的笑容不变，眸底的好奇则转瞬即逝。她看向季明明，带着惊艳和危机感，颔首笑着说道：“你好，我叫孙筠，请跟我来。”

孙筠身姿婀娜地走在前面，季明明依言跟了上去。她走到门外后，回身朝里面看了一眼。卓清淮和季行知正各自端起咖啡，若无其事地继续交谈。她在关门离去的一瞬间，隐约听到季行知低声叹道：“我一直觉得明明很可怜……”

孙筠往前走了几步，才察觉到人还没有跟上来，回过头去看的时候，发现那个女孩子刚刚关好办公室的门。等她跟上来的时候，孙筠发现，她的脸色看上去有些莫名其妙的难看。

孙筠在心里揣测着对方的身份，扯出一抹亲切友好的笑容，问道："你叫什么名字？"

"季明明。"

孙筠顿时一愣，原本有些犹豫到底该不该问，但想到对方喜怒形于色，心思不怎么深，到底没有压抑住八卦之心，看着季明明，小心翼翼地低声问道："那你和小季总是什么关系？"

"远房亲戚。"季明明知道她想问什么，直截了当地说道，"我爸临死前托了别的亲戚联系上的，求他帮我找工作。"

这关系听上去实在是"一表三千里"那么远，但孙筠并未因此完全放松警惕，她脸上露出一丝恰到好处的好奇，柔声问道："那小季总怎么没把你安排进季氏？"

"我还以为你会先象征性地对我死了爸爸这件事表示安慰。"季明明面无表情地看了她一眼，说道。

孙筠瞠目结舌，好半天没说出话来，直至走廊里的空气好似要凝固的时候，她才终于出声，尴尬地笑着说道："我、我只是……"

"没关系，"季明明没有理会她的反应，淡淡地说道，"我也只是开个玩笑。"

孙筠的神情看上去更加疑惑了——她还不知道季明明那几句话的真假，但至少能确认一件事：这个人的脑子一定不太正常。

经过刚刚不着痕迹的打量，她发现这个女孩子虽然漂亮得实在有些过分，但也暴露了很多小细节：香水味儿不知名，全身上下没戴一件首饰，穿的裙子和鞋看不出牌子，想来也不是什么大牌，唯有胸口挂着一副爱马仕墨镜，还是过季的男款。

孙筠维持着面上的笑容，收回视线，心里轻轻嗤笑了一声。

办公室里，季行知看着手里的咖啡杯，叹道："我一直觉得明明很可怜。她父母走得早，从小性格就内向，我都不知道该怎么跟她沟通。她好像一转眼就长大了，现在你也看到了，她甚至比我更像一个真正的季家人。"

"但你也只会在这个时候感慨几句，如果她不出现在你面前，你连想起她的时候都不会有。"卓清淮似笑非笑，一针见血地道，"就这一点来看，你倒不用过于谦虚——你一直是标准的季家人。"

季行知下意识地想要反驳，却无话可说，最后苦笑了一声，说："好吧，你是对的。江湖传言也没错，季家人都没良心。"

卓清淮不禁莞尔，朝他举了举咖啡杯，评价道："正确的自我认知。"

季行知喝了口咖啡，回归正题，说道："她本硕都读的工商企业管理，但不愿意现在就进季氏。我猜她大概是觉得头上顶着季家的光环进季氏，所谓从底层做起只会是个噱头吧。我爷爷向来不干涉这些，还是前几天聊起来的时候，你们家老爷子说可以让你带她一阵子，教她些东西。"

卓清淮不置可否，只问道："听说那天江家老爷子也在？"

"是啊，说让明明去江攀的公司。但江攀那性子……还是算了吧。相比之下，虽然你的风流债也不少，但至少你的人品能让人放心。"季行知说完，想到江攀和卓清淮的关系，又颇有隔岸观火的意思，笑着说道，"东山的项目，听说江攀也掺和进来了？其实我一直怀疑，是不是你上辈子挖过他们家的祖坟，这辈子他才这么热衷抢你的生意。"

"谈不上抢，本来就是各凭本事，江攀的眼光向来不错。"卓清淮说得十分轻松，但随后他看向桌上那杯奶茶，又忍不住摇了摇头，意味深长地笑着说道，"倒是你们家这一位……"

季行知想着刚才季明明的表现，亦有些意料之外的头疼。他眉头微蹙，不解地说：“当年二叔去世的时候，我记得我看到过你们两个坐在一起说话，后来你还让人送了拳馆的名片过来。我还以为你们至少也能算个忘年交，结果没想到，还不如陌生人。”

话虽这么说，但季行知不得不承认，自己心里多少有些“幸灾乐祸”。他知道在这位特立独行的小堂妹面前，他这个堂哥可有可无，可卓清淮这样的人都没有被另眼相看，他便心理平衡了。

当年那个小姑娘的模样和今天季明明的身影渐渐重合，卓清淮微哂道：“每个人都有自己的性格和态度，很正常。”

季行知放下咖啡杯，老怀甚慰地说：“虽然我也是不负责任的亲人之一，但她这些年都在踏实地读书，现在毕业了开始工作，恋爱好像也谈得挺稳定，我还是很欣慰的。”

“顶层目前就是这些区域了。”孙筠带季明明熟悉了整层楼的环境，在回秘书室的路上，简单地介绍着卓越集团总裁办的人员构成，“总监目前正在休假中，骆助理你刚才应该已经见到了，然后就是包括我在内的几个秘书。其他的工作人员不在这一层。”

季明明一一记下。

秘书室宽敞明亮，空气中浮动着不知名的香水味儿。墙边是文件柜，中间四个人的办公区域也整齐干净。除绿植外，还有些私人小物件摆放装饰，风格各不相同。

“再往里还有设备室和档案室。我虽然工位在这里，但基本上都在卓总那边的办公处值班。”孙筠说着，叫了其他人过来说明了情况。

其中一个女生留亚麻色的中长发，五官清秀，气质沉稳，态度谦和。她走过来，朝季明明伸出手，微笑着说：“你好，我叫何瑗。”

季明明伸出手去，说：“季明明。”

不久后，骆康从外面走了进来，等几个人自我介绍完毕，开口说道："这位季明明季小姐你们已经见过了，她即日起将担任卓总的特别助理，和我一起协助卓总处理集团的日常事务。她是新人，你们平时多照顾一些。"

"好。"何瑗看向他，率先微笑着答道。

骆康看向季明明，称呼也随之更改："季助理，卓总请你过去一趟。"

季明明随骆康一起出门的时候，看了他一眼，不由得微微蹙眉。

骆康生得眉清目秀，但给人一种非常踏实温厚的感觉。

她突然觉得对方看上去有些眼熟，却又实在想不起是否见过，于是问道："我之前是不是在哪里见过你？"

骆康闻声看向季明明，愣了愣，面带歉意地说："抱歉，我没什么印象。"

季明明点了点头，接下来一路上都十分沉默，快到卓清淮办公室门前时，她突然又问道："是卓清淮让你跟她们说多照顾我一下的吗？"

骆康又一次愣住，迟疑了几秒，斟酌着措辞解释道："您要知道，卓总家里和您家里是世交，无论他有没有直接吩咐，心里也一定希望您得到特别照顾。所以……"

"你可以直接回答'不是'。"季明明打断他的话，神情不变地说道，"因为我只是随便问问。"

她再次回到卓清淮的办公室时，季行知已经离开了。卓清淮仍坐在会客区的沙发上，他身后是全景落地窗，窗外碧空如洗，是让人心醉的蓝。

卓清淮看着季明明走至面前，两个人视线交会，季明明的神情毫无波澜。

卓清淮指了指仍在茶几上摆着的三套杯碟，目光看上去始终带着一种长辈的温和，说：“先把这些收拾一下。”

季明明明显一愣，眸光微闪。

卓清淮随即笑着说道：“你可能没做过这些，即使是现在，好像也没必要做。毕竟就算季氏下一秒破产倒闭，你们也还有无数条后路，能过一辈子养尊处优的生活。但就像你再抵触，今天还是出现在了这里，同样地，眼下的工作属于你的职责范畴，类似的事情以后也有很多，你只能在完成它们和辞职走人里选一样。”

他话说得不疾不徐，季明明在原地站了几秒，便开始弯腰收拾茶几上的杯碟。

刚才给她送来的那杯奶茶还在茶几上，原封未动，为了方便，她端起来一饮而尽，然后端着几个杯碟转身走出了办公室。

骆康原本等在外面，见她端着东西出来，神情十分意外。他一边伸手去接，一边说：“还是我来吧。”

“不用。”季明明说完，绕过他直接朝前走去。

茶水间门口，季明明还没进去就听到半掩的门内孙筠低声说：“反正她是这么说的。虽然她寒酸到连墨镜都是过季款，人却是小季总亲自送过来的。而且你看她那目中无人的样子……我宁肯相信她是养在外面不被承认的私生女。反正有钱人的生活本来就比狗血伦理剧精彩。这样一想就合理多了，远房亲戚什么的，她当然宁肯这么说。”

“也可能她就是不耐烦有人刚见面就拐弯抹角地瞎打听，所以随口说的。”季明明走进去，把东西放下后，看了一眼骤然失声的孙筠，语调平直地说，“而且她后来好像跟你说了，她在开玩笑。”

孙筠说不出话来，脸色一阵红一阵白。

何瑗看着径直走向洗手池的季明明，试图打圆场，道：“孙筠她只是……”

“她只是没用的话比较多。”季明明接着她的话说道，洗完手之后就直接出了门。

茶水间里彻底安静下来，空气凝滞许久。一开始孙筠脸上的表情只是有些尴尬，现在脸已经完全气红了。她跺了跺脚，把手里的杯子重重地放在吧台上，压着声音骂道：“你看她！不管她是什么身份，有必要这么张狂吗？”

“好了，你别生气了。你不在背后议论那些，人家也不至于这样。”何瑗安抚道。

“什么不至于，你看她看着咱们的时候，脸上有过表情吗？好像全世界都欠她的钱一样！”孙筠越说越气，“她以为自己是谁？谁稀罕打听她的身份？”

何瑗无奈地笑了笑，说：“可你不也确实打听了吗？”

“我那不是因为……”孙筠说到这里，把原本要说的话又咽了回去。

季明明第三次进入卓清淮的办公室面对他的时候，脸上的冷淡之意更盛了几分，问道：“卓总，现在还有什么吩咐吗？”

卓清淮把烟盒拿在手里把玩着，抬眸问她：“通常人们在选择自己的专业和以后的事业方向时，首要考虑的都是它到底适不适合自己。你觉得企业管理类的工作适合你吗？”

面对他单刀直入的问题，季明明直接答道：“不适合。”

卓清淮挑眉问道：“所以？”

“不适合不代表不能学习。而且你根本就不了解我，没立场和我谈适不适合。”季明明站得越发直了，一字一句地说道。

卓清淮端详着她的神情，轻声笑着说道：“也许我不了解你，但我能感受到你从跟着行知进门开始表现出来的抵触。无论这种抵触是对这份工作还是对我，既然你这么反感，为什么还要来这里？”

季明明拒绝就这个问题深谈，她的脸绷得越发紧了，冷冷地说道：“卓总想多了，我从小到大面对陌生人的时候都是这样的，并不是因为有什么抵触情绪。”

两个人之间的距离不远，季明明垂眸看着大理石地面上的纹路，她能感觉到卓清淮的视线落在了自己身上。那目光似乎有重量，她没有抬头，呼吸却变得越来越轻。

“那就把你眼里的反感收起来。”卓清淮扔下烟盒，淡淡地说道。

眼前的女孩子虽然看上去已经是成熟且冷漠的大人了，但一言一行间，依然让人有一种面对孩子的感觉。

卓清淮看着季明明，敛起唇边最后一丝笑意，从烟盒里抽出一支烟来，点燃前，对她说：“你这几天先看一下资料，熟悉熟悉卓越集团近年来的业务往来和内部运作情况，其他工作下一步再安排。如果没有异议的话，出去吧。”

季明明一言不发地出了门，走到外面回头时，眼前是卓清淮低头点烟的画面。距离很近，可看起来格外遥远。

骆康带季明明去她的办公室。两个人走过卓清淮办公室门外极宽的走廊，彼时孙筠坐在自己的位子上，脸上挂着公式化的笑容，把电脑键盘敲得“啪啪”响，心情却复杂得很。她对季明明既有一种莫名其妙的、天然的敌意，又因茶水间的事情尴尬不安，怕对方依仗季家给她穿小鞋。

身为卓清淮的特别助理，季明明自然拥有独立的办公室，距离卓清淮的办公室并不远。

“你看看还有什么需要的，可以列份清单让人去买。”骆康带着季明明进了办公室，说，“桌上只是一部分的资料，其他的我会让人整理完马上给你送过来。有什么不懂的可以问我，我的办公室就在你隔壁。”

季明明点了点头，环视了一圈。眼前的办公室最多四十平方米，不过麻雀虽小五脏俱全，收拾得十分干净。

骆康离开后，季明明坐到座位上，拿起一摞文件夹上放着的工卡，出神许久才放下。她拿出手机，打开只有十多个联系人的通信录，拨了虞兮的号码，把进入卓越集团之后的事情简单地说了一遍，最后说："我觉得我的表现还可以。"

电话那头，虞兮的声音十分悦耳："只要你没有像一个傻瓜一样一直盯着他看。"

"但如果我一直不看他，会显得我好像心里有鬼。"季明明一板一眼地说道。

"你本来就心里有鬼。"虞兮嘲笑道。

季明明皱眉，否认道："我没有，我只是来工作的，最多一年就回季氏。"

"行，"虞兮拉长声音，加重语气，附和道，"你只是去工作，和卓清淮这个人真的一点儿关系都没有。"

季明明不说话。

虞兮也不再多说什么，嘱咐道："先不说了，等我过两天出差回来，见面细聊吧。不管怎么样，你现在才刚进'卓越'，要把握好下属和上司之间的距离，对他冷漠一点儿也没有关系。"

虞兮素来聪明，是处理人际关系的高手，季明明听她说完，开口问道："怎么冷漠？"

电话那头的人沉默片刻，说："就是保持你的日常状态。"

接下来的一整天，季明明都窝在办公室里看资料，甚至连午饭也没有去吃。不过何瑗非常体贴地送了咖啡过来，对她说："不知道你喜欢吃什么，所以没有贸然帮你带。茶水间有点心，你饿的话记得去吃。"

季明明礼貌地道了谢，何瑗也没有再多打扰。等季明明再次从文件中抬起头时，已经是下午了。她一边看一边记了许多笔记，都是勾出来的重点和一些她不懂的问题。她看着那些问题，默默地思考了许久，依旧想不出答案，于是抱着文件和平板电脑去找卓清淮。

彼时卓清淮刚开完会，正在看新送过来的报表，得知她的来意，神情和语气看似随意，但透着明显的疏远："这些问题去问骆康。"

季明明的态度永远比他更端正，她说道："决策人和执行人看问题的角度一样吗？如果你说是，我这就去问骆康。"

卓清淮收回视线，一边在看完的报表上签字，一边头也不抬地说："让你去问骆康，是因为你那份并购案是骆康带团队完成的。"

季明明在平板电脑上飞快地写下几句话，然后加快语速说道："你这句话也说明，决策人必备的能力之一是知人善用，识人和放权都很重要——这些骆康教不了我。我来卓越集团不是为了学习怎么做好一个助理的，既然我已经来了，那么就算你再不喜欢我，我有什么问题也只会来问你。"

听她郑重其事地说完这段话，卓清淮扔下笔，靠着椅背看向季明明，在指出她最后那句话的不合理处之前，就已经因那句莫须有的指控而轻笑出声，问："我说了什么或者做了什么，让你觉得我不喜欢你？"

"没有。"季明明没有拐弯抹角，直接答道，"可能是因为我不喜欢你。"

卓清淮没有询问理由，看上去对方的喜欢或不喜欢对他来说没有丝毫意义。他只是受教般点了点头，不以为意地笑着说道："正常，大多数人讨厌自己的老板。"说完，他示意季明明坐，"坐吧，都有什么问题？"

季明明把第一份文件翻开两页递给他，指向第二段内容，问："这里，信息披露的过程中是不是涉嫌违规操作？"

卓清淮看完之后，拿过一旁的笔记本电脑，调出相关内容递给季明明，言简意赅地说："这是最新补充条例的生效时间，你再去查一下对方近几年的法律纠纷判决结果。下一个问题。"

季明明低头飞快地记下，然后问出第二个问题。

时间在两个人的一问一答中渐渐过去。其间，季明明无意间抬头，彼时卓清淮正看着电脑屏幕，好看的眉头微微蹙起，手指在键盘上飞快地敲打，一双手白皙修长，骨节分明，手腕处的铂金袖扣在夕阳下折射出一道刺眼的光芒。

商场上的拼杀看似文明，每一个决策、每一次收购，看似兵不血刃，却从不乏冷酷残忍。卓清淮是其中当之无愧的佼佼者，可他这个人看上去永远儒雅多情，让一个又一个女人忍不住心存幻想，争相去捞水中的月亮。

季明明很快收回视线，要拿文件的时候，恰巧卓清淮也伸手去拿，两个人的手短暂相碰，卓清淮刚刚察觉，季明明已经猛地把手缩了回去。但即便是马上收回了手，季明明还是觉得，她的指尖仿佛残留着一种烧灼感。这种感觉使得她在接下来的时间里，脸色一直不算太好。

起初，卓清淮并未在意这种根本不算插曲的插曲，直到他从季明明的眼底发现了一丝懊恼。甚至看样子，季明明可能根本不知道她恼的到底是他还是她自己。他多少有些无奈，觉得这孩子执拗且别扭，和小时候几乎没有两样。他拿过文件，慢条斯理地翻过一页，不再把这个问题放在心上。

季明明开始问下一个问题，不过她一句话还未说完，敲门声突然响起。骆康走进来，提醒道："卓总，您和吴小姐的晚餐定在晚上七点。"

"今天就先到这里吧。"卓清淮抬手看了看腕表上的时间，然后笑着对季明明说道，"这些问题里的大多数不能说毫无价值，但至少没有太大的难度。回去以后好好做功课，下次不要用类似的东西来浪费彼此的时间。”

温柔的巴掌也依然是巴掌，尤其对于季明明而言，她过去在学业中对自己的要求向来很高，工作后自然也不例外。听到卓清淮的话，她的手用力攥了攥，随后迅速收拾了文件和平板电脑，朝门外走去。

骆康和她一同出来，见她低着头，以为她情绪低落，于是出声安慰道：“卓总的要求很高，你又是第一天上班，不适应很正常，慢慢就习惯了。”

季明明抬起头朝他看过去，神情看不出一丝波动，只问道：“吴小姐是谁？”

骆康略一迟疑，答道：“卓总的朋友。”

季明明点了点头，一言不发地朝自己的办公室走去。

夜深了，季明明躺在床上，闭着眼睛想着今天一整天发生的事情和遇到的人。

卓清淮英俊的面容在她脑海中闪过，她起身从床头柜上拿过平板电脑，打开里面一个命名“笔记”的加密文档，在第二项后面写下一行字：私人约会比加班重要——为了吴小姐。在这之上的第一项内容，赫然写着：用人眼光有待商榷。

当年的相识，许多细节随着时间流逝而越来越模糊了。

时间终究会改变这个世界上的一切，令人遗忘该遗忘的，美化本就美好的。她想她只是因为后来的岁月太过寂寞而漫长，所以才会随着回忆和怀念有过短暂的心动和怨怼。但那些成长道路上不足为外人道的心思，早就消失不见了。

她认为自己如今对卓清淮没有任何见不得人的念头，之所以出现在他面前，只不过是想看一看，那个在短暂的相识中曾经给予过她一丝温暖的人，如今过着怎样的生活。

看着笔记，季明明再一次向自己确认，这样逐项写下去，也许并不需要多久，失望累积多了，她就可以回季氏了。

把平板电脑放回床头柜上，季明明又想到什么，拉开最下面一层抽屉，盯着里面的东西看了很久，然后才关了床头灯，重新躺回了床上。

季明明本就是自律的人，接下来几天更是宵衣旰食，埋首于众多资料中，以一种异于常人的速度阅读、消化其中的内容。她因先前卓清淮的“批评”，把产生的所有问题都重新过了一遍。不得不承认，如卓清淮所言，有些问题虽然看起来复杂，但她能通过自己的努力找到答案。

季明明最后归纳出的内容简明又精深，自认还算满意，于是第二天一大早就带着文件去了卓清淮的办公室。

“卓总还没到。”孙筠态度十分友好地说。

一连几天没怎么见到季明明的身影，如今两个人碰面，孙筠脸上全然没有那天在茶水间里的尴尬了。

季明明正要回去，孙筠已经朝她身后的方向看了过去。

季明明顺着孙筠的视线回过头，发现卓清淮带着骆康出现在了走廊尽头，朝这边走了过来。等他们走到近前，孙筠双手交叉放在身前，颔首笑着着道：“卓总好。”

“孙秘书今天很漂亮。”卓清淮虽然视线从孙筠身上一扫而过，带着笑意的声音却温和清朗。

孙筠的笑容越发灿烂，卓清淮越过她们走进办公室，当他解开西装外套的扣子，坐进办公椅的时候，跟进来的季明明默不作声地把文件放到了他面前的办公桌上。

卓清淮拿过文件翻了两页，神情里看不出是否满意，只随手放在了一旁，对季明明说：“有时间的话我会看的。”

季明明对此没有表示任何异议。

孙筠此时按卓清淮的习惯进来送咖啡，先对季明明小声说道：“今晚聚餐，给你办入职派对，记得下班后先不要走哦。”说完之后，孙筠看向卓清淮，笑容里又多了几分恰到好处的俏皮，说：“我们不敢奢望卓总能有时间赏光，只盼着您别临时安排加班就行。”

卓清淮只看了季明明一眼，就知道她不会去，于是在她开口前笑着说道：“怎么，聚餐不请我和几位副总，还指望我会同意不加班？”孙筠有些意外地睁大了眼睛，卓清淮表示了肯定，继续说道，“叫上几个副总，就当是大家一起加班了。”

孙筠十分惊喜，但对季明明而言，相比这种毫无意义的团建活动，她更在意桌上那份自己废寝忘食整理出来的文件。所以直到最后和孙筠一起离开，她都始终没有说一句话。

“卓总，您晚上本来约了启达金融的陈董。”骆康对卓清淮说。

卓清淮拿过季明明的那份文件，头也不抬地说：“通知他们，改成明天吧。”

卓清淮看着手中的文件，作为新人，季明明的解析和提问已经足够精准。

季明明的确聪明又用功，可性格实在太过孤僻，想有所建树必定要好好打磨。而今晚的活动，他从一开始就料到季明明不会参加，唯有自己同去，她才没有理由拒绝。

想起季明明倔强的眼神，卓清淮发出一声微不可闻的轻叹，像是在对骆康说，又像是自言自语：“明知道这条路有多难，她还是要走。”

“也许季小姐有她自己的目标。”骆康谨慎地说。

卓清淮没再说什么，有些出神。

季明明连着忙碌了几天，乍然闲下来，一时有些无所适从。她去茶水间的时候，何瑗回身时没有注意，一下撞到了她。

“对不起，我没注意。没事吧？”何瑗十分抱歉地说。

季明明摇了摇头，示意没事。

一旁的孙筠正在准备茶点，继续之前的话题，对何瑗抱怨说：“老天保佑卓总的会早点儿开完吧，昌隆集团今天跟来的那个赵副总，我看一眼都觉得反胃。”

“昌隆集团？”季明明重复了一遍这四个字。

孙筠没想到她会搭话，连点头都慢了半拍，答道：“对啊。”

季明明这些日子研究资料，并没有看到卓越集团和昌隆集团有过合作。

乍听到“昌隆集团”这四个字，她只觉得陌生。她已经很多年没有见过乔家人了，当初即便是乔薇去世，乔家也只是派人去处理丧事，一直到她回了季家，都没有见到任何一个近支的乔家人。事实上，她并不愿意想起乔薇，大概乔家的人也一样。

“以前有过合作吗？”季明明问。

虽然不知道她为什么突然问起这件事，孙筠还是答道：“没有，最近才开始的。”

季明明点了点头，道谢之后，没有再参与她们接下来的话题。她对乔家人和昌隆集团的兴趣都不大，所以拿着冲好的咖啡出了茶水间，便朝自己的办公室走去。

经过会客室的时候，她被出来的人叫住，问道：“你是卓越集团的员工？洗手间在哪里？”

季明明回头看了对方一眼，那个男人看着像三十岁左右，五官勉强还算端正，但身上古龙香水的味道实在过于浓重，使得她不由得后退了一步，指了指右边的走廊，说：“走到尽头左转，再走到尽头右转。”

原本打听洗手间的男人看清季明明的脸，目光倏然发亮。他见季明明继续向前走，站在原处上下打量着她的身材，本就轻浮的眼神越发不堪，随后疾步跟了上去，笑着说："你刚才说怎么走？我第一次来卓越集团，实在分不清哪里是哪里，能不能请你帮忙带我过去？"

他说话的时候，身体也一并靠近，大大越过了陌生人之间的社交距离。

季明明停下来，脸上看不出情绪。

见她停下来，他立即掏出一张名片递给她，露出一副平易近人的模样，笑着说道："你可能不认识我，我姓赵，赵荣，是昌隆集团新上任的副总。你叫什么？"见季明明毫无反应，他直接把名片塞进她空着的手里，并顺便在她白皙光滑的手背上摸了一把，别有深意地笑着说，"以前不认识不要紧，以后多走动走动，自然就熟悉了。如果你有什么地方需要帮忙，也就是我一句话的事。"

季明明一只手端着咖啡，一只手拿着名片，整个过程里没有任何表情。她看了看刚冲好的咖啡，无视赵荣露骨的目光，声音毫无起伏地说："你跟我走吧。"

赵荣这些年万花丛中过，什么人没见过，眼前的女孩子神情冷冷的，一看就知道非常难搞，但她又实在是长了一张能让男人神魂颠倒的脸，所以他跟上来之前就已经做好了要花大功夫才能搞定的准备。

结果剧情竟急转直下，于是他一面心花怒放地往前走，一面又忍不住鄙夷，觉得她就是假正经，实际上浪荡得很。

会议室里，骆康接起不断打进来的电话，听了几句后脸色微变，起身匆匆走到卓清淮身旁，低声说："卓总，季小姐那边出事了。"

卓清淮翻资料的手一顿，问道："什么事？"

“季小姐办公室的门现在反锁着，何瑗说不知道具体情况，只听得到里面赵荣的惨叫声。乔总他们现在也过去了。”骆康想到刚刚电话里听到的内容，补充道，“赵荣就是昌隆集团新上任的副总，听说……人不太规矩。”

闻言，卓清淮轻轻抬眸，沉默片刻，嘴角竟扬起一抹笑意。未几，他站起身来，对在座诸人说道：“抱歉打断一下，刚才的内容，风控部门做一下评估，明天下班前把报告交给我。接下来，会议由向总主持。”

他简单说完，声音是一如往常般的平静温和，但骆康发现，他面上的笑容丝毫没有抵达眼底，于是不禁感到吃惊。

骆康跟随卓清淮出了会议室，乘电梯上楼，还没到季明明的办公室门口，就看到了门外站着的几个人。

门里的男人的哀号声即使离得很远也听得见，何瑗她们几个人都急得面色通红，拍着门叫道：“季助理，你先把门打开！”

昌隆集团的总经理乔方站在后面，看着紧闭的门眉头紧皱。

乔方未至不惑，相貌比实际年龄看上去年轻些，但俊逸的眉眼间透着一种高高在上的漠然。听着赵荣的惨叫声，他冷吩咐道：“别敲了，把门撞开！”

“等等。”乔方的助理听了吩咐要撞门时，卓清淮走过去，淡淡地说道，“毕竟不知道具体情况，贸然撞门，伤到里面的人就不好了。”

何瑗等人见到卓清淮，心中俱是松了一口气。但想到今天这场麻烦可能引起的后果，又不约而同地觉得这口气松得未免早了些。

听了卓清淮的话，乔方的脸色越发难看，冷笑道：“希望卓总能在闹出人命之前，搞清楚里面的‘具体情况’。”

卓清淮不置可否，只是走到办公室的门前，轻轻地敲了敲门，语气和缓却不容置疑：“季明明，开门。”

门外站着的人都沉默不语，赵荣的哀叫和求饶声显得越发清晰。不久后，紧闭的房门被人从里面打开，季明明出现在门口。

孙筠站在骆康和何瑗后面，悄悄踮起脚看了一眼，发现季明明前额的头发有些凌乱，除此之外整个人看上去和平时没什么区别，脸色一如既往地冷着。

卓清淮看着眼前的季明明，他不开口，季明明也就不说话。她看似冷漠，神情里丝毫没有委屈，只有眼底残存着一丝还未彻底发泄完毕的戾气。

收回视线，卓清淮把门彻底推开，越过她走了进去。

办公室中央的地上，正躺着鼻青脸肿的赵荣。他最清晰的记忆是那个女人反锁房门的动作，但等她放下咖啡，自己的手刚刚搂上她的腰，对方转身就提膝狠狠地撞上了他的小腹，紧接着一拳打来，他就彻底倒在了地上。刚开始他还勉强能叫嚷咒骂，到最后就只知道求饶了。对方下手狠辣无情，他捂着肚子痛苦地哀叫，觉得全身上下的骨头好像都断了，哪里都疼。

卓清淮的目光扫过地上的赵荣，问站在一旁的季明明："后续问题打算怎么解决？"

季明明认为，对于赵荣这样的人，面对他当时的举动，动手简直是理所应当。虽然她一开始就没打算逃避，此时迎着卓清淮的视线答话，却并不像自己以为的那么理直气壮。她垂眸不再看卓清淮，说："报警吧，该负的责任我都负。"

卓清淮点点头，看向走进来的乔方，笑着说道："很抱歉，贵公司的副总在卓越集团发生了这种事，我也觉得报警处理比较好，乔总认为呢？"

乔方在最初听到季明明的名字时，眼神就有了微妙的变化，见到人之后，视线更是全程落在她身上。此刻听到卓清淮的话，乔方示意身后的助理把赵荣扶起来："不必报警了，是我们的责任。赵副总，道歉。”

“你说什么？她把我打成这样，你让我道歉？！”赵荣听了，顾不得呼痛，一边挣扎，一边嚷道，“马上报警！我一定要告得她倾家荡产！这个小贱……”

“啪”的一声，乔方一巴掌重重地扇在赵荣脸上。

赵荣一声惨叫，好半晌才反应过来，捂着脸骂道：“乔方！我可是你的亲表哥！你为了一个外人就这么对我？”

乔方阴沉着脸吩咐道：“把人带走。”

“不急。”卓清淮示意骆康报警，然后不紧不慢地笑着说道，“警察还没到，之后验伤、做笔录也都需要时间。何秘书，先请大家去会客室休息吧。”

何瑗礼貌地请众人离开，赵荣仍不肯罢休，但因为身边有人制止，所以走廊里传来的声响也越来越小，不久后便重归于平静。

乔方并未离开，事实上，他站在原地始终未动。

其实乔方对乔薇的记忆已经模糊了，但他看着不远处的季明明，一眼就发现她的眉眼和乔薇有些相似。曾经在襁褓中见过的孩子，今天在如此荒诞的场面中登场，一时间，乔方的眼神格外复杂。

季明明自始至终没看乔方一眼，她的注意力只放在卓清淮身上——她依然认为自己没有任何错处，但她非常在意卓清淮的看法。

“发生这种事情我也很遗憾，如果乔总因此想重新考虑和卓越集团的合作，我也完全理解。”卓清淮彬彬有礼地说道。

乔方神色深沉地答道：“卓总多虑了，我说过，是我们的责任。”

“看来乔总好像非常了解您这位表哥的为人。”卓清淮笑了笑，说，“那就等这件事情有一个双方都满意的处理结果后，我们再来谈接下来的合作吧。”

乔方眉头微皱，但并未提出异议。

卓清淮对季明明说：“送乔总出去。”

季明明有些心烦，但还是照做了，她走到乔方面前，俨乎其然地说：“乔总请。”

两人一前一后出了门，但乔方并没有立即前往会客室。他看着季明明，少顷，打破沉默说道：“我会让赵荣向你道歉的。”

季明明觉得她已经教训过赵荣了，也就没必要再听他“道歉”，所以直接答道：“不用。”

乔方看着季明明，语气温和了许多，道：“你妈妈她……”

“早死了。”季明明本就是给卓清淮面子才出的门，如今听乔方突然提起乔薇，除了反感和不耐烦，再无其他情绪。她不等他说完便直接扔出这三个字，随后转身回了办公室，直接甩上了门。

彼时，卓清淮正靠在她的办公桌旁，随意地从笔筒里抽出一支笔拿在手里把玩。见她沉着脸进来，因为已经听到了外面的对话，他笑着说道：“他好歹是你的舅舅，基本礼貌还是要有的。”

季明明并不在意这些，只觑着他的神色，难得有些踟蹰地说：“今天的事……”

卓清淮示意她说下去，但许久没听到后续的话，便轻声笑了起来。他像是不知道季明明想说什么，对她说话的时候比平时更和颜悦色：“警察快到了，先准备一下再去做笔录吧。”

季明明的相关事务由专人负责打理，卓越集团旗下也有知名的法务团队，不过整件事情的解决并不需要任何一方的专业团队出面——赵荣做笔录时承认冒犯在先，季明明只是正当防卫，自己伤势轻微，所以不追究季明明的任何责任，并通过昌隆集团的法律顾问签署、递交了道歉声明。由于事实清晰，当事人均无异议，所以一切得以顺利解决。

最后，季明明由自己的律师陪同，去公安局办理了相关手续。一切都处理完毕，已经是下午了。

一辆黑色迈巴赫停在大门外，后座的车窗降到一半，露出卓清淮精致的侧脸。

季明明有些意外，走过去之后，卓清淮只说了两个字："上车。"

季明明从没有"作为助理应该坐在副驾驶位"的认知，她打发了自己的司机和律师，便直接绕到另一侧打开后座的车门，坐到了卓清淮旁边。车子向前驶去，她很快就发现，不是去往公司的路线，也不是她回家的路线。不过她也并不在乎到底去哪里，所以只是看了看卓清淮，什么都没问。

一路上两个人都没有说话，车里的气氛安静到稍显沉闷。十几分钟后，车子在一座竹林掩映的院落前停了下来。

进去之后，季明明才发现这里是一家私人拳馆。她当然知道卓清淮不会无缘无故带她到这里来，不过还未问出口，卓清淮已经说道："已经让人给你准备了运动服，先去换上吧。"

季明明一言不发地随服务生前往更衣室，换完衣服后，被带到训练场。她一边整理着绾好的头发一边往前走，随后便看到了拳台上的卓清淮。

他并没有换衣服，只是脱了原本的西装外套，于是整个人的衣着打扮看上去和周围的环境有些格格不入。他远远地看到季明明，虚扶着围绳笑着说道："上来吧。"

季明明上去之后，有人拿了一副崭新的拳击手套过来帮她戴好，她猜到几分卓清淮的意思，试了试拳套的手感，接过旁边的人递过来的头盔，戴上之前问道："和谁打？"

卓清淮示意其他人都出去，然后走到台中央站定，解开了衬衫领口的两颗扣子，动作斯文地将衣袖挽至手肘处。最后，他朝季明明做了个挑衅的手势，说道："过来。"

他仍像平时一样站着，甚至连拳套都没有戴，季明明对他的话无动于衷，只是皱眉看着他。她当然还记得自己第一次见卓清淮时的情形，她跟随多年的教练也是他介绍的，所以即使卓清淮衣冠楚楚地随意站上拳台，她也不可能对他有一丝小觑。

见她不动，卓清淮笑意不变：“点到即止，我不会伤到你的。试着像你打赵荣的时候一样，过来攻击我，来。”

季明明眉头皱得更深了，于她而言，散打早已成了消磨时间的爱好，但她毕竟坚持了这么多年，所以即使并未轻敌，她也觉得今天的自己没有输的理由。

迎着卓清淮的目光，季明明这一次没有再拒绝，把手里拿着的头盔扔到一边，便直接动了手。

她放低了身体的重心，出拳又快又稳，但卓清淮移动得比她更快，抬手格挡的动作既标准又漂亮。季明明又一拳迅速跟上，但卓清淮侧身的同时，伸手钳住了她的手腕，直接将她的手反剪到了身后。和当年几乎相同的动作。

季明明以为如今的自己已经能轻易化解，但当另一只手马上被强行压制、腿也被别住使不上力气时，她才发现她的力量和技巧并不足以用来脱困。

不顾她闷不吭声的挣扎，卓清淮将她整个身子按在角柱上，语气轻松地评价道：“和小时候比起来，确实进步了很多。”

季明明挣扎得越发厉害，但仍是徒劳无功。她呼吸重了些，脸涨得有些红，回头想要反驳的时候，入目却是卓清淮近在咫尺的脸。她的拼力反抗和他的举重若轻形成鲜明对比，她不由自主地屏住呼吸，却因为感觉得到他的气息轻轻拂过，身体越发紧绷。

她不肯让卓清淮再看自己现在狼狈的模样，扭过脸，咬了咬唇，说：“是因为你不按规矩来。”

说完之后，她便听到身后的卓清淮轻笑了一声，所受的钳制也随之消失了。她站直身子，活动了一下手腕，回身看向卓清淮，他的眼中反而有几分赞许，说：“难得你也知道‘规矩’这两个字。”

季明明脸色微变，她抬起手，直接用牙咬开了拳套的粘扣，摘下拳套扔到一旁，又朝卓清淮冲了过去。无论是出拳还是踢腿，她的动作依然利落迅猛，但卓清淮的防守滴水不漏，所以最后的有效攻击非常少，反而是她自己的手臂和小腿的肌肉被震得发疼。

卓清淮像是在玩一个十分轻松的游戏，始终掌控着主导权，直到季明明的喘息声越来越重，打法也越来越乱，他才决定不再继续，找了个空当自身后扣住了她的脖子。

季明明依旧无法挣脱，于是接下来的肘击毫不留情。可她察觉到卓清淮退开些许后，还没来得及松口气反击，就被他扭住身子一个背摔，直接摔在了地上。

平时摔打惯了，也察觉到卓清淮在这个过程中卸了力气，所以季明明并不觉得疼。也正因如此，她才更不服气，咬紧牙关想起来，但卓清淮没有再给她机会，俯身制住了她，让她完全动弹不得。

她绑头发的皮筋在摔打和挣扎中断裂，长发散在地上，像一朵半开半闭的墨莲。

“现在知道了吗？不是每个人都像你想象的那么容易对付，”卓清淮低头迎上她倔强的目光，笑容未变，说话的语气却渐渐重了，“尤其是一个比你高大、比你强壮的成年男人。对一个自己完全不了解的陌生人，敢狂妄到把自己和对方反锁在办公室里，你有没有想过，如果恰好他也练过，会是什么后果？‘君子不立危墙之下’，不懂吗？”

季明明沉默的挣扎又一次失败，于是终于安静了下来，但她躺在地上喘着粗气瞪着卓清淮，眼角眉梢都带着不服输的倔强，更不肯承认自己当时根本没想过这些。

看着她额角渗出细密的汗水，卓清淮说：“既然我答应了季家要带你，那么在接下来的时间里，至少得确保你不在我眼前出事。”

听到他这么说，季明明又挣扎起来，脸色十分难看地说道：“你放心，我的死活和任何人都没有关系！”

“这不是你没有脑子的理由。你知道我在开会的时候听骆康说起这件事，当时是怎么想的吗？”注意到季明明眼底没有藏好的探究的神色，卓清淮的笑容里破天荒地露出一丝嘲弄，说，“我在想，这个世界上竟然真的会有这么蠢的孩子。”

“我二十五岁了！”季明明抗议卓清淮对她的称呼，但心里的不满远比她能表达出来的多。

卓清淮只不过大她七岁，却总是用长辈的态度对待她。因为他最初认识季明明的时候她还小，所以即使季明明已经是一个二十五岁的大人了，在他眼中也还是一个孩子。他的掌控和领导，以及绝对压制的气场，出自一个家长的立场。

这对她来说是完全不平等的。更何况，当年他至少还有一点儿真切的关心，如今的温柔，在她看来，已处处充斥着成人式的客套和疏离。她觉得他随口一句夸孙筠的话都比对自己说的话用心。

季明明不知要怎么说，也无从判断很多话该不该说，最后只能执拗地再次辩解道：“我不是小孩子了。”

对她的反驳一笑置之，卓清淮松开她的手，说：“是吗？可惜我完全看不出你这些年头脑有长进。”

季明明从来不怕疼，可说出这句话的人是卓清淮，所以她仿佛被人迎面狠狠地打了一巴掌，脸上火辣辣的，疼得钻心。

“不服气吗？”卓清淮站起身来，居高临下地看了她一眼，说，“没关系，我可以给你时间，希望你能证明我的看法是错的。”

季明明无话可说，她仍然气难平，但也明白卓清淮讲的道理都是对的，于是那股怨气便只能朝着自己来。

她觉得她在卓清淮眼里恐怕不仅仅是个小孩儿，更是个四肢发达头脑简单同时又不堪一击的怪脾气小孩儿。她默不作声地坐了起来，咬着下唇，低头不说话。

她想问他自己是不是一无是处，但她有着比其他人更强烈甚至更莫名其妙的自尊心，所以从这个想法冒头的那一刻起，她就知道自己不可能把这个问题问出口。

卓清淮也不说话，只是靠着角柱看她。两人一坐一站，僵持许久，季明明才动了动唇，问道："你是不是生气了？"

虽然声音不大，语气也是硬邦邦的，但卓清淮能听得出，这应该是一种独属于季明明的妥协方式。她这孩子，一看就知道是撞了南墙也绝不会回头的性子，能说出这么一句，已经算是进步了，还算符合他的预期。

季明明问完，许久没有得到回答，终于抬起头朝卓清淮看去。她的目光撞上卓清淮的视线，他似笑非笑地反问道："怎么，我表现得不够明显吗？"

季明明没有回答。她的脸上没有表情，但眸光明显比平日里黯淡了许多。

"不听话可以管可以教，至于你对我的态度是出于你的个人好恶，还是单纯的性格，我也都不会和你计较。但是季明明，如果你以后遇事还是不过脑子，我真的会生气。"卓清淮说完之后，站直身子，严肃的模样收敛了些。

他抬起手，慢条斯理地整理了一下衬衫，然后捡起地上的西装外套，拉开围绳下了拳台，一面向外走去，一面说道："收拾一下，然后换衣服去吃饭。"

他最后一句话听起来又和往常一样温和了。

季明明坐在原处，看着他的背影有些失神。她终于发现，即使是卓清淮愿意表现出来的温柔，也包裹在一种睥睨一切的气场中。他什么都不用做，只需要安安静静地站在那里，世间万物便要向他臣服。

季明明从拳馆出来的时候，卓清淮正站在车旁抽烟。

九月末的正午，阳光还有些温度。他也换了衣服，雪白的衬衫板正挺括，领口微敞，斯文里隐约透着几分散漫，远比阳光耀眼。

她不仅看得到他的清贵，也看得到他的危险。所以卓清淮发现她，并朝她招了招手之后，她竟然下意识地后退了一步。

卓清淮没有在意，继续把指间的烟抽完。彼时季明明也结束了自己不知因由的出神，走到了近前。

离开时，车里和来时一样安静。季明明低头看着自己的一缕没有完全吹干的头发出神。这次她随卓清淮出来，不仅打不过他，还被训了一顿，但今天似乎是她这些天以来觉得最踏实的一天，心情也莫名其妙地轻松了许多。

“你是对的。”她破天荒地主动开口，一本正经地说道。

也许是因为她的口吻过于正经，靠在座椅里闭目养神的卓清淮无声地笑了笑，说：“谢谢肯定。”

“你经常过来这边吗？”季明明问道。

“很少，”卓清淮答道，“要忙的事情太多了，买下之后一共也没有来过几次。”

想到拳台上他表现出的水准，恐怕是专业选手都不敢小觑的，季明明佩服之余，也对她的盲目自信有了更深的认知，说道：“如果我遇到的是比我厉害的人，即使不在封闭的空间里，我也一样没有胜算。”

她的声音听上去倒像是颇有几分感慨。卓清淮睁开眼睛看了看她，发现她的神情比她的语气还要认真，无奈地笑着说道：“你需要考虑的不是这些。学散打是为了防身，不是让你学了之后去和人拼命。能用脑子解决的问题就不要诉诸武力，能理解吗？”

季明明还没说话，她的手机就在这个时候突然响了起来。她看到来电显示上是虞兮的名字。刚一接通，她就听到虞兮用一种迫不及待看好戏的语气问道："好久没听说你动手了，明哥。这次是因为什么？"

"你是怎么知道的？"季明明微怔，一脸狐疑地问。

"当然是咱们的好哥们儿石桥寒石警官说的。"虞兮答道，"石头说他今天办完案子刚回局里，就听到同事们在讨论。不过他太忙，电话里没说两句就被叫走了。他回头忙完了，估计也会找你的。所以说说吧，你到底把谁打了？"

季明明觉得，在今天的这件事情里，乔方是最不重要的存在，和陌生人无异，所以直接忽略了他，删繁就简地答道："合作公司的一个副总。"

"因为什么动手？"虞兮追问道。

"他摸我。"季明明平铺直叙地答道。她话音未落，身旁已经闭上眼睛的卓清淮眉心微不可见地皱了一下。

虞兮在电话那头骂了句脏话，但听季明明简单说了一下情况之后，还是嗤笑了一声，冷嘲热讽道："虽然过程听起来的确很爽，但是我的季大小姐，拜托你下次也长点儿脑子好不好？你还记得自己生活在现代文明社会吗？一天到晚以为自己是李莫愁，把谁都不放在眼里，你想没想过，万一遇上个比你厉害的人呢？你是准备提前去和你爸妈团聚吗？他们可未必还记得你。"

季明明一字不漏地听她骂完，才面不改色地说道："你说得对，我是没有脑子。你既然这么聪明，和季家有合作意向的那些餐饮公司，应该也不用我找人帮你联系了。"说完，她在虞兮继续骂她之前直接挂掉了电话。

她其实并没有意识到，她在和朋友打电话的过程中，虽然还是板着脸，但和平时仿佛没有血肉的那个季明明相比，格外生动，说话的语气也更符合她的年纪。

见季明明打完电话了，卓清淮笑着说："虽然不知道你的朋友都说了些什么，但显然，她比你聪明。”

季明明用沉默表达了自己的不以为然，但对于卓清淮和虞兮观点的不谋而合，她心里又有一种难以言喻的踏实感。

车开到一家私人会所，季明明突然想起聚餐的事情，问：“晚上那个入职派对，我可以不去吗？”

“当然不可以。”卓清淮直接否定了她的想法，说，“对于已经答应的邀请，准时赴约是最起码的社交礼仪。”

季明明默认了这个说法，迈步朝里面走去。

卓清淮回过身，对司机说：“通知一下骆康，让他把晚上的聚餐改到这里。”他沉默几秒，神情淡然地吩咐道，“再让人问一下赵荣在哪个医院。”

直到进了包间，季明明依然对此一无所知。

她对于吃什么从来都无所谓，卓清淮随意点了几道菜，很快菜便送了进来。

卓清淮说：“吃过东西可以先上楼休息，其他人下班后会直接过来。”

季明明点了点头。

不久后，包间的门被敲响，进来的女人穿着一条长裙，年龄三十岁左右，一头浅棕色长发，笑容优雅迷人，韵味十足。她走过来，张开双臂朝卓清淮笑着说道：“没想到会突然见到我吧？”

卓清淮站起身来，笑着抱了抱她，问：“什么时候回来的？”

“昨天。我过来喝下午茶，结果听说你也在。”她笑着说，“给你带了礼物，可惜我实在没想到会这么巧，只能下次再给你了。”

季明明坐在餐桌旁，她只在最初的时候目不转睛地看着两个人拥抱、交谈，很快便移开了视线，然后看着落地窗外风平浪静的大海出神。直到卓清淮把她介绍给对方，说：“这是行知的妹妹，也是我的新助理，季明明。”

季明明回过头，抬眸看向他们。

对于自己仅限于“助理”和“季行知妹妹”这两种身份，她没觉得意外，也没什么理由懊恼，但脸色仍然微沉。

与此同时，那个女人率先朝季明明伸出了手，笑着说道：“我叫沈婕，是清淮的朋友，和你哥哥、姐姐也都认识。我可以叫你明明吗？”

因为卓清淮就站在对面，所以季明明也站了起来，维持着礼貌和沈婕握了握手，然后冷着脸说：“不行。”

沈婕错愕几秒，随即大笑起来。她好不容易止住笑，又是意外又是感慨地看向卓清淮，说：“你的这位小朋友真有趣。”

看到卓清淮有些无奈的笑容，她故意问季明明：“那你介意我坐在这里吗？”

季明明置若罔闻，继续低头吃饭。

卓清淮对于季明明的反应并不意外，他拉开自己身边的椅子，对沈婕说：“坐。”

沈婕对季明明颇感兴趣，坐下后，托腮看着对面的季明明，上下打量一番后，因着她的相貌和气质，眸中欣赏之意愈浓，笑着攀谈道：“之前听行知说过他还有个小堂妹，我也去季家做过几次客，好像一直没有见过你。”

季明明头也不抬地说：“你去墓地也不见得每次能见到死人。”

“季明明。”卓清淮声音不轻不重地叫她的名字，言简意赅地说，“吃饭。”

于是季明明不再说话。

卓清淮看向沈婕，问道：“一个人来的吗？”

“对啊。”沈婕明白他的意思，也心知肚明季明明的敌意是因为什么，不过眼下并非适合就这个问题多聊，于是她顺着卓清淮的话转移了话题，说道，“好久没和你一起打桌球了。吃完饭有什么安排吗？一起下去打两局？”

卓清淮看了看腕表显示的时间，笑着说：“可能最多也只能打两局——晚上还要和几个同事吃饭。这一次出去有什么收获吗？”

“最新一批设计稿已经在收尾了，葡萄牙简直就是我的福地！”

季明明虽然一直在吃饭，但她也知道，两人在对话而非寒暄，他们之间看样子并不存在什么客套，关系的确非常熟悉、亲近。而她坐在那里，就像一个多余的影子。

不过这种局面她并非第一次面对：季家人一起吃饭时，若非必要，她也不说一个字。所以，她没觉得眼前的一切有什么不能忍受，只专注地切着盘中的牛排，一块接一块地吃下去，喝完了一整碗蘑菇汤，又开始吃面前的鲑鱼沙拉。

卓清淮听沈婕讲这几个月在葡萄牙发生的趣事，偶尔评价几句，没过多久，他突然用指节轻轻地在桌面上敲了两下，打断季明明进食的动作，开口说道：“别吃了，上去休息吧。”

季明明没说什么，因为她觉得自己的确多余。依言放下刀叉，她看了卓清淮一眼，但两个人的视线刚刚交会，她便不再看他，一言不发地起身直接出了门。

卓清淮抬手揉了揉眉心，然后看向沈婕，就像刚刚的插曲不曾发生过一样，泰然自若地继续问道：“到了波尔图之后呢？”

沈婕目光里的好奇不言而喻，笑着打趣道：“我是不是来得太不凑巧，打扰了一场约会，所以才这么被嫌弃？”

“你想多了。”卓清淮笑了笑，说，“我从不和我的员工约会。”

季明明出门后，看到不远处一个穿粉色西装的男人在走廊里抽烟。对方不知在想什么，神情格外清冷。季明明经过他身边的时候，他抬眸看过去，眼底闪过一丝惊艳，笑着吹了声口哨。

那个男人的相貌格外英俊，和卓清淮年纪相仿，却是完全不同的类型，笑起来的时候，他周身洋溢的那种寂寥感顿时消失得无影无踪，从衣着打扮到举手投足，整个人都透出一种玩世不恭的放荡气息。

“沈婕在里面吗？”他问季明明，季明明置若罔闻，那个男人见她没有要回答的意思，又问，“你和卓清淮什么关系？”

季明明继续向前走去。那个男人把烟摁灭在旁边垃圾桶上的白色石米中，随后看着她的背影笑着说道：“不说就算了。但你也不好奇沈婕和卓清淮是什么关系吗？”

季明明终于停下脚步，不过她回头看他的时候，脸上并没有他期待见到的好奇的神情。她看了他一眼，神情冷淡地开口道：“如果我想知道他们是什么关系，我可以自己去问。”

此时会所经理匆匆赶来，看到包间外这两个人，掩下眸底的错愕，微微鞠了个躬，然后十分殷勤地对季明明笑着说道：“请问是季小姐吗？卓先生刚刚吩咐我，让我带您去楼上休息。您这边请。”

季明明想到刚才和那位沈小姐谈笑风生的卓清淮，丝毫没有因他的关照而产生任何喜悦的情绪。她讨厌不请自来、打扰别人用餐的沈婕，更讨厌卓清淮这种驾轻就熟的关照。所以她站在原地未动，对正等着带路的经理说：“我不需要，谢谢。”

一旁的“粉西装”听了两个人的对话，上下打量着季明明，有些狐疑地问道：“你姓季？总不会那么巧，你就是季家刚回国的那个人吧？”

季明明没有回答，她的沉默落在对方眼里，代表着这个问题并没有被否认。想到包间里的卓清淮，人物关系瞬间捋顺了，他嗤笑一声，看着季明明说：“那咱们可真应该好好认识一下了——我是江攀，你本来应该是我的助理。当然，你现在反悔的话也来得及。”

季明明知道江家主动邀请过她的事，对于江攀这个名字也还有些印象。不过她从不把无关的人和事放在心上，所以见到江攀本人这件事情，也没有激起她任何的情绪变化。她绕过江攀和会所经理向前走去，因为漫无目的，所以只是沿着走廊一路往前。等她转过一个拐角，走上了尽头的大露台时，江攀也跟了过来。

他走到她身旁，用有些幸灾乐祸的语气问道："心情不好？该不会是因为卓清淮和沈婕吧？"他自言自语似的笑着说道，"我们家老爷子之前还骂我，说是因为我名声不好，没在他的老朋友面前给他争光。今天我才知道……就算我名声再好，你也还是会选卓清淮吧？"

季明明不明白为什么一个人可以在陌生人面前这样自说自话，而且他似乎不需要任何证据，就可以把她看上去十分正常的选择臆测成是对卓清淮的居心叵测。这让她有些烦躁，于是她眉头紧皱着冷冷地说道："我心情好不好都是这张脸，你是什么在世也和我没关系。"

江攀毫不在意她的讽刺，反而笑得更开心了，他微微低下头，靠近了一些，目不转睛地看着她，语气暧昧地问道："你确定吗？你脸上确实没太多表情，但眼睛是心灵的窗户，为什么我觉得你眼睛里的内容非常丰富呢？"

和顾盼生姿的多情眼不同，眼前的女孩子的一双乌黑的大眼睛，好看得紧，却没有温度。眼看着他的脸越来越近，精致的五官也随之放大，下一秒，季明明一拳重重地打在了他的小腹上。

江攀猝不及防，疼得弯下腰去，抬头看她的时候，总觉得对方脸色过于阴沉，像是要继续揍他，于是捂着被打的地方哭笑不得地喊道："开个玩笑而已，大家好歹也是世交，你不至于吧？"

按季明明原本的性子，自然是要继续揍他的，但她想到卓清淮之前说过的话，虽然不太情愿，还是就此作罢了。

危机解除，江攀干脆直接在露台边坐了下来。小腹仍隐隐作痛，他点了支烟叼在嘴里，含混不清地问道：“真不是因为喜欢卓清淮？那为什么不选我啊？我比他差吗？”

“你差不差跟我有什么关系？”季明明正要走，听到他的话，答道，“我只是不想直接进季氏，然后没反对季家提的建议。”

江攀叼着烟，了然地笑了笑。他刚刚虽然确实有想调戏漂亮小姑娘的意思，但话说得并不假。眼前这个小丫头始终是一张油盐不进的面瘫脸，只不过，她的眼神虽然冷，听他说起卓清淮的时候，眸底却有不易觉察的光芒闪过。寻常人大概很难注意到，但对于他这种情场高手，短短几分钟已经足够看穿她了。

“不过你不喜欢卓清淮也是好事，”江攀把烟夹在指间，轻轻吐出一个烟圈，笑着说道，“不然他和前女友在包间里说说笑笑、卿卿我我，你只能一个人在这里吹海风，实在太惨了。”

见季明明看向自己，江攀揉了揉自己被打的地方，耸了耸肩，补充道：“哦，对了，还险些遇到流氓。”

季明明还没傻到听不出他在说风凉话，问道：“比你一个人守在门外抽烟还惨吗？”

江攀的表情有一瞬间的愣怔，半晌，才掐灭了手里的烟，咬牙切齿地笑着说道：“气死我了……”

季明明没再说话。她也在露台边坐了下来，静静地看着远方海天相连的地方。悬在半空中的夕阳已经开始渐渐下沉了，晚霞把海面染成了橙红色，海风徐徐吹过，海面闪动着粼粼波光。

海风有些凉，看着季明明被吹动的发丝，江攀突然觉得她安静的样子看上去有些可怜。他心里笑自己脑补过多，但还是脱了西装外套递过去，说：“冷就穿上。”

季明明没接，他也没有计较，随手扔在一旁，歇了再调侃几句的心思，说：“我是一直在追沈婕，但没你说的那么窝囊，刚才我只是听说她过来见卓清淮，在犹豫要不要进去而已。”

季明明问道：“沈婕是卓清淮的前女友？”

“很久以前的事了。不过分手的两个人还能一直做朋友，听上去是不是特别‘反人类’？”江攀扯了扯嘴角，不屑地冷笑一声，他见季明明不置可否，笑着说道，“看你这样子就知道，一窍不通。怎么样，用不用我帮你想办法搞定卓清淮？”

他看上去的确是一个非常典型的花花公子，但季明明仍然不知道他哪里来的自信。瞥了一眼他胸有成竹的模样，她说：“我不喜欢卓清淮。”

“死鸭子嘴硬。”江攀嘲笑道。

季明明随他怎么说，神情始终没有任何变化。他却不肯轻易放弃，循循善诱道：“并不是你‘近水楼台’就占据最大优势。我虽然和他水火不容，但只有对手才最了解对手。他的女人缘向来好得很，你确定不需要我帮你吗？”

季明明终于看了他一眼，不过她的回答也依然让他又气又笑：“真这么厉害的话，先帮帮你自己吧。”

包间里，听完经理的汇报，沈婕十分意外地问道：“江攀？”

“是的，是江先生。”经理小心翼翼地觑着卓清淮的脸色，颔首道，“现在江先生在陪季小姐看海。”

没等到卓清淮的反应，沈婕便示意经理先出去。等到包间里只剩下他们两个人的时候，她看向放下刀叉的卓清淮，解释道：“我不知道江攀会来。不过你放心，他不是完全没有分寸的人。”

长辈们都是老相识，卓清淮和江攀作为两家这一辈的接班人，关系自然没有到水火不容的地步，不过也实在说不上好。虽然大多数时候，都是江攀单方面在抢卓清淮的生意、找他的麻烦，但他们生意场上交锋的次数多了，旁人看着自然就有了几分硝烟弥漫的味道，对待和他们两个人相关的事情也更加小心翼翼。

卓清淮闻言笑了笑，神色依旧轻松，说：“当然。而且他就算再没有分寸，也知道季家的实力。”

沈婕不得不承认他是对的，她很快便恢复了轻松的神情，笑着说道：“除非他疯了。不过这么说的话，我是不是更应该担心江攀？毕竟相比他来说，你那位小朋友看上去更像是不好惹的那一个。”

想到季明明在拳台上生猛的样子和她生气时眸底一闪而逝的戾气，卓清淮不由得笑起来，说：“确实不怎么好惹。”

沈婕深以为然，又忍不住打趣道：“其实……不得不承认，你刚刚听到经理说江攀和季小姐接触的那一刻，脸上没什么表情，但我当时突然有些紧张。我还以为终于能见识到‘冲冠一怒为红颜’这一幕了。”

卓清淮摇头笑叹了一声，问道：“艺术家的想象力总是这么丰富吗？”

“你知道我最羡慕年轻人什么吗？”沈婕不答反问，托腮看向身边的卓清淮，不等他回答，别有深意地笑着说道，“他们能特别轻易、直接地把好恶写在脸上。”

天真得近乎愚蠢，愚蠢得有些天真，让人唏嘘感喟，徒生艳羡。

卓清淮拿过旁边的高脚杯，轻轻地抿了一口杯中的红酒。

沈婕看着他，看好戏一样捅破最后一层窗户纸，说：“所以……你千万别告诉我，你看不出来她喜欢你。”

第二章
近之则不逊

“我还是第一次来这里，听说这个会所的会员费是天价！”孙筠打量着周围的环境，低声对旁边的何瑗说道，“卓总虽然平易近人，但以前也没有参加过咱们的部门活动。你说，这次是因为季明明吗？”

她内心并不愿意承认自己堪称愚蠢的短视——第一天见面时，她仅从衣饰上判断而大大低估了季明明的来头并得罪了对方，没想到人家出入豪车接送，合作集团的高层说打就打，一个电话就有专业团队帮忙收拾烂摊子……

今天季明明搞出这么大的动静，就连向来不论人是非的何瑗都没忍住，在商业查询平台上查了季明明。排除了几个同名同姓的人之后，她们后知后觉地发现，季氏前阵子变更的股东名单里，前排一列季家人的名字中赫然有“季明明”三个字，她的持股比例甚至超过了同辈的季行知和季湘湘，高居第四位。

在几个同事的感慨声中，孙筠更因自己的后知后觉感到丢脸，不过她尚觉欣慰的是，那个似乎永远冷着脸的季明明，看上去并不像会挟私报复、给人穿小鞋的人。

何瑗没注意孙筠变了又变的脸色，压低声音说道："咱们做好自己分内的工作就行了。"

如此无趣的回答让孙筠忍不住撇了撇嘴，说："法律也没规定街边的乞丐不许做梦呢！而且我看卓总平时对她也没有太特别。"说着，她看向对面正在和骆康说话的季明明，低声笑着说道，"你在我面前就别假正经了。看看骆康，除了卓总，我还没见过他对谁这么照顾呢。我记得前几天季明明还问他，他们之前是不是见过，听上去跟偶像剧剧情似的。这种千金小姐为什么跑来和咱们做同事，只有她自己知道——你可别怪我没提醒你。"

何瑗随着她的视线看了那两人一眼，目光便重新落回自己交握的双手上。她原本想解释什么，又觉得有些突兀，于是最后无奈地笑着说道："你这一天到晚，奇怪的心思太多了。"

彼时季明明坐在对面，听完骆康的话，没有给出任何反应。

骆康紧接着对其他人笑着说道："卓总在隔壁招待几个朋友，暂时不过来了。几位副总稍后就到，大家今晚自便，玩得开心。"

孙筠不免有些失落，但看到季明明也坐在这里，心里顿时又发生了微妙的变化。她笑着问骆康："我刚才来的时候，好像看到沈小姐也在？那也难怪卓总要亲自招待了。"

季明明并没有意识到孙筠这句话是特意说给她听的，于是没有什么反应。此时，一个同事笑着对她说："咱们今晚好好喝几杯。"

"我不会喝酒。"季明明答道。

对方不以为意地笑着说道："饮料也没关系。"

见季明明微不可见地点了点头，孙筠忍不住在心中嗤笑道：幸亏这个女悍匪没说她不会喝饮料。

在座几个人接下来的聊天内容，季明明并没有听进去。几个副总到了之后，在整个包间热闹欢乐的气氛里，她也同样格格不入。

但鉴于她的身份，众人会时不时地将话题亲切又不失礼貌地引向她。她更加没有胃口，在众人觥筹交错之际，以去洗手间为借口起身出了包间。

走廊里厚厚的地毯吞没了脚步声，季明明正在给司机打电话，恰巧隔壁包间门口有人走出来，那人看见她之后，笑着说道："你说咱们两个是不是特别有缘？"

此时的江攀已经脱掉了粉色西装，白色衬衫领口大敞，眉眼间带着几分风流轻佻。

季明明没有理他，拿着已经接通电话的手机报了地址。

江攀走到近前，等她挂了电话之后，懒洋洋地笑着问道："就这么走了？在卓清淮和前女友把酒言欢的时候？"

季明明收起手机，见他挡在自己前面，皱眉说道："我今天已经很烦了。"

听出她话里的警告意味，江攀拱手笑着说道："真正惹你心烦的可不是我。"他唇边的笑意里透着一丝狡黠，说，"既然这么烦，就更不能一个人回家了。走吧，一起去喝两杯。"

季明明站在原地未动，她说不清自己心里的烦躁和疲惫从何而来，那些带着压抑的茫然，像是裹挟着什么一并压在心口，让她提不起任何精神。所以，此时面对着似乎想看什么好戏的江攀，她连一句"不会喝酒"也懒得说。

沉默片刻，江攀打量着季明明，发现她脸上的表情依旧鲜有变化，但眼底能窥见一丝与冷硬的外表完全相反的脆弱和怅惘。敏锐的洞察力使得江攀的目光里透出一种不真切的温柔，他侧过身子靠在墙上，突然改变了话题，说："我带你出去玩？"

季明明看着他的眼神里只有"莫名其妙"四个字。

江攀彻底没了脾气，摊手说道："我在哄你开心，难道你看不出来吗？”

正说话间，包间的门再次被打开，几个人从里面陆续走了出来。为首的卓清淮看到外面的两个人，神情尚无变化，他身后有个人看到季明明，难掩眼底的惊艳之色，走过去揽住江攀的肩膀，调笑道：“以前我就一直说江少艳福不浅，今天……”

“季明明。”卓清淮突然出声叫道。

走廊里短暂的静默过后，季明明迎着几道各有深意的目光走了过去。并不是每个人的存在都值得在意，季明明尤其认同这样的观点，所以她只看了一眼卓清淮。

季明明和卓清淮之间并没有进一步的交流，江攀却发现他们并肩而站的时候，姿态疏离却又不失和谐，像是突然生出了一层屏障，能把他们两人和其余人区分开来。他内心冷笑一声，但紧接着看到沈婕从后面走出来，又觉得自己多少能理解季明明先前的烦躁了。

“刚才还说怎么没见到你。”沈婕对季明明说话的姿态亲切熟稔，就像是相识已久的老朋友，“我们要去打桌球，一起去吧。清淮可是非常厉害，你在他这边下注的话，一定能赢。”

季明明刚要拒绝，江攀已经用手肘顶开了身旁揽着他的朋友，然后把手臂搭上季明明的肩膀，顺着沈婕的话头说：“当然要去啊。你肯定是要给咱们卓总做后援团的，行知的亲妹妹就是我的亲妹妹，如果有明明妹妹去给我撑腰，我也就不是孤家寡人了。”

季明明皱着眉看向自己的肩头，江攀立即缩回手，压低声音在她耳边笑着说道：“我错了！明明妹妹，这么多人看着呢，给点儿面子吧，千万别动手……”

人前看似亲密的互动没有任何真实感，季明明无动于衷，看向卓清淮的时候，眼底虽然透着疲惫，但也一如既往地用漠然掩饰着真正的想法。他们在拳馆里拉近的距离，似乎因着不知名的原因又远了，她心中也因此再次生出一种疏离感。

虽然站在一群样貌不俗的男女之中，但卓清淮始终是最耀眼的那一个。他看似漫不经心，但目光所及之处，又像是能轻易洞穿每个人的心思。他没有错过季明明眼神的变化，也同样没有理会江攀那些刻意的言语，神情从容地对季明明说：“走吧，如果到时候觉得无聊，我再让司机送你回家。”

季明明这才纡尊降贵般出声应道：“嗯。”

卓清淮无声地笑起来，等到其他人陆续下楼之后，才点破了她的心思，说：“这次就算了，以后自己的想法要自己说出来。”

季明明恍若未闻，自顾自地向前走去。

桌球室里，在球案顶部光线的映照下，卓清淮的身形越发显得修长。他在对手失利后，目光落在球案中央剩余的几个球上，神情轻松而又专注。

季明明坐在旁边灯光昏暗的沙发里看他。

卓清淮拿壳粉慢条斯理地擦拭着球杆的杆头，手指灵活，手腕也格外漂亮。他找好了位置架杆，俯下身子时，领口微敞，能隐隐看到精致而分明的锁骨。

季明明还未收回视线，就看到和友人聊完天的沈婕站到了卓清淮旁边，不知道低声说了几句什么。卓清淮虽然没有说话，但嘴角还是露出了一抹浅淡的笑意，两个人站在一处，神情和姿态再自然不过。

观察由此中断，季明明意识到自己在生气，即使她明知道自己毫无立场，但还是控制不住心中逐渐累积的暴躁情绪。她在无人注意之处用力地掐着自己的掌心，目光越发冰冷。

这时候，江攀拿了两支球杆过来，见她坐在沙发上，便坐到旁边的扶手上，顺着她的视线看向不远处的那两个人，意味不明地笑着说道：“你是不是也觉得他们看上去很般配？”

他用这句话成功地逗笑了自己，于是也就不在意季明明的冷漠了，提议道："咱们也去打一局？"不等季明明拒绝，他又说，"不会吗？也没关系，我教你啊，这可比打人简单多了。"

可惜季明明没有心情欣赏他的幽默，脸色更冷了。

江攀见怪不怪，把手里两支球杆中的一根递给她，说："卓清淮手里那根球杆是业内顶级工匠私人订制的，你现在用这根普通的去找他换，就不用一个人坐在这里生闷气了。"

季明明终于看向他，脸上带着戒备和疑惑，问道："为什么？"

江攀听了季明明的问题，眯着眼看了她几秒，一字一句地反问道："你觉得呢？"

男女之间可以有太多欲说还休的你来我往，比如互相试探的暧昧婉转、眼神的纠缠、举手投足中的旖旎，氛围隐秘又美好。

江攀从来都是个中高手，不过他看着季明明拿球杆朝卓清淮走去的时候，心里又不免觉得有些可惜——她对这些全然不能理解，更遑论体会运用，实在可惜了这一张冷艳无比的脸。

季明明连背影都带着几分冷硬，以至于江攀的神情恍惚了一瞬，甚至开始自我怀疑，他刚刚究竟是暗示她去撒娇讨要东西，还是直接吩咐她提着刀去登门讨债。

彼时的球案上，又一个球应声落袋，卓清淮直起身子，骨节分明的手指握着橡木球杆，姿态依旧优雅。

季明明走到卓清淮身旁的时候，心里仍然认为此事无论成功与否，都没有任何实质性的意义，但是她厌烦了做角落里的旁观者，所以尽管她质疑这个做法的可行性，她还是来了。

沈婕见她过来，笑着说道："清淮是公认的斯诺克高手。怎么样，很厉害吧？你以前玩过吗？等他打完，咱们也开一局怎么样？"她说完，发现季明明并没有要接话的意思，毫不在意地眨了眨眼，打趣道，"我是不是话太多了？"

“是。”季明明答道。

饶是开朗大方的沈婕，面对眼下的场景也难免冷场，片刻之后，她笑了笑，说：“我喜欢一切有个性的人。希望以后能有机会让你发现我这个人其实并不算很讨人厌，也希望我这种‘成年人的礼貌’不会让你觉得无趣。”

季明明眉心微皱。她自己表达得直接，所以并不介意对方反击，但她一贯不喜欢这种拐弯抹角的讽刺方式。

而她还未开口再说什么，卓清淮正好又击入一球，站直了身子，看着她蹙眉笑着说道：“既然是你无礼在前，就不要那么挑剔别人的反驳方式了。”

季明明说不清自己眼下应该愤怒还是开心。她觉得卓清淮像是在替沈婕说话，但“别人”这个词听上去又有些顺耳。

少顷，她闷闷地回道：“知道了。”

一旁的沈婕眸底明了和不解参半，饶有兴致地问卓清淮：“怎么说？”

视线从季明明脸上移开，卓清淮看向球案，笑了笑，说：“没什么。”

季明明因着卓清淮唇边的那抹笑意有些出神，在他要打下一个球的时候，行动快过头脑，伸手按住了他的球杆，开门见山地说道：“我想用你这根球杆。”

沈婕有些意外地微微挑眉，下意识地摩挲着自己手里的球杆，看向季明明的眼神颇值得玩味。

那句话听上去不仅直接，甚至有几分强硬，可是覆在球杆上的那只手明显有些紧绷。卓清淮的视线掠过季明明的手背，撞上她的视线。对于她突如其来的举动，他不置可否，不过嘴角扬起的弧度浅了些。

没有错过他神情中的任何变化，季明明后知后觉地难堪起来。

眼下的沉默其实比直接拒绝更让人窒息，她抿了抿唇，别开眼，觉得自己握着球杆的手心有些发热，热得让她想逃跑。

不过这种无声的尴尬也并未持续太久，在她做出其他反应之前，卓清淮突然把球杆朝她的方向推了一下，然后松开了手。

季明明有些迟疑地抬眸，卓清淮已经接过了她另一只手中的球杆，似笑非笑地说："其实打得好不好，和球杆没有太大的关系。"

季明明没有其他反应，只神情僵硬地点了点头，然后又维持着同一个表情，转身朝旁边的球案走去。

沈婕看着她的背影，过了半晌，突然笑着说道："气质独特，人又这么可爱……真是难得。你猜，这到底是她的突发奇想，还是江攀教她的？"

卓清淮一只手拿着新球杆，另一只手在球案边缘轻轻地敲了敲，说："注意力不集中的话，你也许会输得更快。"

沈婕又笑了笑，没有再多说什么，把目光重新投在了球案上。

江攀先前还觉得季明明是块难雕的朽木，但看着她就这么直来直往地换了球杆，又觉得兴味盎然。作为他认定的对手，卓清淮并不是一个容易看透的人，不过好在季明明是。在他看来，这两个人之间显然存在着一种极其微妙的关系，这种关系一旦稍加催化，很可能产生非常有趣的化学反应。

季明明手中拿着球杆，一段不远的距离，她却觉得走了很久。她甚至不知道，在别人眼里，自己的步伐是否平稳。

卓清淮把球杆给她的那一刻，她其实心中仍有疑虑，但与此同时，另一种难以名状的情绪也突然开始翻涌，让她的心跳乱了。虽然她明知道，他的这种配合并不代表她真正拥有了什么，抑或他真正交付了什么。

她这才后知后觉地明白了一些这种做法的意义。

“感觉是不是还不错？”江攀走到她身旁，坐在球案的一角，笑着问道。

季明明答非所问：“可他好像不太高兴。”

这个说法显然让江攀感觉十分愉悦，他轻笑出声，说：“大概是因为，他不用想也知道这是我教你的。”

季明明看向他的眸光顿时冷了下来，质问道：“你什么意思？”

“别紧张，放松一点儿。”因着她不耐烦的脸色，江攀十分有眼色地收回了要拍在她肩上的手，低声笑着说道，“不会有人喜欢这种被刻意指点过的小把戏，但最有意思的难道不是这个结果吗？你并没有被拒绝。”

“这根本说明不了什么。”季明明阴沉的脸色并未因此转晴，她咬了咬唇，喃喃道。

“当然不。”江攀朝她摇了摇手指，笑着说，“卓清淮没你想的那么好说话。一些不起眼的小事，也许能延伸出非常出人意料的结果。我说过我会帮你，绝对说话算话。”

季明明闷不吭声，紧皱的眉头才略略舒展了些，江攀没有错过她神情的变化，了然地笑着说道：“是不是发现我的话很有道理？”

“不是。”季明明答道，“主要是我没有坚持自己的想法和判断，所以其实没必要浪费时间和你这种人生气。”

江攀愣了愣，对于季明明的回答，他着实有几分意外，甚至头一次发现，原来当人执拗到了一定程度，也是一种另类的通透。不过他马上回过神来，又好气又好笑地问道：“我这种人是哪种人？”

季明明还没回答，江攀就挥手阻止道：“算了，估计不是什么好话。打球吧，我教你。”说完，他也没问季明明的意见，简单介绍了一下斯诺克的规则，然后指了指球案上摆好的主球，摆好姿势打出去，示意季明明说，“你刚开始学，没必要尝试太复杂的开球路线，像我这样用主球把红球冲散，然后继续。”

季明明下意识地朝卓清淮所在的方向看去。他似乎刚打完一局，不知说了句什么，沈婕又在笑。

季明明回过头，看了一眼手中的球杆，把原本想要拒绝的话咽了回去。

“是不是本来没想学，至少不想跟我学？”一旁的江攀毫不留情地点透了她的心思。

季明明不说话，站定之后，学着江攀的姿势击球，结果主球直接弹了起来。

江攀啼笑皆非，不再刺激她，从旁边踢了踢她的脚，认真纠正道：“重心放在这里，找好平衡。你的手太僵硬了，放松一点儿，”随后，他又做了一次示范，说，“像我这样推杆，打出去。”

江攀素来放荡，眼下教季明明打球时倒是规规矩矩的。

其他朋友过来的时候，虽然早已知道季明明的身份，不敢再胡乱开玩笑，但看了片刻，还是忍不住调侃道：“咱们江少真是文明绅士啊。”

“滚。”江攀笑骂道。

季明明充耳不闻，按江攀的话试了两次，很快就找到了手感，第一次把球精准地打入网袋的时候，她虽然仍没露出什么喜色，但还是在周围几个人有些浮夸的口哨声和掌声中，跟朝她举起手的江攀击了个掌。

打完球的卓清淮和沈婕也走了过来。沈婕对江攀略有深意地笑着说道：“我可很少见到你这么有耐心的时候。”

江攀似笑非笑地看了她一眼，说：“因为你关注我的时间太少了，我一直很有耐心。”

卓清淮在旁边坐下，看着季明明架杆。他并没有提醒她现在打另一个球更好，只是指点道：“左臂绷直，右手再往后一点儿。”

季明明依言照做，果然又打进一个球。她看了看坐在暗处的卓清淮，很快便收回了视线。和不久前的场景相似，只不过两人互换了位置。在接下来的时间里，她不知道卓清淮是不是一直在看着自己，但她因着这种可能而始终觉得如芒在背。几次失手之后，她直接放弃，走到卓清淮身旁坐了下来。

卓清淮并没有问她为什么不再打，只是说道："作为新手，你的表现还不错。"

"是你的情敌教得还不错。"季明明漫不经心地答道。

轻笑声在耳边响起，但季明明并没有听到他的回答，无论肯定还是否定。她有些失落，更多的仍是烦躁，最后她到底还是忍不住，看向卓清淮，冷冷地问道："你把你的球杆给我，不怕你的前女友吃醋吗？"

卓清淮单手支颐，任季明明这么看着，开口的时候，声线里透着一种波澜不惊的淡然："沈婕确实是我的前女友，但江攀不是我的情敌。我知道是江攀教你的，但还是把球杆给了你，因为他那些小把戏你不懂，更何况那也只不过是一根球杆。"

已经问出口的和尚未言明的，季明明似乎都得到了答案，但她说不清楚为什么自己还是不满意，更不知道让自己不满意的，究竟是答案本身，还是卓清淮轻描淡写的态度。她不再看他，掐着自己的指节，突兀地说道："我讨厌她。"

"这和她是不是你的前女友没有任何关系。"季明明说，"下午吃饭的时候，如果她真有礼貌，就不会贸然闯进来打扰别人吃饭。虽然她看上去很友好，但实际上这只是因为她进门的时候并没有把你的女伴放在眼里。"

季明明的敏感和尖锐卓清淮早领教过，所以他并未对她的这种说法做出任何评价。

"虽然你和自己的员工一起吃饭，也不是什么不能打扰的事，而且是你亲手帮她拉了椅子邀请她坐下的。"季明明说到这里，眉心微不可见地皱了一下，然后继续说道，“但她知道我不欢迎她，还是留了下来，这就是她所谓的‘成年人的礼貌’。”

半明半暗的光线描摹着卓清淮俊美的轮廓，他的眸光平静似水，落在季明明脸上时，也仿佛没有任何重量。少顷，他开口说道：“只要理由充足，你可以讨厌任何人，这是你的自由。”

“即使她是你的前女友？”季明明迎着他的视线，问道。

卓清淮轻声笑了笑，看着她说：“当然。我有什么权力左右自己的员工的喜好？更何况，你不是也很讨厌我吗？”

“对，因为你们都有令人讨厌的地方。”季明明不再看他，答道。

这时候，不远处的江攀扬声问卓清淮：“怎么样，打一局？”

卓清淮起身的时候，沈婕笑着说道：“我赌清淮赢。”

“偏心。”江攀的手臂搭在她的肩膀上，说，“运气和实力一样重要，万一我赢了呢？”

“我只是说我赌清淮能赢，可没说过你一定赢不了。”沈婕笑着瞥他一眼，重申了一下这两者之间的区别，然后提议道，“我上个月新订了一艘游艇，正好拿出来当奖品，你们谁赢了就是谁的，怎么样？”

“听起来还不错，但结合你的偏心，这就相当于你要把游艇直接送给他。”江攀笑着摊了摊手，看似抱怨地说，但马上就看向了季明明，说：“那不如这样，明明你站我这边，到时候无论输赢，游艇都是咱们卓总的，我另外送你一个彩头，怎么样？”

比赛一定有输赢，不过季明明势必不会捧任何人的场，几个字就表明了态度：“我没兴趣，不参与。”

“你难道不觉得很有趣吗？而且显然无论谁输谁赢，你都能坐收渔利。”江攀循循善诱地说道。他有自信说服她。

不过彼时卓清淮已经走到了球案旁，笑着说：“有结果之前就先确定得利的一方，比赛很容易显得不那么公平。所以随便打几杆就好了，不论输赢。”

“怎么，怕输啊？”江攀挑眉看着他，别有深意地笑着问。

卓清淮接过服务生递上的球杆，面对江攀略带挑衅的脸，笑着说：“你知道的，我从来不在乎输赢。”

虽然隔了一段距离，季明明却仍然能感觉到卓清淮周身的气场，淡定、从容而不容任何人忽视。

沈婕也坐到了一旁，招手叫服务生送了红酒过来。她依旧和其他朋友言笑晏晏，看不出一点儿受刚刚的事情影响的迹象。

季明明拒绝了其他人招呼她一起喝一杯的提议，坐在原处继续看卓清淮打球。由于她的作息十分规律，原本她还能勉强打起精神，随着天色渐晚，在击球声和不远处几个人的谈笑声中，她不知不觉地闭上了眼睛。

一局打完，卓清淮走到休息区，季明明已经靠在沙发里睡熟了。她醒着的时候，总有一种和全世界都格格不入的孤僻乖悖，此刻倒全然不见。大概是因为睡得不太舒服，她的眉心还微微皱着，不过在睡梦中动了动身子之后，总算又舒展开来。

卓清淮无奈地摇了摇头，俯下身，轻轻地拍了拍她的手臂，唤道：“季明明？”

江攀端着酒杯过来，笑着说：“我还以为卓总这么懂得怜香惜玉的人，会不忍心吵醒她，直接把人抱出去呢。”

卓清淮对他的话充耳不闻，仍是叫醒了季明明。

季明明睁开眼睛的那一瞬间，脸上还带着几分懵懂，难得有些孩子气。她抬手揉了揉眼睛，待看清眼前的人，有些茫然地开口，困倦的声音里带着几分沙哑：“谁赢了？”

眼前的人突然笑了。

没有往日里世交长辈那种带着明显距离感的亲切，也没有公司决策者高高在上的漫不经心，此刻笑着的人眉清目朗，在触手可及的地方，就只是卓清淮本人而已。

季明明彻底醒了过来，但仍有些愣怔。

“江攀。”卓清淮又笑了笑，站直身子说道。

季明明有些意外，赢了的那位已经自发地接过话头，笑着说：“虽然论实力我赢面小，不过运气倒是不差，包括这次，三局里拿到了两次先开球的机会。所以说到底，最后能赢确实是侥幸。”

“不用太谦虚，运气也是实力的一部分。”卓清淮并不否认他的实力，替他补充了最后一句，然后对季明明说，“走吧。”

季明明依言起身，等他和几个朋友打了声招呼之后，便跟着他一同离开。经过江攀身边的时候，他仍是一副熟稔的模样，笑眯眯地朝她挥了挥手，语气亲热地说：“希望我们很快能再见面，明明妹妹。”

看着两人的身影走远，江攀走到沈婕身旁，举杯和她手中的红酒杯轻轻地碰了碰，在清脆的声响中，将残酒一饮而尽。

沈婕问：“不开心？”

感受着酒液滑过口腔，江攀偏过头凝视她漂亮的脸，嘴角微勾，反问道：“你在乎吗？”

几天后，昌隆集团的高层再次造访卓越集团，先前的合作案继续进行。在商言商，这在所有人看来，都并不是什么意外的事情，包括季明明。直到何瑗敲开了她办公室的门，进来说道：“季助理，昌隆集团方面提出要你一起参与这个合作案，卓总让我来通知你一声，现在带资料去会议室开会。”

季明明想到乔方，自然感到厌烦，但这种厌烦仅仅是对于“陌生人”自作主张的厌烦。和对方的这种要求比起来，卓清淮的许可才是她情绪有了起伏的根源。

消息来得突然，秘书室的人也都十分疑惑——众所周知，季明明最近一直在研究卓越集团的往期业务和运作的相关资料，对最新的合作案没有任何了解。

何瑗见她脸色不好，也不知该说些什么，只能把文件夹递给她，劝道：“资料在里面，耽搁久了的话，会议室那边估计要催了。”

季明明并不在乎乔方此举有什么目的，鉴于眼下被要求做的事情属于工作的一部分，虽然有些突然，但也没有拒绝的必要。于是她从何瑗手里接过文件夹，道了谢之后，立即动身前往大会议室。

象征性地敲了敲会议室的门，季明明面无表情地走了进去。

双方团队分坐在大会议桌两旁，众人的视线一齐朝她看过来。乔方也看向她，原本淡漠的神情里，掺杂着一丝令人捉摸不透的复杂情绪。

骆康见季明明进来，指了指卓清淮身后的一把空着的椅子，示意她坐在那里。她走过去的时候，卓清淮抬头看了她一眼，目光依然沉静如水。

季明明原本有些波动的情绪此刻倒是平复了，她坐下来，打开文件夹，还没看完一页，手机就振动了一下。她看了一眼，虞兮发来的消息言简意赅，只有三个字——回来了。

回了消息后，季明明无意间抬起头，发现乔方仍看着她，视线相撞后也并未收回探究的目光。只是她连多看他一眼的兴趣也没有，收到虞兮的回复后，又跟对方聊了两句才继续看手里的文件。

不久后，昌隆集团的人上台做内容阐述，会议室内主灯关闭，幻灯片开始同步播放。明暗交织的光线里，季明明看着前方卓清淮的背影，意识到他的工作态度似乎永远专注，两相对比之后，她也更加认真起来。

这次的合作案，前期诸多问题已经基本解决，只需双方团队对合同条款做进一步的完善。对于其中的一项让利条件，双方有些僵持不下，谈判暂时告一段落，季明明起身准备和众人一起离开。不过她还未走到门口，就听见乔方出声说道："季助理留步。"

其他人不动声色，都加快了出门的脚步。

骆康有些迟疑，但他见卓清淮仍坐在原处，这才放心离开。于是偌大的会议室里，很快就只剩下三个人。

乔方看向正在继续翻阅文件的卓清淮，说："卓总，如果不介意，我想和季助理单独谈谈。"

卓清淮抬头看了看他，对于刚刚听到的话并未感到惊讶，彬彬有礼地笑着说道："乔总需要征求的是季助理的意见，不是我的。"

季明明并没有学到卓清淮滴水不漏的社交礼仪，把不耐烦都写在了脸上，拒绝道："没必要。"

乔方对于季明明的态度早有思想准备，所以也并不在意，开门见山地说道："这段时间你外公的身体一直不好，医生说情况不太乐观。我那天回去说了遇到你的事，他想见你一面。"

当年乔薇离婚的时候闹得太难看，季家和乔家这些年早就没了往来。即使人人皆知季老爷子并不干预晚辈的个人事情，乔方也并不好贸然造访季宅。

不过凡事利弊皆存，直接和季明明对话，而不是和季家打交道，总归是容易一些的。她如今在卓越集团工作，谈生意之余顺便解决问题，也算是一举两得的事情——卓家和季家虽没有什么生意往来，但两家长辈也相识多年，算得上是世交，所以即使卓清淮在场，一些点到即止的私事也可以谈。更何况第一次见面时，他便察觉到了卓清淮和季明明之间的微妙气氛。

虽然乔方的声音听上去十分和缓，但季明明觉得他此刻的态度更像是源于一种十分可笑的自大。

乔方并不催促，等待她做出回应，哪怕是先发泄一下怨气。不过季明明根本没有要理会他的意思，接下来长时间的沉默，使得会议室内的气氛越来越古怪且僵冷。

“他已经知道自己时日无多了，最近经常想起你妈妈，一直在翻老照片，讲些过去的事情。”乔方端详着她精致的五官，像是陷入了回忆之中，许久之后，表情温和了些，微不可闻地叹了口气，说道，“你的模样和你妈妈当年真的很像。”

季明明仍不说话，直到卓清淮拿笔在办公桌上轻敲一下，提醒道：“长辈说话要回答。”

他的话季明明自然听从，但她有些不情不愿，更不认同乔方是她的长辈。不过最后她还是开了口，声音冷冷地对乔方说：“如果你说的那个人是指乔薇的爸爸，我从来都没见过他，所以根本不认识。”她拿着文件夹的手缓缓攥紧，语气依然毫无起伏地问，“亲属关系的判定，我只能根据亲子鉴定的结果确认。你们能出具吗？”

乔方的眉头倏然皱起，脸色顿时沉下来。

季明明丝毫不受影响，继续说道：“如果不能，我也没有义务去给陌生人做临终关怀。”

乔方眸光越发凌厉，但与此同时，卓清淮再次用笔在办公桌上不轻不重地敲了两下，对季明明说：“注意礼貌。”

季明明看着卓清淮，他的目光温和幽深，于是她心底燃起的那股火气也像被投入了一片宁静的湖面。她心底有些微妙的、难以描述的懊恼，动了动唇，到底没有再说下去。

不过她的意思已经表达得再清楚不过了——她没兴趣去听一个将死之人忆往昔，即使这个人是她生物学上的外公。

“当年你妈妈和家里的误会、积怨一直很深，你当然有理由怪乔家缺席了你的成长过程，但既然已经到了现在，有些事再拿出来争论、解释也没什么必要了。”乔方眼神虽冷，但语气仍然平稳克制，“人到了一定的年纪，最顾念的还是骨肉亲情。你就算不考虑你外公，好歹也要为你妈妈、为你自己着想——遗嘱会重新修改，属于你妈妈的那一部分遗产，到时候也自然会归入你的名下。”

季明明对乔方乃至整个乔家，已经从最初的毫不在意到不耐烦，此时更是无比厌恶。这种让季明明可笑的对话总有一种异样的熟悉感觉，乔方那种理所应当的语气和高高在上的模样，勾起了一些她十分憎恶的记忆。

“钱你们可以自己留着，我不需要。我们连面都没见过，有什么话可说的？”季明明看着乔方，扯出一抹十分难得的笑容，一字一句地说道，“他不是快死了吗？真有什么话，到时候可以直接去和乔薇说。”

“啪”的一声，乔方的巴掌重重地拍在桌上，他目光冷厉地盯着季明明，季明明回以挑衅意味十足的冷笑。僵持几秒之后，乔方怒极反笑，说道：“好……真不愧是季维智和乔薇生出来的好孩子！”

他原本还要说什么，但碍于卓清淮在场，到底没有再说下去。最后，在自己做出失礼的事情之前，乔方脸色阴沉地拂袖而去。

会议室的门被甩出巨大的声响，与此形成强烈对比的，是里面几近凝滞的气氛。

因为不再有人说话，空荡荡的会议室里突然安静下来，季明明觉得，她似乎听得到自己的呼吸声。

在乔方面前的冷漠是真的，厌恶是真的，他可笑的态度和要求引发的糟糕回忆也是真的。她在手边的椅子上坐下来，想到乔方临走前说的那句话，觉得有些好笑——她并没有意识到自己其实真的笑了，直到卓清淮走过来皱着眉看她。

她却不肯看他。

她默默地用力掐着自己的掌心，想起季维智和乔薇，也想起季家和乔家这些人，觉得自己的人生境遇真是又诡异又莫名其妙。她发现，对于很多人来说，死亡除了是对世界的一种妥协，还是他们用来对别人进行道德绑架的有效手段。

从过去到现在，一个两个都是如此。

“我从小就觉得，人真是很奇怪的动物。”掌心一阵尖锐的疼痛过后，季明明才松开手，抱膝坐在椅子里，她突然开口，打破眼前近乎窒息的气氛，十分平静地说道，“很多东西他们其实根本不在乎，但临死之前，又觉得自己好像在乎了。”

卓清淮看不清她的表情，但能感觉到她的冷漠里多了一丝裂痕。正因为早在当年就曾窥见过她的伤痛，所以他明白她的心结所在，对她说道：“现在的你已经有拒绝的权利了。”

“可我拒绝的不是季维智，我没办法回到过去把那些羞辱都还给他。”季明明呼吸有些急促，但很快又咬紧下唇强行抑制住了，她神色晦暗，声音也有些喑哑，“当初我也以为，他是顾念骨肉亲情才接我回来的。他和乔薇一样，和乔家的人也都一样。我就像个道具一样，让他们在快死的时候能找一点儿心理安慰。”

她其实每天都在认真地生活，但总有些时候，还是会被回忆拉扯进时间的罅隙，被逼迫着一遍又一遍地看清事实，看清她不被接受、不被需要更不被爱的事实。于是，即使她是个活生生的人，也永远像棵无根的蓬草，不知道下一秒会飘向哪里。

而如今，心底那股熟悉的空茫卷土重来。

卓清淮看着埋头坐在眼前的季明明，她如今已经二十五岁了，但画面和时空交错变换，他仿佛又见到了当年树墙下的那个孩子。

卓清淮微不可闻地叹息，垂在身侧的手动了动，但抚上她的发顶之前就察觉到了不对，他猛地伸手扯开她的手臂，把她整个人按在了椅背上。而她左边的小臂上，赫然出现了已经渗出血迹的齿痕。

卓清淮的眼神顿时冷了下来。

两个人距离极近，季明明甚至能从卓清淮的眼中看到自己现在的样子：漠然又乖戾，依旧不讨喜。而眼前的人气息干净清冽，是她多年前就察觉并熟悉的，如今同样的气息包围着她，她因他的存在而感觉安全，却也心有怨怼。这种怨怼许久前就开始积累，直至此时此刻。

她开始挣扎，这次自然也很快被压制住了。

季明明看着卓清淮，情绪来得格外突然，是在面对乔方时都没有过的愤怒。她质问道：“乔方让我来开会，也是你同意的。你和他们有什么不一样吗？”凌乱的发丝快要挡住她的视线，她仰着头看他，眼神倔强又委屈，“你们都只顾自己！”

卓清淮笑了起来，只不过这一抹笑意远远未及眼底。他钳制她的手缓缓用力，声音反而放得极轻，说：“我不想再听到有人把公事和私事混为一谈。”

他看了一眼她手臂上的齿痕，视线重新落在她脸上，嘴角的弧度消失的同时，继续慢慢说道：“我以前和你说过，跟自己较劲不算本事，不过你那时候还小，不记事也正常。我现在再和你说一遍，你听清楚了，季明明，如果再让我看到你玩这种叛逆的小游戏，你就给我从哪里来的，滚回哪里去。”

季明明呼吸微滞。

卓清淮说完之后，松开她的手，甚至顺便帮她把凌乱的发丝拢到了耳后，不过微蹙的眉心显示出了他此刻的不耐烦，再次开口的时候，他命令的口吻也不复平日里的温和：“去把伤口处理好，然后写一份针对这次合作案的可行性分析报告，下班前交给我。”

情绪宛如在极短的时间内坐了过山车，季明明已经从最初的混乱中抽离了出来。她唇齿间还有残留的血腥味道，但看着卓清淮的目光，已经恢复了最初的谨慎。她抿了抿唇，试图开口说些什么：“我……”

“听不懂吗？”卓清淮站直身子，居高临下地看着她，“出去。”

“然后你就这么出去了？”

包间里，虞兮穿着一身红色包臀长裙勾勒出完美的身形，她有着和季明明全然不同的美，五官生得妩媚娇艳，举手投足间风情万种。不过此时的她托腮看着季明明，又惊讶又嫌弃，一副恨铁不成钢的模样。

会议室里的事情，季明明当然没有讲述得那么具体。她自觉那并不怎么光彩，所以在说了自己和乔方的对话之后，和卓清淮的“争吵”只是三言两语带过。如今听到虞兮这么问自己，季明明看了她一眼，问道：“不然呢？”

如果不是特别了解季明明这个人，听到她绷着脸这样反问，八成会以为她是故意讽刺。而虞兮太清楚季明明是什么样的人，才更加无奈，十分肆意地嘲笑道：“没什么，你做得非常对，毕竟你去卓越集团是为了工作学习、提升自身业务水平的，和卓清淮生气这件事比起来，当然是乖乖听他的话回去写报告更重要啊。”

季明明面无表情地瞥了她一眼。

她常年表情冷淡，加之今晚情绪不佳，桌上的食物基本上没动几口。但虞兮可不是季明明这种愣头青，进门后瞥见她左小臂上那个创可贴，再结合她简单的描述，虞兮甚至不需要揣测就已经勾勒出了事情的大概轮廓。

互相陪伴的岁月很长，季明明大多数时间里是个沉默寡言的闷葫芦，只有和朋友在一起时，那点儿刻薄才会淡化，人也变得生动一些。她这些年情绪鲜有大的波动，虞兮也只见过一次，但这并不妨碍虞兮知道那个创可贴下是什么。

“你有没有想过卓清淮为什么生气？”虞兮问道。

季明明没说话。虽然她白天强迫自己认真工作，但还是会因为这件事情走神——卓清淮的不悦真实而又直接，远比她上次打人的时候强烈。直到现在，她都仍然清楚地记得他当时的眼神和语气，乃至指尖冰冷的温度。

她不是喜欢幻想、臆测的性格，可所有想法仍是忍不住朝着一种可能性倾斜：生气是因为在乎吗？

她的感情经历很少，所以究竟是因为什么，她始终想不明白。不过在拨开迷雾找寻答案的过程中，有一种熟悉的酸涩感觉又开始在她心底发酵了。

“可能是因为他觉得我蠢得让人讨厌。”季明明捏紧手中的筷子，语气沉闷地答道。

“这个答案难得让你显得聪明了一次。”虞兮嗤笑一声，偏不肯配合纠正她的言不由衷，她笑意凉薄地说道，“当年他能保持温和和耐心是因为你年纪小，但时隔这么久，还要让他目睹同一种愚蠢的行为，脾气再好的人也难免生气。你要是有点儿出息，就别再继续犯蠢，去纠结他是不是因为在乎你而生气。”

虞兮的话虽然残忍，但也真实，让人无从反驳。

这就是她们之间的相处模式，季明明早已习惯。不过她意识到，虞兮说话的过程中，目光始终停留在那个创可贴上，于是在出声反击之前，不动声色地把手收了回去，垂在身侧。

虞兮见她回避，举起自己的左手，转动着手腕上的一只宽大的铂金手镯，语气轻松地说：“要不要把这个还给你？你不是说这还是卓清淮帮忙拍回来的吗？”

手镯上镶嵌的钻石在灯光下闪耀着绚丽夺目的光彩，季明明别开眼，皱眉说道：“吃饭。”

事实上，虞兮在看着季明明时，总会产生一种像是在看着自己女儿的心态——比如此刻，因为明白她从不是矫情的人而感到欣慰，却也因为她一直以来的内向孤僻，仅仅是看着她默不作声地低头吃饭的模样，就已经有些不忍心了。

虞兮眼底有一闪而逝的感慨。她夹了季明明喜欢的菜放进碟子里，貌似若无其事地问：“你去交报告的时候，他是什么反应？有没有说什么？”

“有。”季明明喝了口橙汁，见虞兮马上被调动起了情绪，露出一副愿闻其详的模样，她不痛不痒地答道，“他让我拿回去重写。”

虞兮帮她夹菜的动作顿了顿，下意识地问道：“然后呢？”

“然后到了下班时间，他要出席一个商务晚宴，直接走了。我出来和你吃饭，吃完再回去加班，继续把工作做完。”季明明放下杯子，冷冷地看着虞兮说，“你想笑就笑，不用忍着。”

两个人吃完饭，季明明告别了幸灾乐祸的虞兮，按计划回公司加班。

季明明之前已经看完了相关文件，除了何瑗交给她的那份，她自己又整理了一些其他资料。回到办公室之后，她把剩下的资料继续看完，然后打开文档，把那份报告从头到尾修改、完善。

整层楼都格外安静，季明明只听得到自己的手指敲击键盘的声音，时间也随之流逝。就在她全神贯注工作的时候，一旁的手机突然响了起来。

思路被打断，季明明不自觉地蹙眉。她拿过手机，看着上面显示的“季怀平”三个字，接起来之后，叫道：“爷爷。”

电话那头苍老的声音很平静，问道：“你外公把电话打到了我这里，说想见你一面。你怎么想？”

“不去。”季明明答道，“乔方找过我，我和他说得很清楚。”

季怀平并不意外，对此事和她的态度都没做任何评价，爷孙俩亦没有多余的寒暄，这个电话从接通到挂断，时间没有超过二十秒。

季明明放下手机，靠在椅背上，无意间瞥见手臂上的创可贴，直接伸手把它揭了下来。齿痕犹在，也仍残留着一丝疼痛，不过她并不在意，因为她本就不怕疼。

这通电话自然不会让人感觉愉快，不过季明明也并未被影响太多。她很清楚，如果不是因为卓清淮，自己并不能这么快从那么糟糕的情绪中抽离出来。虽然她彻底冷静下来的时候，已经被赶出了会议室。

应该和他道歉的，季明明心想。

短暂的愣怔后，她回过神来，伸手揉了揉自己坐久之后有些酸疼的后颈，然后坐直身子，继续完成剩下的内容。

季明明关掉电脑的时候，已经是夜里十点多了。她的生物钟十分固定，离开办公室的时候，她已经困得有些眼神迷离了，以至于看到从走廊另一头走过来的人，第一反应是怀疑自己产生了幻觉。

卓清淮大概是刚从晚宴上回来，身上还带着酒气。灰色的手工西装已经脱了下来，搭在臂弯里，白色的衬衫依旧纤尘不染。他单手插袋，整个人没有半分醉意，只有清贵中透着的几分漫不经心的慵懒。

看着面带疲色的季明明，卓清淮也有些意外，他问道："怎么还在？"

"改报告。"季明明说道。

白天两个人几乎是不欢而散，虽然季明明在加班的时候，还在后悔自己没有及时找机会道歉，但此刻乍见卓清淮，她依然没能在第一时间想到要把该说的话说出来。

骆康随后而来，看到季明明时，他也十分惊讶，不过很快便收敛了情绪，朝她点了点头，对卓清淮说："卓总，我先进去调试一下网络。"

看着骆康离去的背影，季明明收回视线，问道："有什么需要我做的吗？"

"不用，只是临时有些事，要和海外市场的几个高管开一个视频会议。"卓清淮回答的时候，语气一如既往地平和。这个时候的他，又是工作负责的上司、神情温厚的长辈了。仿佛白天那些算不上矛盾的矛盾都已经消弭于无形。不再计较，也许意味着并不在乎。

这样的卓清淮，再一次变得遥远了。

“家里的司机到了吗？”见季明明始终抿着唇不说话，卓清淮问道。

“嗯。”她点了点头，说，“到了。”

卓清淮亦微微颔首。他没有打算多作停留，又嘱咐了她一句“回去早点儿休息”，之后便朝自己的办公室走去。

两人擦肩而过之后，季明明突然叫道：“卓清淮。”

卓清淮闻声停下脚步，回过头来。

其实季明明在叫出他名字的那一瞬间，并没有整理好思绪。她只是在听着他的脚步声渐渐远去的时候，蓦地意识到自己是应该说些什么的。

见平时性格冷硬的季明明如今难得踟蹰，一副明显没有斟酌好措辞的模样，卓清淮无奈地笑了笑，面部线条因此柔和了许多。他看着她，提醒道：“说话。”

“对不起。”季明明缄默片刻，在卓清淮的注视下，思维渐渐清晰，说道，“你和他们是不一样的，当时我不应该那么说。”

眼前的小姑娘疯起来不管不顾，理智回笼后又一板一眼，卓清淮早就知道她一定会道歉，所以对于刚刚听到的话没有丝毫意外。他回应的神态堪称和煦，但话又说得并不留情面：“我现在没什么时间和你计较，既然你还有理智，那以后就少做蠢事。”

季明明被训得闷不吭声，站在原地目送着卓清淮离开。就在她也要转身的时候，卓清淮再次回过头来，把手里的西装外套抛给她，在她接住之后，说：“穿着吧，夜里凉。”

第二天早上，季明明晨跑回来的时候，阿姨已经把房间收拾好了。她洗了个澡下楼，吃早饭的时候，薛珊抱了几本图册过来征求她的意见，说："这是各品牌新一季暂未发售的服饰，如果你没有特别不喜欢的，我下午就让造型师都搭配好送过来，把衣帽间重新整理一遍。"

"都可以，你决定吧。"季明明不在意这些小事，答道。

薛珊如今年逾不惑，为人稳重严肃，自季明明回到季家之后，就被指派过来负责照顾她的生活起居。两人都是有些沉闷的性格，所以即使已经过去多年，两人相处的氛围却始终和热络、亲近等形容词相去甚远。

薛珊点了点头，似乎想到什么，又问道："起居室沙发上那件西装外套，是不是要干洗后再还回去？"

她也是第一次见季明明把外人——还是个男人的衣服拿回来，不过由于性格原因，她面上看不出一丝好奇，神情和目光始终沉稳内敛。

季明明沉默片刻，答道："不用，洗完后收进隔壁房间吧。"

听她提到隔壁房间，薛珊顿时了然，随即想起什么，又说道："昨晚你回来之后，司机说卓先生的助理和他联系过，确认你是否安全到家。"

季明明喝牛奶的动作顿了顿，不知为什么，她听到薛珊的话之后，眼前浮现出的却是昨晚在公司偶遇时，卓清淮把外套扔给她的动作，还有他语气里漫不经心的温柔。

夜晚的风的确是凉的，所以此刻想起她被包裹在那件外套里的温暖，她仍有些恍惚。不过她很快就回过神来，明白这种温柔于卓清淮而言不过是驾轻就熟的成年人的礼仪，所以自言自语似的说："礼貌而已。"

因为头一天晚上睡得晚，所以季明明早上到公司的时候还是有些困倦。她进办公室不久，骆康就送了咖啡进来。他把纸杯放到她桌上，说："楼下新开的咖啡馆，味道还不错，我今天路过的时候多买了几杯。”

季明明动了动唇，话还未说出口，骆康已经笑着补充道：“喝点儿提提神，今天工作还有很多。放心，不苦的。你尝尝？”

在他的劝说下，季明明依言点了点头，拿起纸杯慢慢地喝了一口，发现绵密的奶泡中和掉了咖啡的大半苦味，果然是她完全能接受的味道。看着她微亮的双眸，骆康微笑着说道：“怎么样，没骗你吧？”

不过季明明还没开口，他仿佛就已经明白了她的疑惑，解释道：“你来报到那天说不喜欢咖啡，我猜你是因为不喜欢太苦的味道。所以刚才买你这杯的时候，就买了和我一样的口味——果然被我猜中了。”

季明明抬眸看了一眼骆康，他昨天也加班，下班比自己更晚，而且看起来加班是常态。不过他现在看上去依旧神采奕奕，清秀的眉眼间也始终带着笑意。季明明深知自己比他还差得远，更别说卓清淮了。

“谢谢。”季明明认真地说道。

不过就在骆康要离开时，她突然想起薛珊早上的话，迟疑地问道：“昨天是卓清淮让你确认我有没有安全到家，对吗？他是对每个员工都这么关心，还是因为我们两家是世交？”

骆康脚步一顿，回身看向她的时候，笑意有些复杂，又有些无奈，过了半晌才说道：“我不知道，季助理。”

这个答案自然不能让季明明满意，而她看到邮箱里卓清淮批注了许多问题的那份分析报告后，便再也没有心情和时间去为这些私人事宜分神了。

季明明再次梳理了所有资料，根据卓清淮指出的问题，重新写了一遍报告，在午饭时间之前亲自送进了他的办公室。

简单浏览了一遍手里的文件，卓清淮看向季明明，审视片刻，意味不明地笑了笑。

凌晨的时候，他刚开完视频会议不久，坐在办公室里，身后的落地窗外，是幽深高远的夏日夜空。而穹庐之下车水马龙，霓虹灯闪烁，依然是华灯璀璨的声色人间。他在那一刻看到了邮箱里季明明的邮件，然后进一步地想到了季明明这个人。

和昌隆集团的谈判已经接近尾声，这个时候，一份出自新人助理的评估分析报告并无实质性意义，她不会不知道，但她还是一个人在办公室里坐了半夜，把被打回的报告重新写了一遍。只不过以她非黑即白的处事风格，她会这么做除了骨子里的认真执拗，更多的也仅仅是因为她这么被要求，于是自然不肯服输。她并不会多想一分，去猜测他是不是为了磨一磨她的性子。

季明明是一个不需要过多探究就能轻易看穿的人，这种人其实最容易应付，不过她并不会给每个人应付她的机会。

“怎么了？”季明明看不懂卓清淮落在自己身上的目光，问道。

“没什么。”卓清淮把文件递还给她，说，“可以了，出去吧。”

季明明微不可见地皱了皱眉，卓清淮把她的不悦看在眼里，把她先前那句话抛还给她，反问道：“怎么了？”

一时之间，季明明不知道该如何表达自己的心情。因为她感觉到了敷衍，却又并不能很快地分辨清楚，这敷衍究竟是“卓总”对“季助理”的，还是卓清淮对季明明的。若是前者的话，对方并不需要给她什么理由；倘若是后者，她又有一种真切的茫然。

她还未回答，办公室的门就被敲响了。进来的人身姿婀娜，是孙筠进来送咖啡了。

孙筠一路走近，很快就察觉到气氛有些古怪——季明明看上去脸色比平时还要冷。她虽然好奇心极为旺盛，但眼下，面前这个“女悍匪”的喜怒哀乐也并不是她关注的重点。有卓清淮在的场合，她的所有注意力自然都被他吸引。孙筠很快就发现，即使是在季明明无甚温度的注视下，她年轻英俊的老板也始终从容淡定。

他看上去依然是温和的，而这种温和，无疑也给人十足的距离感。孙筠准确地抓住了这一点儿感知，于是迅速调整了一下脸上的表情，让自己原本透着些娇俏的笑容变得职业化了许多。可她到底还是因着这短暂的观察而分了神，脚步乱了的时候，高高的鞋跟随之突然一偏，她慌忙调整重心站稳身子，但手上的杯碟已经直接摔了出去。

上好的骨瓷砸在大理石地面上，发出清脆的声响。突如其来的碎裂声入耳，季明明瞳孔猛地收缩，紧紧地攥住了一旁的椅子扶手，还没朝声源处看过去，脸色已经一片苍白了。

“对不起，卓总！我马上收拾……”孙筠也没想到会出现这种纰漏，连忙一边说着一边蹲下身去捡散落在地上的碎瓷片。

卓清淮还未来得及看向孙筠，就注意到了季明明的动作。他看到她手背上暴起的青筋，目光随即落在她苍白的脸颊上，眉心微蹙的同时，开口说道：“孙秘书，你先出去。”

孙筠闻言看向卓清淮，有片刻的愣怔。直到看清他皱起的眉头，她才后知后觉地意识到了这句话里严肃的意味，于是她虽然不明就里，但还是听从吩咐起身，迅速朝门外走去。

办公室里再次安静下来之后，季明明动作僵硬地慢慢坐进椅子里。她耳中还在回荡着无数杂乱的声音，骨瓷、水晶、玻璃……虽然这些东西碎裂时，发出的声响并不算特别刺耳，但她的脸色还是因此几近惨白。也正是在这个时候，她在一片混乱中察觉到了熟悉的气息靠近。

犹如身边翻滚的巨浪中有浮木来到眼前，她下意识地抓住了对方。她的手修长白皙，和他的比起来，自然显得娇小许多，于是在她冰冷的手指紧握住他手腕的时候，便显出了几分脆弱的意味。她似乎在努力克制身体的颤抖，也正因如此，握着他的手越来越用力，像在发泄，也像是在攫取力量。

卓清淮觉得，也许放任季明明来卓越并不是一个好的决定。这个想法在他又一次窥见她千疮百孔的灵魂之后产生。过去那只性情古怪的小兽，如今被一点儿异响困在陷阱里，更像是一只折颈的天鹅，美丽苍白，仿佛一触即碎。

卓清淮察觉到她的抗拒，但依然缓慢而又坚决地拉开了她的手。

季明明的手中顿时一空，与此同时，她觉得胸腔里仿佛有什么也一并被摘去了，虽然疼痛，但不尖锐，但每次呼吸的时候，都有一种明晰的痛苦，沿着那个硕大无比的空洞，丝丝缕缕地渗入四肢百骸。

耳边的碎裂声越发频繁剧烈，伴随着的还有乔薇歇斯底里的哭喊和辱骂。她的手死死地攥在一起，直到一双手捂住了她的耳朵。

卓清淮的掌心触碰到她的耳朵，不轻不重地压上去，带着能屏蔽一切嘈杂的温度。他的手指插入她的发间，轻轻地点了两下，精致的眉眼间透出几分已然窥见了一切秘密的悲悯。

“没事了。”

耳朵被捂住，季明明感受得到卓清淮掌心的温度。她只看得到他薄唇微动，听不清他的声音，但他就在眼前。意识到这一点，季明明紧绷的身体脱力一般松懈下来，她把头轻轻地抵在他的肩膀上，慢慢地闭上了眼睛。

她耳边垂落的发丝拂过他的颈间，他敛眸轻叹，始终一动不动地任她依靠。那甚至并不是一个拥抱。但两个人之间，有一种无人能打破的亲密氛围。

时间在静默的空气中继续流淌，卓清淮的双手一直覆在季明明的耳边，直至她的呼吸渐渐平稳下来。

再简单不过的动作，眼前人做起来似乎带着与众不同的温柔。

于是整个世界都安静了下来。酒杯碎裂的声音，不绝于耳的哭泣、咒骂，重物摔落时发出的闷响……所有的喧闹嘈杂，似乎都被卓清淮的双手隔绝于外。

不知过了多久，季明明重新感知到了自己的心跳，抬起头时，苍白如纸的脸上也恢复了一丝血色。

卓清淮依旧在看着她，用那种惯有的、似乎永远能洞穿一切的目光。

许久，季明明垂眸，哑着嗓子说："我没事了。"

卓清淮松开手，却并未如她所想那般就此作罢。他站起来，靠在身后的办公桌上，问道："那个声音怎么了？"

"不喜欢。"季明明迅速答道，然后又清了清嗓子，语速放慢了些，面无表情地说，"小的时候，乔薇喝醉酒喜欢砸东西，所以我一直很讨厌这类声音。"

卓清淮当然是了解季明明的。她是不惜用疼痛来消解愤怒和痛苦的人，但如今她脸色苍白，双手冰凉，额角还能看到细密的冷汗，所以卓清淮像是并没有意识到她言语间的回避，深深地看了她一眼，问道："只是这样吗？"

"不然呢？"季明明闻声抬眸，冷冷地看着他，就好像突然感知到危险的小动物，无意识地露出尖利的爪牙。

卓清淮不置可否。这世上有太多问题的解决不能一蹴而就，他也从未有这种打算，所以他不以为意地收回视线，从桌上拿过烟盒，打开之后倒出了一支，却并未点燃，只是捏在指间把玩着，少顷，毫无征兆地笑了笑，说："过河拆桥。"

季明明心底的焦灼和烦躁，被他突如其来的笑容打断，她急于摆脱当下的问题和困境，所以再怎么自认为问得合乎情理，言语间还是透出了一丝质问的意味："你对你的员工都这么好吗？"

卓清淮闻言挑眉看向她，反问道："你觉得这算对你好吗？"

这句话在季明明听来，等同于不打算回答。她没再说什么，拿过桌上的文件转身向外走去。不过没走几步，她便听到身后的他出声叫道：“季明明。”

卓清淮不费吹灰之力地把手中那支烟揉碎在掌心里，等到季明明回头看向自己之后，淡淡地说道：“你在还不懂事的年纪，也不是讨人厌的孩子。这些可以算作优点，但还远远不够。判断别人是不是对你好，前提是你对自己有准确的认知和评判。如果连自己都接受不了自己，你又能靠什么去争取自己想要的东西？”

季明明刚刚从某种情绪中逃离，已是身心俱疲，如今听了卓清淮的话，更是呼吸微滞，不知如何回答。良久，她抿了抿唇，说：“我没有想要的东西。”

作为对这个答案的回应，卓清淮轻轻地点了点头以示了解，只说了一个字：“好。”

季明明虽然看不穿他真实的想法和意图，却在他深邃的眼神注视中，有一种莫名其妙的紧张。就在这个时候，敲门声再次响起，随后骆康走进来，汇报道：“卓总，吴小姐来电话，说正在过来的路上，想请您吃午饭，不知道您有没有时间。”

卓清淮并没有在第一时间回答，他把揉碎在掌心的烟扔进烟灰缸，然后抽了张纸巾慢条斯理地擦了擦手，对季明明说：“给你半天假，回去休息吧。”

季明明不是第一次听到“吴小姐”三个字了，不过直到她出了门，她也并未听到卓清淮是否答应了对方的邀约。

半个小时后，季明明在公司门口遇到了骆康，对方见到她，十分意外，问道：“怎么站在这里？”

“司机被堵在路上过不来，我自己打车回去。”季明明说。

她的脸色仍有些苍白，神情里也透着倦怠。

骆康抬手看了看腕表上的时间，思索片刻，说：“你等我一下，我送你回去吧。”

“不用。”季明明拒绝之后又问道，“你不需要安排卓清淮和吴小姐的私人约会吗？”

她的声音听上去闷闷的，骆康有些无奈，但又觉得她绷着脸说这句话的时候实在有趣，所以笑着说道：“卓总昨晚的视频会议开到凌晨，上午在看新项目的企划案，下午还有一个重要会议，中午需要好好休息，所以没有安排私人约会。我正好要出去办点儿私事，你在这里等我一下，我去把车开上来。”

季明明没有再说什么。

几分钟后，骆康把车从地下车库里开过来，亲自帮她开了后座的车门，等她上车之后，问道：“回季家吗？”

“嗯，”季明明说，“谢谢。”

骆康启动车子向前驶去，同时从内视镜里看了看她，问道：“你的脸色看上去不太好，要不要吃点儿东西？早上那家咖啡馆的蛋糕还不错。”

“不了，我没胃口。”

骆康便不再说话。

车里安静下来，窗外林立的高楼大厦不断后退，她默默地收回视线，问道：“那个吴小姐和卓清淮只是朋友吗？”她问完，看着前方的内视镜，发现骆康的神情有些犹豫，于是又说，“不想说就算了。”

大概是性格使然，她如此年轻漂亮，可神情从来都和明朗灿烂无关，今天更是如此，坐在那里，整个人看上去比往日更加压抑。

骆康明白，她的个性近乎果毅，所以她的好奇是真的，觉得对方不想说也无所谓的态度亦是真的。类似的话出自其他人之口时，大多带着赌气的意味，她却是明明在乎，也能漠然地面对一切结果。

“吴小姐的姑姑是卓总母亲的闺密，不过据吴小姐说，她和卓总以前也并不熟，没有什么来往。前几年卓总开拓海外市场的时候，吴小姐恰好在那边留学，才有了几次接触。”最后，骆康还是开口解释道，“吴小姐对卓总确实很有好感。但据我所知，卓总对吴小姐应该并没有超出朋友范畴的想法。”

骆康所说的一切都是季明明对于卓清淮一无所知的领域。

季明明觉得自己和这位吴小姐也没有太大的区别——家里是世交，虽然比其他人有更大的优势，但也是因为偶然的机会才有了交集。只不过那位吴小姐大概不愿让任何人知道自己的心意，却始终坚持认定自己来卓越集团工作不是为了这里的某一个人。她只是工作之余，来见一见卓清淮。

季明明闭上眼睛，但许多杂乱无章的画面依然不时在脑海众浮现。今天的事情发生得太过突然，当她意识到自己又一次暴露了古怪又麻烦的缺点时，已经连懊恼的力气都不再有了。

卓清淮说她并不是讨人厌的孩子，她相信这不是安慰的说辞，但从小到大，她糟糕无比的样子几乎都在他面前暴露过，这个认知让她越发感觉身心俱疲。

意识渐渐模糊的时候，季明明发现自己看到了乔薇。

她知道这只是个梦，因为这些年每次梦到乔薇，对方都是同一副模样——穿同一条真丝的玫瑰印花睡裙，微卷的黑色长发显得有些凌乱，眉目如画，举手投足间别有风情。

不过梦里的乔薇每次也有不同之处，她有时候哭，有时候笑，有时候端着一杯红酒慢慢啜饮，只留下一个站立于窗前的模糊背影。

今天的乔薇似乎在咒骂着什么，但整个世界又莫名其妙地没有任何声响。最后，她将酒杯砸在墙上，碎片四溅，红酒沿着墙壁滑落下来，留在墙上的痕迹像一片娇艳欲滴的玫瑰，又像伤口不断涌出的鲜血。

季明明猛地睁开眼睛。

车窗外是规模宏大的季氏庄园，眼前是午后明媚的阳光。车里放着不知名的英文歌，旋律低回婉转。车窗微敞，柔风里带着夏日的清新鲜活。她慢慢地坐直身子，觉得空气中似乎都洋溢着一种香甜的气息。

骆康听到动静向后看去，对她笑着说："醒了？"

梦境和现实交错，季明明的眼神里还透着几分不知今夕何夕的茫然。骆康从副驾驶座上拿起一个精致的盒子，递给她，说："你刚刚睡着的时候，我半路停车买的。吃点儿甜食，心情也许会好一点儿。"

季明明接过来，低头看着盒子里的蓝莓慕斯蛋糕，这才意识到刚刚闻到的味道并不是幻觉。

骆康还要说什么，车窗突然被人敲响，季明明闻声看向车窗外，江攀朝她挥了挥手，眨眼笑着说道："又见面了，明明妹妹。"

第三章
雪泥鸿爪

江攀并没有等季明明问，率先开口说道："我们家老爷子看我无所事事，抓我来给他当免费的司机。我来的路上还觉得有点儿遗憾，想着这种时候就算来了也见不到你，没想到咱们之间到底还是有缘分。"

他的车刚从大门里开出来不久，他就看到了路边树荫下停着的这辆车。

季明明早已见识过了江攀自说自话的能力，所以对此全无反应。她对骆康说："谢谢，我自己进去就可以了。"

她说完时，江攀已经帮她开了车门。关车门之前，他看着骆康悠然笑着说道："你们卓越集团的司机都去哪里了，竟然要劳烦骆大助理亲自送人回家？"

骆康并未理会他的调侃，只礼貌地说道："小江总说笑了。"

他没有多做停留，朝季明明点了点头，便启动车子离开了。

看着骆康的车渐渐驶离，江攀才收回视线，若有所思地挑了挑眉。不过与此同时，季明明已经走进大门，坐上家里的车径自离开了。

江攀无奈地笑了笑，转身也上了车，掉转车头重新驶入了季家的大门。

位于半山的这座庄园是季家主宅，林木掩映之下，规模极为庞大。几栋联排别墅外，生活服务设施、休闲娱乐设施一应俱全。

季家三代人居住于此，不过因为各自忙碌，他处亦各有房产，所以除节日外，季家人很少齐聚。

从大门到住处，还有很长的一段路。主路向左，一直延伸到尽头，两旁是遮天蔽日的行道树，偶尔有细碎的阳光穿过枝叶的缝隙散落在地上。远处的山壁和围墙几乎融为一体，被肆意生长的花木覆盖。景观瀑布倾泻而下，落入池底，迸溅的水珠在阳光下折射出炫目的光彩。

最后一段路季明明下了车，拎着蛋糕向前走去。江攀把车停在了路边，跟上去，边走边偏过头看她，问道："不需要上班的话，我带你出去玩？"

季明明没有说话，江攀耸了耸肩，视线扫过她手里拎的蛋糕，又问："那我请你吃饭？"

"不去。"季明明总算开了口。

早就知道她很难讨好，所以江攀并不在意。他走在季明明前面，面对她倒退着走了几步，自顾自地说道："我听说乔家的老头子要不行了。"

季明明终于停下脚步看向他。

他得逞般笑起来，又有些无辜地摊了摊手，说："我可没有窥探别人隐私的意思。是乔家人知道咱们两家关系好，求我爷爷当说客。"说完，他见季明明脸色更加难看，意味深长地安抚道，"放心，我爷爷那只老狐狸，不可能蹚这浑水的。"

两个人一前一后，走过大片的天鹅绒草坪。

"乔方那个人，想求人又摆不出低姿态，心思难免越来越偏。

乔家早就一团糟了，碰上有利可图的事，当然谁都坐不住。”江攀说着，随手从树墙上掐下一朵凌霄花，又笑着说道，“不过你运气好，生在季家。就算你爷爷一句话不说，也没人敢直接算计你。不然，你打断了赵荣的胳膊这一件事，不可能这么说算就算了——虽然他只不过是个狐假虎威的废物。”

“我没打断他……”季明明刚要反驳便注意到了江攀的动作，她皱着眉看他又掐下一朵花，直接问道，“你吃饱了撑的吗？”

她目光里的不悦实在明显，江攀不由得顺着她的视线看向自己的手，下意识地反问道：“我怎么了？”

但他的问题又一次如泥牛入海，季明明转过身，一言不发地继续向前走去。

江攀自诩风流贵公子，还是头一次平白无故地遭受这种言语攻击，又毫不知缘由，所以最后倒把自己气笑了，跟上去问道：“你这到底是什么脾气！就因为我掐了你们家两朵花吗？”

因为车上那个支离破碎的梦，季明明虽然疲惫，却再无半分睡意。她洗完澡，换了身衣服下楼，彼时江攀早已反客为主，靠在客厅的贵妃榻上，翻看着她前几天扔在那里的一本《非理性繁荣》。她带回来的蓝莓慕斯蛋糕已经切好，正摆在一旁的茶几上，他已经吃完了一块。他如今看书还算专注，只偶尔从旁边的水晶果盘里叉一块水果放进口中，闲适自在得很。

适逢薛珊亲自过来送泡好的锡兰白茶，江攀抬头看了看，笑着说道：“谢谢珊姨。”

古板如薛珊，在江攀面前的神情也可以用柔和来形容。

季明明径自去了餐厅，连背影都透着一股冷淡。

江攀看着她，发现她这么难相处的人竟没有特别强烈的领地意识，这个认知让他觉得有趣，于是他放下书跟了过去，问：“好在还有珊姨理我。季明明，你就是这么待客的吗？”

季明明没觉得他有任何为客的自觉，所以对于这个问题也并未理会。

薛珊让人把准备好的午餐一一摆上餐桌，季明明吹到半干的长发披散着，脸上未施粉黛，安静吃饭的模样格外居家，甚至还能看出几分乖巧。

江攀早已吃过了，此时没什么胃口，坐在一旁托腮看着季明明吃饭，也许是因为她吃得格外认真，他看着看着，突然没头没尾地问道：“你觉得我们现在算是朋友了吗？”

一个眼神也没有得到，江攀自己也觉得这个问题问得莫名其妙，于是不以为意地转而谈起下一个话题，笑着说道：“你在卓清淮面前也这么不爱说话吗？那你们的关系这辈子还能有什么进展？”

接过阿姨递来的汤，季明明这才拨冗瞥了他一眼，说：“和你没关系。”

“能沉得住气是好事，”江攀已经习惯了她的态度，一边打量她一边笑着说，“不过……有些心思骗骗自己可以，在卓清淮这种人面前，很可能一眼就被看穿了。”

季明明喝汤的动作顿了顿。

江攀身子后仰，靠在椅子上，继续说道：“朝夕相处也是好事，但是如果对方是一个不知情识趣的人，可能每天见一百次面，也不如私下多相处一次。”他朝看过来的季明明眨了眨眼，笑着说，“所以我直接帮你把人约来了，千万不要太感谢我。”

最初季明明并未把江攀的话放在心上，但直到夜色降临，季行知专程来请她的时候，她才意识到江攀没有开玩笑。

后花园的人工湖边，石桌上有处理好的蟹肉和生蚝，几个烧烤架支了起来，许多烤至半熟的食物也准备好了，连不远处树篱上缠着的彩灯都亮了起来。

在烟火气十足的场景里，沈婕正指挥着江攀烤鸡翅。她穿着一件民族风情浓郁的蓝色吊带棉麻裙，耳边的流苏耳坠在灯光下闪烁着璀璨的光芒。

江攀依旧是一副气定神闲的模样，不过笑容里少了几分平日里有的玩世不恭的浪荡。两个人说说笑笑，看上去格外和谐。不远处，卓清淮正站在湖边打电话，季明明听不清他在说什么，但能看到他微动的薄唇，以及嘴角的一抹浅淡的笑意。

“江攀这个人的风流债数都数不清，”季行知帮季明明拿了杯饮料过来，说，“不过这几年对沈婕倒是一直放不下。”

季明明不觉得自己和这位堂哥是私下能一起聊八卦的关系，所以有些奇怪地看了他一眼。

季行知摸了摸鼻子，说：“你自己心里有数就好。”

“你们兄妹两个凑在一起不会是在说我的坏话吧？”江攀笑着扬声问道，走过来把手里的一串牛肉递给季明明。

季明明没接，他直接塞进她手里，然后继续问季行知：“被我说中了？”

季行知脸上的笑容始终温和，针对江攀刚刚的问题，打趣道：“你心虚什么？”

“不是我心虚，而是要防着你在明明面前破坏我的光辉形象。”江攀说完，把季明明往卓清淮的方向推了一把，才搭上季行知的肩，笑着说道，“我今天约你们，可是诚心要谈东山那个项目的合作。大家好歹认识了这么多年，这点儿信任总该有的吧？”

季明明听着身后两个人的说笑声，又想起刚刚季行知并不算隐晦的暗示，心内微哂。她对自己的这个堂哥并没有什么意见，只不过对于他随时能捡起又随时能忘在脑后的兄妹情谊丝毫不想放在心上罢了。

白天此起彼伏的蝉鸣此时早已消失了，月色如银，和斑斓的灯火勾连，点缀着眼前的夏夜。卓清淮的背影也被蒙上了一层朦胧的光，看上去格外魅惑人。

季明明走过去的时候，他的电话恰好打完，转身看见她，他眉眼间的笑意和先前相比似乎有了几分真实感。

“你的脸色看起来好多了。”他笑着说。

季明明对此不置可否。她觉得如果他们的状态能够一直像现在这样，不生硬不尴尬，没有什么年龄和阅历的差距，也没有一方的高高在上和另一方压不下的逆反，那么即使并不怎么亲近，似乎也没什么不好。

季明明看着卓清淮，神情不再像往常那样冷硬，言语甚至难得带了几分玩笑的口吻，问道：“上班时要看见我，下班后也要看见我，你会不会觉得很烦？”

听了季明明的话，卓清淮无声地笑了笑，说：“看起来你的心情也不错。”

季明明的嘴角也隐隐有上扬的趋势，却仍然嘴硬地说道：“没觉得。”

沈婕自烧烤架前抬头，这才发现近处的两个人在聊项目，远处的两个人相顾无言，只有自己一个人操持“大业”，刚刚还险些被烟熏了眼睛，于是立刻喊道：“来帮忙啦！”

江攀自然第一个响应。

他从阿姨拿来的新食材里选了几样，一一放到了烧烤架上。

看见季明明走过来时手里还拿着那串牛肉，他笑着问道：“怎么不吃？我可是挑了烤得最好的一串给你。你可以信不过我的人品，但绝对不能信不过我的手艺。”

对于江攀的笃定，季明明半信半疑，但鉴于手上这串牛肉的卖相看起来确实不错，在他的鼓动下还是尝了尝。直到吃完，她也没说出什么足以气死人的评价，江攀十分满意，朝她勾了勾手指，说：“看在你这么捧场的分上，哥哥我再传授你一句人生箴言。”

季明明看了他一眼，还没开口，一旁的季行知已经走到两人之间，说：“不用理他。”

见季明明果然随着季行知朝旁边走去，江攀无奈又无辜地看了看沈婕，笑着对季行知说：“我发誓我是好意。”

“我当然相信。”季行知闻言颔首，深以为然地笑着说。

卓清淮对几个人的小动作视而不见，他走到另一个烧烤架前，挽起衬衫的衣袖，见季明明过来，拿了几串蔬菜分了一半给她，说：“放在这边，烤好之后再翻过去烤另一面。”

季明明依言接过去放好，又偏过头看了他一眼。她发现，眼前的卓清淮虽然看上去慵懒自在，却也始终不改骨子里高高在上的金贵，见过他的人，大概从来不会把他同“人间烟火”四个字联系到一处。所以眼前的场景真实生动，又带着一种难以形容的违和感，一直吸引着季明明的视线。

“怎么了？”卓清淮问。他早已察觉到了她的目光，不过视线并未从烧烤架上移开。

“没事。”季明明随口答道。

她学着他的样子翻动炭火上的蔬菜和虾，动作不算熟练，神情却透着十足的认真。

季行知收回视线，无声地叹了口气。

季明明平时一掷千金的时候，他不会有任何想法，然而看着她此刻生疏却专注地烤东西，他心底那种关于这个小堂妹很可怜的念头，又一次油然而生了。

这时候，一个清脆的声音从不远处传过来：“有什么需要我帮忙的吗？”

季明明以为今天只有这五个人，乍然听到一个陌生的声音很奇怪，闻声看去发现是一个陌生女孩儿后，第一反应是看向江攀。

季明明并未看懂江攀当下的神情，只觉得有一种说不出的微妙，直到她听说那个女孩子叫吴沛妤。

吴沛妤看上去最多二十岁，半长发梳成高马尾辫，身穿白色一字肩露脐衫配牛仔短裤，五官清丽可人，笑起来的时候眼睛弯弯的，带着一种扑面而来的青春活力。

她之前离开这里去洗手间的时候，季明明还没到，所以对于此时的她来说，季明明也同样陌生。她见对方看着自己，于是率先走过去，挥了挥手，笑着说道："你好，我叫吴沛妤。"

季明明不知道吴沛妤为什么会出现在这里，但知道她是因为谁出现在这里的。

"这是我妹妹，明明。比你大几岁，你叫姐姐就好了。"季行知习惯了季明明的沉默寡言，率先开口介绍道。

吴沛妤有些惊讶，小声对季行知笑着说道："我没敢直接叫姐姐就是因为她看起来好小，我还以为和我差不多大！"说完，她重新看向季明明，挥了挥手，甜甜地叫道："明明姐姐。"

空气里浮动着花香和酒香，食物在炭火炙烤之下，散发的香气也越来越浓郁。这个夜晚怎么都应该是轻松而又隽永的，至少季明明上一秒是这样认为的。

她看着吴沛妤，表情没有任何变化，眸底映进了花园里的灯火，随着微风轻动而忽暗忽明。片刻之后，她礼貌地喊道："吴小姐。"

吴沛妤的笑容微滞。她觉得眼前这位红唇黑发的姐姐，美则美矣，却像是橱窗里冰冷的哥特娃娃。而且对方表现出的态度，明显带着对自己的排斥。吴沛妤还没搞清楚状况，所以有些无辜地看着季明明，眨了眨眼，迟疑着说道："明明姐姐，你叫我沛妤就好……"

似乎所有人对季明明的沉默都不意外，沈婕甚至没有掩饰自己看好戏的神情。直到卓清淮漫不经心地出声提醒道：“煳了。”

季明明回身看向烧烤架，上面有两串蔬菜已经发黑了。她拿起来，沉默地扔进了一旁的垃圾桶。与此同时，她无端地想起了一件非常久远的事情——那时候她还在读高中，虞兮因为家庭矛盾心情很差，有一次看了几句不知所云的酸诗，当天的语文考试中，她的作文里只写了一句话——“这世界上的美好，无不像是一层美丽的轻纱，最后总归是要被人撕开，露出内里残酷的现实。”

知道季明明脾气向来不好，季行知也自知没什么立场对她的态度做出要求，所以把另一边烤好的东西放进盘里递给了她，神情温和地说：“休息一下，先过去吃吧。”

季明明依旧没说什么，她端着盘子走到不远处的桌前坐下时，听到吴沛妤有些忐忑地小声问道：“明明姐姐是不喜欢生人吗？”

“熟人她也不喜欢。”江攀懒洋洋地笑着说道。

吴沛妤不明所以，不过这个小插曲并没有影响她的心情。她原本打算帮卓清淮一起烧烤的，但见他似乎并没打算继续，于是抢在他之前拿起了消毒纸巾，乖巧地递给他，做了个鬼脸，笑着说：“不用谢。”

卓清淮笑了笑，还是道了谢，接过纸巾慢条斯理地擦着手。少顷，他的手机又响了起来，吴沛妤看着他走到一旁接电话，视线始终未曾收回。

江攀拍了拍手上看不见的灰尘，摸出烟盒，分给季行知和沈婕各一支，然后意味深长地对沈婕说：“怎么样，有没有发现你这几个月不在国内，错过了很多好戏？”

沈婕接过烟，有着彩绘的美甲轻轻敲了敲烟身，颇感兴趣地问道：“我到得也不是很早，没听太仔细，这个小妹妹又是从哪里冒出来的？”

他们的声音不大，不过也并未刻意压低，所以吴沛妤听得清清楚楚。她朝沈婕笑了笑，主动把自己不请自来的过程又解释了一遍，说："我今天中午想去找清淮哥哥吃饭，结果他太忙了，没时间。但我当时已经到卓越了，就想着反正我也没什么事，干脆在楼下等他下班好了。结果我在车里睡了一觉，又打了半天游戏，还没来得及给他打电话，就看见他的车提前出来了。"

吴沛妤想要做出理直气壮的姿态来，但其实还是不好意思，于是笑起来的时候，看上去就格外可爱。她继续说道："我鬼鬼祟祟地一路开车跟到这里，在门口被保安拦下来了。我们家和季家虽然来往不多，但也算认识，所以我找我爸爸问了行知哥哥的电话，再然后我就出现在这里啦！"

沈婕听到最后，简直是啼笑皆非。

吴沛妤双手合十，乖觉地笑着说："姐姐放心，你们就当我不存在好了，我一定不会打扰你们的正经事的。"

"难道你跟过来是想做空气的吗？"沈婕故意逗她。

吴沛妤看了卓清淮一眼，大大方方地笑着说："因为清淮哥哥在这里嘛，所以能做空气也很好啊。"

三个人听完都笑了起来，其中沈婕的笑声尤其悦耳，她又问："小妹妹，你今年多大？"

吴沛妤答道："上个月已经满二十岁了。"

"后生可畏。"沈婕忍不住朝她竖了竖大拇指，轻笑道。

谈笑声在夜空中回荡，季明明默默地吃着面前的食物，她其实一直很习惯这样的状态，也从来不会因为类似的情景觉得不自在。这种格格不入，她从来都不在乎。只是过去不在乎，不代表今天不生气。她像是被人突然打破了虚妄的梦，生气的同时，心里还有着一些说不清道不明的失望。

当然，以上所有的情绪都只针对卓清淮。

"被比下去了。"沈婕走过来在她的对面坐下，话虽然说得幸灾乐祸，但打趣的意味更浓一些，“人家比你小，又比你嘴甜，虽然胆子未必有你大，但好歹话说得更直接，比你讨人喜欢。”

灯光下的沈婕像只美丽优雅的蓝孔雀。季明明没心情供她消遣，冷冷地说：“你只是前女友，不是要帮男人挑小妾的大房。”

沈婕本来还有些语塞，但她联想到上次见到季明明的情形，很快便发现这个小姑娘心情越差嘴越毒辣，于是反倒笑了起来，安抚道：“也有道理。其实一个人聪明到让别人都觉得她有些小聪明，这是非常愚蠢的表现，所以你没必要不高兴。至少对我来说，相比这种感情过于外露的小姑娘，还是你更让人感兴趣。”她招手示意阿姨把酒拿过来，然后对季明明说，“上次见面气氛不太好，所以也没机会好好聊聊。我最近在筹备新一季的时装发布会，你的气质和我这次的设计风格特别契合。”

另一边，不知道江攀说了句什么，吴沛妤笑得更厉害了。

季明明看了沈婕一眼，面无表情地问道：“你觉得现在气氛很好吗？”

“如果根据你的脸色判断气氛好还是不好，我只能说好像看不出什么区别。”沈婕看着季明明，状似认真地说。调侃过后，她见季明明没什么反应，便不再开玩笑，直接说道，“有时间的话，有没有兴趣去我的工作室玩玩？我知道你不太喜欢我，我也不指望你肯屈尊给我做模特，不过你的确非常贴合我这次的设计，就当去帮我找找灵感了，怎么样？”

季明明看着她喝酒，突然说道：“你和江攀其实更适合，因为你们都喜欢自说自话。”

沈婕放下酒杯，扯出一丝有些玄妙的笑容，问：“可万一我还是忘不了初恋，怎么办呢？”

季明明当然知道她指的是谁，不冷不热地说：“和我无关。”

被谈及的人恰好打完电话走过来，看着坐在一起“聊天”的两个人，不由得叹道："难得。"

沈婕将另一杯酒朝卓清淮的方向推了推，问："根据你对你们家小助理的了解，一般情况下，她没有明确拒绝一个邀请，是不是就代表有同意的可能？"

"大概率不会像你以为的那么乐观。"卓清淮坐下来，拿起酒杯和她的碰了碰，然后对季明明笑着说道，"不过沈婕比你想象的更有耐心。"

季明明直接说道："你对前女友的了解应该比对下属的了解更准确。"

沈婕正准备喝酒，闻言忍俊不禁，给了卓清淮一个无辜的眼神。

虽然察觉得到季明明挑衅的目光，但卓清淮神色依旧淡然。直到喝完酒，他才抬眸看了季明明一眼，说："也许因为现在是下班时间。"

季明明咬紧下唇，低了头，不肯让他看见自己越发懊恼的样子。

江攀端了一盘吃的过来，看上去格外真诚地对季明明说："我亲自烤的，诚意还可以吧？你真的不打算重新做一下职业规划，来我的公司吗？我的助理可能没有时间送你回家、给你买蛋糕，但我本人一定随时待命。怎么样？"

季行知闻言皱起眉，看的却是卓清淮。

卓清淮似笑非笑，垂眸看着酒杯，浓密的睫毛微不可见地颤动了一下。

季明明还未回答，吴沛妤也端着东西过来，放到了她面前，有样学样地说："明明姐姐，这也是我自己烤的。我知道我来得比较唐突，你不要介意。"她见季明明没说话，又好奇地问，"你在卓越集团工作吗？压力是不是很大？"

季明明看了她一眼，吴沛妤见她似乎并没有要回答自己的意思，也不觉得尴尬，有些期待地问卓清淮："我毕业之后，可不可以也去你的公司工作啊？虽然我成绩不太好……但我可以每天给你泡咖啡、跑腿、打扫办公室，还不要工资！行吗？”

卓清淮笑了起来。微笑着的他看上去没有什么距离感，开口的时候，声音也并不冷淡：“还是好好学习吧，到时候你会发现有很多比卓越更值得去的地方。”

季明明攥紧的手微微松了些。

吴沛妤煞有介事地对卓清淮敬了个礼，娇俏地笑道：“有你的激励，我一定好好学习！”

吴沛妤心情好，见季明明始终不吭声，便把自己烤的东西往她那边推了推：“你吃呀，明明姐姐。其实咱们和这些吃的一样，总是会从生到熟的嘛。”说完，她又回过头对卓清淮笑着说：“我要争取把你的朋友都发展成我的朋友，这算不算一个远大的志向？我觉得明明姐姐……”

吴沛妤的话还未说完，季明明就站起身来了。她见卓清淮看向自己，而正是因着他微微皱起的眉头，她心底那簇将燃未燃的星火像是寻到了导火索，一瞬间便有了蔓延的态势。

“怎么，又要说成年人的礼貌了吗？”她一脸冷漠地问完，也不等他回答，头也不回地离开了。

回去的路上越来越安静，季明明反而觉得像是有越来越多的声音鼓噪着，让她的内心难以平静下来。于是她没有上楼，而是从车库里开了一辆车，直接朝庄园外驶去。

今天季明明只用了二十分钟到虞兮家。她上楼后，按了密码开锁走进去，室内灯火通明，却不见虞兮的身影。

房子是典型的意式风格，家居线条简洁，色调搭配雅致，可因为它对主人来说只是一个住处，所以这里冷冷清清，和温馨从来都无关。

在季明明眼里，这样的地方因为充满了熟悉的气息，所以更能让她感觉安全。

她躺在虞兮的床上，呼吸间能闻到虞兮常用的香水的味道，她一直不喜欢，但闭上眼睛的时候，心里那种能让人窒息的吵闹声终于消失了。

她和虞兮像两朵相伴相生的花，虞兮是她不需要遵循成年人礼貌的朋友。

这位朋友不久后裹着浴袍从浴室里出来，乍然见到床上多出来的人，当即骂道："季明明你有病吧！衣服都不换直接往我的床上躺？你信不信我明天就把密码换了？"

季明明眼也没睁一下，用毫无起伏的声音答道："嗯，信。"

虞兮当然知道季明明心情不好，没好气地问："卓清淮又怎么你了？你感情受挫就来折磨我，我欠你的吗？我如果是你爸妈，早晚会被你气死！"

"他们死得的确很早，和你爸一样。"季明明平静地说，"好在你幸运，还有个'贤良淑德'的妈妈。"

"你恶心谁呢？你们全家都贤良淑德！"家里空调温度开得低，虞兮拽过一旁的被子，不太温柔地扔过去给季明明盖上，然后一边擦头发一边不耐烦地问道，"到底怎么了？"

"感情没受挫，因为我没打算付出什么感情。"季明明闭着眼睛说道，"我只是觉得自己有点儿可笑。"

并非认为自己多特别，而是因为有些相遇真实地发生过，有些交集真实地存在过，所以虽然也曾被无视，也曾被轻慢，但总以为或许自己勉强能算得上点缀对方记忆的一抹色彩。可是吴沛妤的出现让她清醒了许多——重要的并不是吴沛妤在其中扮演着什么角色，而是她因此不得不面对自己心底发出的那个声音：季明明之于卓清淮，可能从来都不特别。

从来都不。

虞兮看着季明明，许久之后，突然笑了一声，问道："季明明，你知道你最大的问题是什么吗？"她在旁边坐下，随意地撩开耳边的长发，露出美艳的侧脸，不紧不慢地说，"有钱有势，长得也不丑，但永远板着一张脸，一年到头都笑不了几次，好像全世界都欠你八百万……季明明，你这种人本来就很难让人共情，就算在什么场合遇到了什么伤心难过的事，也没有几个人会真的心疼你。"

季明明一个字都反驳不了，但她心底因着虞兮这几句话而生出的低落情绪在极短的时间内便烟消云散了。

"我如果说我不在乎，别人可能会说我嘴硬，但盼着别人心疼本来就是浪费时间。"季明明睁开眼睛看向虞兮，问道，"不是吗？"

"当然是。"虞兮毫不犹豫地答道。

季明明皱着眉问虞兮："你自己都不指望，为什么突然和我说这些？"

"当然是为了发泄一下怒气。"虞兮爽快地承认了之后，见季明明的脸色终于变得难看起来，这才心满意足地站起身来，朝她抛了个媚眼，语气不无嫌弃地指挥道，"赶紧滚去洗澡。"

季明明重新闭上眼睛，说："去帮我放洗澡水。"

虞兮脸上的笑容消失，抓起一个毛绒玩具就朝她扔了过去。

上午，孙�和何瑗从茶水间出来，迎面撞见要进门的季明明，各自微微颔首打了招呼。直到走得远了些，孙筠才压低声音对何瑗说："也不知道谁又惹这位祖宗了，我这两天才知道，原来她的面无表情还有等级！平时顶多算是蓝色预警，现在直接升级成红色了。我感觉她目光扫到的地方直接进入冰河期了。"

何瑗差点儿被她的说法逗笑，劝道："谁都有心情不好的时候，你少说几句吧。"

“人美心善的小瑗瑗，好在我身边还有你。”孙筠轻轻地撞了撞她的肩膀，忽然想起什么，笑着说，“哦，还有最近一直请大家喝咖啡的骆大助理。”

季明明从茶水间出来不久便接到通知，去了卓清淮的办公室。

彼时骆康正拿着文件夹等在办公桌前，卓清淮站在落地窗前打电话，白衬衫黑西裤，身姿挺拔，只是随便站着，便有了渊渟岳峙的味道。

集团即将启动新的合作项目，卓清淮更加忙碌，这两天回公司的次数有限，季明明更是大多数时间在办公室看资料，所以这还是那晚不欢而散后两个人第一次见面。

季明明看着他的背影，在被察觉前不动声色地收回视线，低头走到了办公桌前。

骆康等她走近之后，低声问道：“你办公室的电话坏了吗？刚才一直打不通。”

季明明还未回答，卓清淮的电话已经打完了。他坐回办公桌前，接过骆康递上来的文件，快速审阅完毕之后签了字，又交代了骆康几个问题，才看向季明明，问道：“你办公室的电话是怎么回事？”

处理公事的他语气疏淡，带着上位者天然的威压。

季明明垂眸答道：“一直有无聊的人打电话进来，所以我拔了电话线。”

卓清淮将签字笔轻轻抵着桌面，皱眉问道：“乔家的人？”

“对不起卓总，我回去就重新安好。”季明明抬眸，撞上他深邃的目光，平静地说道，“至于其他的，是我的私事。”

季明明平静礼貌的模样和入职第一天时的相差无几，似乎这些日子有过几次明显情绪波动的不是她，似乎气愤过的、脆弱过的都不是她。

卓清淮打量她片刻，随后松开手，签字笔掉落在办公桌上，骨碌碌地滚了几圈。他的声音紧接着响起来："卓越即将和季氏、江海集团合作开发东山产业园项目，你和骆康一起做流程跟进，之后你主要负责合作方之间的协调沟通。有什么问题吗？"

"没有。"季明明很快答道。

骆康整理好卓清淮签完的文件，又拿出另外一份，说道："卓总，这是根据市场部的最新调研结果整理出来的数据。另外，昌隆集团方面之前来电，询问是否可以确定签约时间。"

乔方已经同意了让利条件，这件事在卓越内部已经不算什么秘密了。

卓清淮闻言，似笑非笑地说："不急。"

骆康称"是"，随后转身出了办公室。他在门外恰好遇到来找孙筠的何瑗，提点了她几句关于接下来和昌隆集团接触的分寸。

何瑗点头记下，又问他："季助理大概多久能出来？"

"怎么了，有事吗？"骆康问道。

"前台那边打不通季助理办公室的电话，直接打到了秘书室，楼下有一个人说自己是季助理的朋友，来给她送东西。前台让他联系季助理，对方好像是打了她的私人电话，也没人接。"何瑗说完，露出自责的样子，看向骆康，继续说道，"我本来觉得这种事情还是等季助理出来之后自己处理比较好，但前台说对方赶时间，也确认了季助理的私人电话确实是通的，只是没人接，所以我刚才就同意前台登记对方信息，把人带上来了。"

骆康俊秀斯文的脸上露出了几分迟疑，但他也清楚季明明的手机设置——唯有她存了号码的人才能打通，再加上何瑗已经在为自作主张而懊恼了，他也就不便再多说什么。

孙筠拍了拍何瑗的手，安抚道："你也是好心。"说完，她又压低了声音道，"反正不管怎么做，季大小姐都不会高兴。"

何瑗推了她一下，皱着眉朝她摇了摇头。

办公室里，自骆康离开后，陷入了短暂的沉默。直到卓清淮看着季明明，说：“坐。”

季明明在办公桌前的椅子上坐了下来，看向卓清淮。

比起布置工作时的严肃，此时的卓清淮语气已经不再那么疏淡，对她说道：“你应该清楚，在这次的三方合作中，你的身份是一种天然的优势。不过刨除所有外在因素，对你自己而言，把握每一次学习的机会才是重点，懂吗？”

这个世界从来都不是真空的，季明明当然清楚，于是郑重地点了点头，答道：“嗯，我会努力的。”

卓清淮笑了笑，继续说道：“希望在不把私人情绪带到工作中这方面，你也能同样努力。”

季明明原本想矢口否认自己存在这方面的问题，却不得不承认，从她进门后看到卓清淮的那一刻起，问题重新变成了问题。

打量着沉默的季明明，卓清淮慢条斯理地问道：“还是说，你的私人情绪并不是针对工作，而是我？”

季明明当然知道自己没有资格对卓清淮不满，更何况他并无错处。她只是生自己的气，气自己早已不再是年幼无知的小孩子却还是会抱有期待，哪怕她早就习惯了不把任何一丝期待宣之于口。

“没有。”季明明立即否认了，她咬了咬唇，正色道，“我只是觉得自己做得不够好。但有这种想法的人太多了，没什么特别的，所以我们都不需要在这个问题上浪费时间。”

卓清淮闻言扬了扬眉，随即一脸淡然地说：“遇到问题，与其用些言不由衷的理由反驳，不如想想症结究竟出在哪里。”说完之后，见她眸色明显有些晦暗，卓清淮双手指尖相抵，吩咐道，“好了，出去吧。准备一下，和我一起去东山。”

季明明一言不发地转过身。不过她还没走到门口，就突然听到身后清越的声音再次响起："季明明，蜗牛躲在壳里，也觉得自己坚不可摧。"

原本神情便有些黯然的季明明此时脸上更是火辣辣的，她罕见地没有尖刻地反驳，只是咬着唇推开门直接走了出去。

办公室外，低声说话的孙筠见到自己正在议论的人，注意到她的脸色，顿时噤声，同时暗暗地扯了一下何瑗。

骆康原本已经要离开，恰巧季明明此时出了办公室，冷着脸径直向前走，于是他跟了上去，向她简单说明了刚刚的情况。

季明明停下脚步，还没来得及开口，就看到了走廊尽头的行政前台，以及她身旁的人。

由远及近的男人穿着简单的黑色便服，抱着一个不小的箱子，手臂的肌肉线条结实又漂亮。他虽然生得高大俊美，但右侧太阳穴后面有道明显的疤，一直延伸到眉尾的位置。因为这道疤，他看上去更多了几分生人勿近的冷酷。

季明明的表情却有了变化——她看着走过来的人，意外之色自眸底一闪而逝，取而代之的是嘴角微扬的弧度。她很少笑，因着此刻久违的笑容，原本一张无比冷艳的脸竟露出些与年纪不符的稚气，精致的眉眼也有了几分真实的温度。

骆康因此有些意外地看向来人，与此同时，季明明那隐约能听出些高兴的声音响起："石头？你怎么来了？"

石桥寒看着她，深沉硬朗的脸上也露出了一丝笑容，举了举手里的箱子，语焉不详地答道："执行任务。"

"我带你去我的办公室。"季明明说完，要接他手里的箱子，石桥寒让了一下，视线不着痕迹地扫过走廊里盯着他的其他几个人，然后腾出一只手来推着她向前走，笑着说道："带路。"

直到目视季明明和朋友进了办公室，孙筠才露出些强忍着的难以置信来。她正要说什么，就被何瑗拽了一下，她回过头，迅速把到嘴边的话咽了回去，垂眸敛目喊道：“卓总。”

卓清淮点了点头，神色和悦一如往常，对骆康说：“走吧。”

骆康回过神来，有些迟疑地说：“卓总，季助理刚刚有朋友过来找她。”

卓清淮脚步未停，不以为意道：“那就等她几分钟，没关系。”

孙筠想要八卦的心思始终未歇，直到卓清淮和骆康消失在走廊尽头，她才暗暗松了口气，拉着何瑗说道：“你也看见了吧？我还以为我大白天出现幻觉了……妈呀，季明明竟然会笑！天上要下红雨了吧！”

何瑗有些无奈地任她拉着，还没来得及说话，就听她继续感慨道：“那个男人的气质好特别！就是看人的时候总让人觉得有点儿害怕。难怪前台觉得他不像好人……”

办公室的门关上，石桥寒说：“你这几个同事很有意思。”

“怎么了？”季明明问道。

“你身边那个人和气里藏着点儿清高，家里养猫，私下应该会有些小反差；后面的人眼神不定，小心思很多。”石桥寒走进去，把箱子放到她的办公桌上，然后在椅子上坐了下来，随口说道。

知道他从小心思就缜密，再加上职业习惯，所以眼光向来毒辣，但季明明还是觉得惊讶，问：“养不养猫也能一眼看出来吗？”

“这倒不是看出来的，”石桥寒笑着说道，“是因为我刚才从他身上的古龙香水味儿里闻到了一点点猫草的味道。”

季明明了然，有些感慨地看着他说：“鼻子真灵，我都没有闻出来过。”

“因为你八成不知道猫草是什么味道。”石桥寒的笑容中和了面上的冷峻，看着她说，“我手头的上个案子忙了一个多月，结果刚回局里就听说了你的‘英雄事迹’。虞兮说她们都打不过你，让我出面管教一下孩子。”

“翻旧账很无聊。”季明明避重就轻，指了指他带来的箱子，问道，“是给我的吗？”

石桥寒原本也并非为那次的事而来，闻言，立马打开箱子，从里面拿出一个保温桶，交代道：“再无聊，以后我有时间了也得翻。奶奶说你刚开始上班，也不知道适应不适应，炖了鸡汤催我给你送过来，让你别只顾着忙，最重要的是好好照顾自己。”紧接着，他又指了指箱子里的各色零食，说，“还有这些，我和爷爷一起给你挑的。”

季明明的眸光清明澄澈，带着一丝让人不易察觉的柔软，开口时声音却有些干涩：“我又不是小孩子。”

习惯了她的别扭模样，石桥寒不以为意，说：“鸡汤刚炖好不久，趁热喝一点儿。”

“我马上要和卓清淮去东山了。”季明明觉得有些可惜。

石桥寒抬手看了下腕表上的时间，随即站了起来，说道：“那就回来再喝，我也要回局里了，一起下去吧。”

季明明没说话，她迅速确认了一遍平板电脑里关于东山项目的资料，随后收起来并拿起桌上的保温桶，对石桥寒说：“走吧。”

她的样子就像一个得到了全世界最珍贵宝物的小孩儿，因为她知道，手里的东西承载着她得到的吉光片羽般的爱，所以普通的鸡汤，也重要过她拥有的所有钻石华服。

“看上去和你的气质不太搭。”石桥寒掩下有些复杂的心情，话虽说得像是调侃，却并没有笑，问道，“毕竟是去工作，合适吗？”

“中午总是要吃饭的。”季明明不在乎，又问，“你喝过了吗？”

石桥寒忍俊不禁，一边往外走一边说道：“放心吧，我可是他们的亲孙子。”

季明明告别石桥寒之后，电梯继续下行，她到达地下车库的时候，卓清淮的车早已等在那里了。司机第一时间下车，为她打开了后座的车门。

卓清淮目光专注地看着膝上打开的笔记本电脑，季明明上车时的动静打断了他的思路。他抬手揉了揉眉心，视线移向坐在自己身旁的人，发现她手里精致的保温桶，蹙眉问道："这是什么？"

季明明答道："鸡汤。"

车里不再有人说话，这种沉默让季明明不自觉地咬紧了嘴唇。她当然知道自己不是去郊游的，在对工作态度和能力要求极高的卓清淮面前，她眼下的样子显然也和"专业"扯不上任何关系，但她还是握紧了手里的保温桶，并没有松开的打算。

她看上去是一个什么都可以不在乎的人，但这世界上总有些东西是她从来都放不下的。

"对不起，但我不会影响工作的。"

卓清淮没有就这个问题再说什么，车里再次安静下来。

东山产业园主要分为科技、金融等四大园区，对标全球最大的综合产业园，先期工程已经按计划启动，其他后续项目也即将动工。

卓越集团其他高管已经到了。

陪同卓清淮视察的过程中，有人对季明明和颜悦色地说："季助理头一回来施工现场吧？鞋跟太高走路不容易，累了的话就去休息一下。"

有人出声附和，季明明礼貌又冷淡地回绝之后，加快脚步跟上卓清淮。她的鞋跟其实并不算高，但踩在不甚平坦的路面上，她还是不小心踉跄了一下，安全帽磕到了他的后肩。她下意识地抓住了卓清淮的手臂，虽然她下一秒就站稳身子，飞快地松开了手，他衣袖下的体温却还是在这短短的一瞬间烙在了她的掌心。她的手微微攥紧，可原本的温热仍沿着掌心一直烧进她的心里。

“没事吧？”一旁的骆康低声问道。

季明明摇了摇头，面上没有什么表情，背脊挺得越发笔直。

卓清淮回过头，看了看季明明安全帽下被阳光晒得微红的脸颊，笑了笑，对身后其他人说道：“特殊优待反而容易让人精神更紧张，你们还是饶了她吧。”

几个人交换了一下眼神，都笑了起来。

卓清淮示意主管负责人继续介绍工程进展情况，其他人也收敛心神，重新投入工作中。

季明明没有时间懊恼，但她偶尔看向卓清淮俊美的侧脸时，总觉得有什么声音自未知处传来，一下又一下，鼓噪着，跳动着，盖过了远处机器的轰鸣声。

接下来的现场会议中，卓清淮简单布置了下一步的工作，会议告一段落后，大家在投影仪打下的光影里站起身来，陆续走出了会议室。

厚厚的遮光帘被拉开，午后的阳光洒在办公桌中心的沙盘上。会议室一侧的电子屏幕滚动播放着整个产业园的规划蓝图，卓清淮单手支颐，看着屏幕有些出神。

他看似慵懒，但眸光始终明亮，面上没有露出一丝疲惫。

季明明收回视线，继续整理手中的资料。

少顷，季行知带着助理走了进来，笑着说道：“卓总，我们先去吃午饭，然后再谈正事？”

卓清淮闻声看向他，问道：“你怎么来了？”

“我小叔叔那边遇到了突发事件，今天赶不回来。所以只能由我来代劳了。”季行知答道，“至于我不能拿主意的部分，我会向他汇报，之后听他安排。”

卓清淮轻笑一声，调侃道：“你知道自己级别不够就好。”

“是，我知道我们差着资历、差着辈分呢，‘卓叔叔’。”季行知笑着打趣，然后朝季明明招了招手，说，“走了明明，请咱们的‘卓叔叔’吃饭。”

一行人到达距离东山最近的一家私房菜馆，季行知已经让人订好了包间，他见季明明要随骆康等人去隔壁，出声把她叫了回来。也是这时候，他才注意到她从刚才下车后就拿在手里的保温桶。

季明明对满桌的精致菜肴没有任何兴趣，她坐下来之后，叫过服务生，让他把汤盛了一碗出来。

碗里的鸡汤还是热的，浮油早已被撇得干干净净，清澈见底，里面点缀着枸杞和沙参，香气浓郁。

季明明拿汤匙轻轻地搅动了几下，尝了一口，是熟悉的味道。此刻，她的神态看上去柔和了几分。

季行知静静地看着她喝汤，随后想起了什么，颇为感慨地说：“看来你这几年感情一直很稳定。”

季明明抬眸看向他，没听明白这句话的意思。

季行知怕她误会，解释道：“我没有干涉你隐私的意思——有两次我出门，恰好遇到你那个朋友去给你送吃的，这保温桶看上去也有点儿眼熟，所以都是我自己猜的。”

季明明总算明白了他在说什么，捏紧手里的汤匙，不悦地说：“的确很稳定，但不是你以为的那种感情。”

季行知并不了解她的事，但多少知道一些小女生的心思，怕她不自在，温声安抚道：“我知道了。其实是不是都没关系，只要他对你好就够了。”

季明明已经习惯了这样的季行知，对于他自我感动式的包容，小时候的暴躁和厌烦早已演变成了如今近乎麻木的冷漠。她更想知道卓清淮怎么想、怎么看，但心中像有什么重物压着，沉甸甸的，让她不知道该怎么抬头去看他。

眼见季明明心情变差，季行知还要再安抚两句，拿着茶杯的卓清淮无奈地笑了笑，对他说："好了，吃饭吧。"

季行知点了点头，刚要动筷，他放在桌上的手机就响了起来。他看了眼屏幕，对卓清淮说："江攀。"

卓清淮并不觉得意外，只继续喝茶。

季行知却并没有接，只是将手机调成了静音，对他笑道："这次东山的项目本来是江攀硬要掺和进来的，但没想到上面加大了扶持力度，整个项目一直在扩容，他一个人吞不下去，提出三方合作也算是能屈能伸。但这几天我越想越觉得，整件事的后续处理未免有点太顺利了。"

"顺利些不好吗？"卓清淮似笑非笑地反问道。

季行知见他如此，基本确认了自己的猜测，不过仍有些不解，说："其实凭你如今的实力，融资拿下这个项目也没什么问题，不是一定要拉其他人入局的。"

"今天我本来要和你小叔叔谈的，就是产业园的扩容问题。"卓清淮放下茶杯，不疾不徐地说道，"这个项目既然要做，就不如做得更大一些。但近几年全球经济形势太复杂，我没兴趣把自己立成靶子让人来打。你们和江家是最好的合作伙伴，三方共赢有什么不好？"

"那就对了。"季行知有些叹服地笑着说道，"江攀这个人天生反骨，你主动和他谈合作他是不会安生的，没事也要找出点儿事来添麻烦。现在你只是最开始退了一步，引他主动来争，后面的事就水到渠成了。风险三方均摊，最大受益人还是你。难怪你从来都不在乎江攀抢你的生意，看来十个他也算计不过你。"

"不用把我说成黑心奸商。"卓清淮不以为然道，"如果没有足够的利润，江攀也不会选择合作，更何况你小叔叔是那种把赚钱当成人生最大目标的人。”

手机屏幕暗下去后不久，江攀再次打过来，季行知拿起手机，一边往外走一边叹道：“咱们江少估计是已经醒过神来了。”

他出去之后，包间里只剩下了卓清淮和季明明两个人。始终安静喝汤的季明明抬起头来，看向卓清淮。他看上去心情不错，夹菜的动作也斯文好看，见她看着自己，问道：“怎么不吃东西？”

先前被季行知影响的心情依然不算好，季明明默默地倒了一碗鸡汤，放到转桌上，然后转到了卓清淮面前。

卓清淮看着眼前氤氲着热气的鸡汤，有些意外地看向季明明。

季明明垂眸，什么都没有说。

包间里静得仿佛连心跳的声音都听得清，季明明低着头，不久之后，她听到汤匙碰到碗时发出的轻微的声响。

她抬起头，看向他。

卓清淮尝完汤，嘴角微扬，道：“手艺很好。”

“我朋友的奶奶给我熬的，因为是她的心意，所以我才带过来了。爷爷和奶奶对我非常好，我的朋友也对我很好。”季明明干巴巴地说完，又补充道，“但不是季行知以为的那种关系。”

卓清淮说：“行知的性格一贯如此，不用理他。”

季明明听他说“一贯如此”，眉头反而皱了起来，追问道：“他是怎么和你说的？”

“也没说什么。”卓清淮似在回忆，不过停顿几秒，精致的眉眼间已经漾起了一丝明显的笑意，说，“他说你这些年一直踏实地读书，现在毕业了开始工作，恋爱好像也谈得挺稳定的——他其实很欣慰，说了很多夸奖你的话。”

季明明的脸色彻底沉了下来，还没说什么，季行知已经接完电话回来了，对卓清淮说：“江攀还算克制，虽然阴阳怪气的，但也只说了几句正事，别的没提。”

卓清淮道："过几天沈家有个晚宴，到时候他也不会消停的。"

季行知深以为然，不过他很快便发现了卓清淮手边的鸡汤，于是有些惊讶地看了季明明一眼。而作为对于他这一眼的回应，季明明冷着脸把保温桶往自己的方向挪了挪。

季行知哭笑不得，递给卓清淮一个疑问的眼神，卓清淮恍若未觉，继续安静地喝汤。

卓清淮和季行知边吃边聊，所有工作话题告一段落的时候，已经是下午了。

卓清淮离开前，对季行知说："现在最急着签约的是江攀，他不会在这个时候故意找麻烦的。文创产业我只参与投资，不干涉经营。具体的你和江攀谈吧，其他问题等你小叔叔回来再说。"

季行知点了点头，又想起什么，对季明明说："我后天去美国处理些业务，下周沈家的晚宴去不成了，小叔叔那边也不确定能不能去。沈婕说她已经亲自邀请过你了，你到时候要是有空，可以去玩玩。"

"我不去。"季明明毫不犹豫地拒绝了。

季明明想起，上次和沈婕见面还是吴沛妤出现在季家的那天。

那天的记忆对她来说显然是不怎么愉快的，不过，她虽然因此迁怒卓清淮，刚刚在饭桌上，还是忍不住想要把她得到的那点儿爱和温暖分享给他。

上车后不久，虞兮突然打了电话过来，开门见山地问道："盛康药业那个沈家，是不是和你们家关系不错？"

因为对彼此都太过了解，所以季明明马上听懂了她的意思，压低声音应了一声，问道："你想参加沈家的宴会？"

"说话不方便？那我说你听。"虞兮悠然说道，"我有个合作一直谈不下来，那个老头子眼睛长在头顶上，见一面都难。听说他下周去沈家，所以我想着，正好趁这个机会去‘偶遇’一下。”

“知道了。不过我大哥没时间，我陪你去吧。”季明明说。

“到时候你板着一张冰山脸把我介绍给人家，人家还以为你是去寻仇的呢。”虞兮怕引火烧身，道，“你问问你小叔叔去不去，去的话还缺不缺女伴。”

“季维礼眼里只有生意，谈的只有钱。”季明明答道，“就算是举手之劳，他一旦帮了，回头也要十倍百倍地讨回来，就你那点儿家底，还是别和他扯上关系比较好。”

“你们季家还真是一个正常人都没有。”虞兮骂了一句。

季明明对此没有表示任何异议，似乎忽然想到什么，对她说道：“先挂了，回头打给你。”

挂了电话，车里重新静下来。

季明明侧过头，看了一眼坐在身旁的卓清淮。

此时，车窗外夕阳西沉，沿途驶过错落有致的高楼大厦，从两栋高楼之间能看到悬在地平线上的夕阳，和天边仿佛正在燃烧的晚霞。殊丽的景色其实并不比身旁的人更好看——卓清淮正靠在座椅里休息，双眸微闭，骨节分明的手随意搭在膝头，显得温润从容。覆于其上的那层霞光也仿佛是流动着的，于是他原本的俊美中又添了几分难以刻画的韵致。

即使他闭着眼睛，季明明直视他的时候也仍觉得不自在。她将视线从他微抿的薄唇上移开，出声问道：“卓清淮，你能帮我朋友一个忙吗？”

卓清淮的眼睛并未睁开，只问道：“是会炖汤给你的朋友吗？”

“不是。”季明明立刻否认，言语间能听出一种对自己人才会有的嫌弃，“她什么都不会。”

在她否认的同时，卓清淮已然睁开眼睛朝她看了过来，问道：“那你呢？”

“我……也不会，”季明明虽然不得不承认，但还是嘴硬地道，“但总比她要强一点儿。”

卓清淮顿时笑了起来，说：“你很喜欢你的朋友们。”

他的瞳色比寻常人更深一些，如今眉目也染上了霞光，看起来有了一种和平日里不同的温度。而不论是他愈显深邃的目光，还是此刻的气氛，都让季明明内心深处感觉到一种久违的安宁。

“今天来送东西的人小名叫石头，是我回国上学后认识的第一个朋友。因为那时候开家长会我不喜欢让人去，他的奶奶看见我只有自己，开完家长会之后过来问我要不要去她家吃晚饭。”季明明想到那时候的情景，虽然语调没什么起伏，但眼神柔和了些，“我以为我不会去，但没想到不仅去了，还经常去。这么多年，爷爷和奶奶对我比对石头还要好，虽然我不想承认，但他们最开始应该只是觉得我没有爸爸、妈妈，看起来很可怜。”

“很介意被人可怜吗？”卓清淮眸色深沉，听她说完之后缓缓地问道。

夕阳下，季明明的眼睫也仿佛承载着柔润瑰丽的光芒，轻轻眨动几下，眼底流露出一种孩童似的纯真和偏执。许久后她才开口，声音有些涩涩的：“如果是很重要的人，可怜我也没有关系。”

几天后，卓清淮的加长版宾利停在虞兮的楼下，司机打开门，一袭裹身抹胸红裙的虞兮上了车，坐到卓清淮对面，伸出手，笑着对他说：“按季明明这边的辈分，我也应该叫您一声‘卓叔叔’。今天给您添麻烦了。”

虞兮看上去明显是极善于和人打交道的性格，不吝于展示自己的热情开朗，也并不掩饰自己的精明敏慧，和季明明的性格南辕北辙，几乎没有任何共同点。

卓清淮觉得有趣，和她握了手，和气地说：“虞小姐客气了。”

“您千万别这么叫我，叫我虞兮就好。”虞兮从手包里拿出一张名片递过去，见卓清淮接下了，不由得笑道，“谢谢您赏脸，只是很可惜我当初入错了行，和卓越集团没什么合作的机会。”

“她是想说，你如果认识相关行业的人，可以介绍给她认识。”坐在卓清淮身旁的季明明不冷不热地接话道。

她今天穿了一条收腰的黑色丝绒长裙，胸前两根绑带绕过修长的脖颈，搭配耳边的蛇形耳坠，衬得她的肤色如上好的白瓷般细腻通透，整个人也显得更加冷艳神秘。

虞兮冲她翻了个白眼，随后看向卓清淮时，又马上恢复成了最初的热情面孔，笑靥如花地补充道：“当然，如果您方便的话。”

看着名片上“虞氏食品公司”几个字，卓清淮和她简单聊了一下公司的具体经营内容和大概规模，略一思量，说道：“我确实认识几个能帮上你一些忙的朋友，改天介绍你们认识。”

以卓清淮在海城商界的地位，得他这样一句轻描淡写的承诺也并非易事。所以虞兮自然开心，道谢之后，有些玩味地看向季明明，说：“虽然不怎么想谢你，但这也确实是你的功劳，毕竟卓叔叔肯帮这个忙……完全是因为你。”

季明明呼吸一滞，冷冷地看着虞兮。

对于季明明带着警告意味的冷眼，虞兮丝毫不以为意，又问卓清淮：“我没说错什么吧，卓叔叔？”

卓清淮不疾不徐道：“如果我是你，现在不仅要考虑今晚的生意能不能谈下来，还应该好好想一想，被介绍了客户之后，以你公司这样的规模，能不能拿下订单。”

他说的的确是虞兮近来面临的最直观的难题。不过她此时的心思并没有放在生意上，只抬眸看了季明明一眼，带着不着痕迹的安抚意味。

这世上大概并没有卓清淮听不明白的话，但是他不想聊的话题，他永远能轻而易举地避开。季明明安静地坐在原处，先前提起的心缓缓落下，一直落回到心底看不见光的角落。

季明明和虞兮一左一右，挽着卓清淮的手臂踏上红毯，步入沈家的海湾别墅。

卓清淮身着纯手工定制的黑色西装，瘦削俊美，举手投足间尽显从容清贵。身边的两个人同样高挑，也同样有着出尘脱俗的美。看似一个娇媚袅娜，一个冷艳孤傲，实际却又相依相生，同命同心。

三个人相貌气质出众，更何况卓清淮地位超然，所以第一时间便成了全场的焦点。沈家人热情地招呼着，相熟的朋友也纷纷上前，其他想寻机会搭话的更不知凡几。

沈婕的父亲是个身材有些发福的中年人，热情爽朗，对季明明更是格外亲切和悦，笑着说："我去季家次数不少，但很少见到你，没想到如今你已经长成大姑娘了！小婕在招呼朋友，我已经让人去叫她了，让她带你玩。有什么照顾不周到的地方尽管开口，有伯伯给你做主。"

"谢谢沈伯伯。"季明明礼貌地说。她向来不喜欢这种场合，因为路上的小插曲，心情算不上好。不过她心里惦记着虞兮的事，不打算喧宾夺主，所以在其他人聊天的间隙轻轻地扯了一下卓清淮的衣袖，低声说："我先找个地方坐坐，虞兮的事麻烦你了。"

卓清淮收回落在远处某一点的视线，同时也掩下了眸底的锋芒，面上笑容不变，低头在她耳边说："乔方也在，别走得太远。"

和那位她完全没有注意到的舅舅比起来，季明明此刻更在意的是卓清淮的呼吸。耳边感受到的那一点儿温热，似乎要透过皮肤渗入四肢百骸。季明明微微仰起头，看着卓清淮清俊的侧脸，等到耳中悠扬的乐曲和欢声笑语再次清晰起来之后，才不甚在乎地轻声说道："我又不怕他。"

于是面前的人看过来时，眼里多了一丝无奈的笑意：“如果你指的是动手，那还是算了。”

海城说大不大，说小不小，有名有姓的几家人平时更是免不了会碰面。

季明明没有太意外，因为和乔方相比，在今天这个场合，自己才是出现得更突然的那一个。

她听到他的名字就觉得厌烦，也并不打算在他身上浪费任何时间。但卓清淮刚才特意提醒，仿佛料定了她会因为乔方生什么事端，她心里有些不服气，看了卓清淮一眼，说：“知道了。”

和虞兮交换了一个眼神，季明明便径自离开了。她一路没有理会上前打招呼的任何人，找了个安静无人的角落坐了下来。吩咐服务生送了杯橙汁过来，她拿在手里喝了一口，望着眼前的灯红酒绿有些出神。

远处的卓清淮，像有别于众人的朗月清风，连背影都格外不同。

季明明想到了自己那关于他的笔记——虽然心态一直在发生变化，情绪起伏的次数也比过去几年加在一起的还要多，但她那些时候的愤怒也好，脆弱也罢，无论是否因卓清淮而起，按下终止键的都是他。

于是有些似乎原本并不存在的依赖，在如此短暂的时间里已经凝聚成了海岸边的礁石。

笔记里卓清淮的“罪名”一直停在第二条，直到吴沛妤突然出现的那天，第三条才有了具体内容。

心底缺失的一块是什么，季明明每天都在阻止自己去探究，可它的存在感还是日益强烈。

虞兮常说她傻，但她并没有傻到以为只要自己不面对，潮水就永远不会有退去的那一天。

“没想到你真会来。”沈婕从一旁的服务生端着的托盘上拿过两杯红酒，把其中一杯递向季明明，邀请道，“喝一杯吗？”

她穿了条海蓝色的亮片鱼尾裙，发辫绑得松散自然，像一条游过来的美人鱼。

季明明皱着眉说道：“我说过我不喝酒。”

“所以你之前说的不喝酒，是滴酒不沾的意思？”沈婕恍然，又觉得有些好笑，对于自己再次在她这里碰钉子倒是见怪不怪。她打量着季明明身上的裙子，刚要评价两句，就有人过来搭讪了。

清秀的年轻男人和沈婕打了招呼，对着季明明说话的时候，斯文的笑容里多了一丝腼腆：“是季小姐吗？你好，我是你堂姐季湘湘在英国读书时的同学。”

对方大概有些紧张，说完也没有意识到忘了说自己的名字。

季明明抬眸看了他一眼，不紧不慢地说：“哦，我和她不熟。”

对方的笑容一下子僵在了嘴边，加上季明明看过来的视线像是冬日寒霜，没有半分温度，于是他更不知这话该如何接下去。

沈婕毕竟是主人，更何况她自己也有因季明明的冷言冷语下不来台的时候，所以强忍笑意的表情里又多了那么一点儿微妙的同情意味。

她十分自如地切入话题，和对方聊起自己在英国游学时的趣事。她阅历丰富，优雅迷人，所以气氛很快融洽起来。

对方也识趣，聊了片刻，等彼此都不那么尴尬之后，便找借口离开了。

沈婕看着丝毫不知尴尬为何物的季明明，晃了晃杯中的酒，颇感兴趣地说：“原来你更吸引这种类型的。”

季明明默默地喝着橙汁，也不回应。

沈婕见她没有什么正事做，于是提议道：“我常在这边住，所以楼上也有工作室。上去看看吗？看在我帮你挡了桃花的分上。”

“不去。”季明明拒绝得依然干脆。

沈婕也没有费唇舌再劝，只是示意她顺着自己的视线看过去，看好戏似的笑着说：“你自己看看就会发现，与其留在这里，倒不如和我一起上楼。”

季明明朝远处看去，这才发现刚刚来搭讪的男人回到了朋友中间，正赧然地说着什么。然后几个年纪相仿的男人几乎同时看过来，一番交头接耳后，其中两个朝这边走来。

季明明的眉头皱得更紧，有些烦躁地放下杯子，站起身来向前走了两步，然后又回身，不耐烦地问仍站着不动的沈婕：“怎么还不走？”

沈婕顿时笑出声来，直到眼看着季明明脸色又难看了些，才一面笑着跟上去，一面指了指远处走来的两个人，吩咐旁边的服务生说：“拦一下。”

沈婕带着季明明上了楼。二楼还有三三两两的人在谈笑，到了三楼，楼下的乐曲声和欢笑声就更远了些，相对安静了许多。

工作室的门没有锁，沈婕推开门，动作优雅地做了个邀请的手势，对季明明说：“请进吧，季小姐。”

季明明进了门，第一眼看到的是工作区，偌大的工作台有些凌乱，旁边整面墙前有各种材质的面料、成排的衣架、各式衣物；另一边立着几个塑料模特，身上的衣服看不出是成品还是半成品；后面的展板上贴着几张设计图和效果图。另一侧有阅读区，更远处有可供休息的沙发茶座，是沈婕素来钟情的民族风格。

阳台门敞开着，夜风吹起纱帘，也吹进来一股楼下茉莉园的淡淡花香。

“这边刚好有两套适合你风格的衣服，换上试试？”两个人到了休息区坐下，沈婕说道。

季明明提醒她说：“我只是觉得楼下的人很烦，跟你上楼不代表要给你当模特。”

“不敢指望你当模特，只是换几套衣服帮我找找灵感。”沈婕笑着说。接触过两次后，她已经发现季明明的心比嘴要软得多，觉得自己说服她的希望也并不渺茫，所以停顿片刻，又打趣道，“总不会是因为觉得自己身材不好，所以不好意思吧？放心，你看T台上的国际名模，有几个身材特别符合男人幻想的？”

季明明丝毫没有这种想法，但听她说完之后，下意识地看了看她的胸，又看了看自己的。

沈婕笑得越发厉害，直到服务生进来送酒水和点心，她的笑容才收敛了些。不过服务生离开后不久，工作室敞开着的房门又被敲响了。

两个人几乎同时抬头看去，没有笑容的那个脸色更沉了几分，笑着的那个，眼底的意外一闪而逝后，站起身来，对走进来的人神情诚挚地说：“好久不见了，乔总。刚才见您正在和人说话，就没有过去打扰。您看在我父亲的面子上，千万不要和我计较。”

乔方听沈婕说完，原本淡漠的脸上露出些笑容，礼貌地说道：“沈小姐客气了。虽然有些冒昧，但我和明明有些私事要谈，不知道沈小姐方不方便回避一下？”

“我还以为你根本不在乎丢不丢脸。”季明明收回视线，冷声说，“可你想谈的，整个海城应该都知道了。”

乔方依旧冷静克制。

自那天不欢而散之后，他已经对她的性格有了最起码的了解，所以此时也只是平静地说道：“你外公本来想亲自去见你，但他现在情况很不好，不能离开医院。我今天想谈的是关于你妈妈的事，你确定要在这里说吗？”

季明明依旧无动于衷，沈婕正要找个理由带她离开，乔方已经开口："我最近整理你妈妈的一些旧物时，看到了她生前的日记。"

沈婕发现季明明交握在一起的手因为倏然收紧，骨节隐隐有些泛白。

短暂的失神过后，季明明的理智便已回笼，只是她第一时间想的却是：所幸卓清淮不在，无人约束她的礼仪。她看向乔方，语气漠然地说："人都死了，日记当然只能是生前的。"

沈婕本来不打算离开，但话已经说到这个份上，更何况季明明这样的反应已经说明了问题。她只得轻轻地拍了拍季明明的肩膀，然后对乔方说："乔总，我先出去一下，你们好好聊。"

她快步走了出去，站在门口的时候，身后的房间里依然只有她离开时的死寂。

她面上维持着的最后一丝笑容也消失了，随即快步朝楼下走去。刚下到二楼，她的脚步突然停了下来，看着拾级而上的人，神色一时有些复杂，不无感慨地笑道："我这几百年不发一次的善心，看来也是多余的。"

台阶上的卓清淮长身玉立，抬头看着沈婕的时候，神情一如既往地从容。

对于沈婕的打趣，他不疾不徐地笑着回道："有善心不是坏事，想象力太丰富倒是需要改改。"

"我可什么都没想。"沈婕说完，自己也忍不住笑起来，"行了，上去吧。再晚一点儿，也不知道谁死谁活。"

沈婕说完便继续下楼去了。卓清淮无奈地笑了笑，迈步朝楼上走去。

到沈婕工作室外的时候，楼下的钢琴曲正好换了一首新的，虽然曲调同样悠扬，但到底少了几分欢快。

听着乔方低沉的声音传出来，卓清淮的脚步便停住了。他拿出烟盒，捏在掌心里慢慢地转了几圈，然后才抽出一支烟来点燃。

他从来不认为需要让季明明躲着乔方，但之前发生的种种事情只能说明季明明这么多年还是选了最笨的办法，强行压制自己的情绪，可这种习惯成自然的冷漠依然不能让她很好地自控。

卓清淮看着指间袅袅升起的烟雾，微微出神。

与此同时，在季明明长久的沉默之后，乔方的声音再次响了起来："可能你并没有兴趣知道我在你妈妈的日记里发现了什么，但我很想问问你，为什么她会说……你早晚会杀了她？"

第四章
得到和失去

季明明坐在沙发里，抬头看了一眼站在她斜对面的乔方。

乔方也在若有所思地端详着季明明。

季家对子侄疏于管教一事，向来也算不得什么秘密，因此她虽然早已不再是小孩子了，还是有一种不通世情的放肆。不过虽然之前两次见面都不欢而散，但季明明给他留下的印象最多也只是尖刻无礼。所以，对于在乔薇通篇力透纸背的呓语中间看到的几句话，他也并未当真。

不过这并不代表他心里完全没有错愕。也是在这之后，他每每想起季明明，眼前最先浮现出的总是她薄刃般锋利而又冰冷的眼神。

季明明一动不动地坐在那里，对于被重提的陈烂旧事，神情依旧没有半分波动。沉默许久，面对乔方的审视，她终于开口，用一种漠不关心的语气说道："你如果看不懂，最应该去问的是写日记的人。不过有点儿可惜，她已经死了。"

乔方对她的答案不算意外，也并未从她脸上窥见一丝紧张或者不安。他脸上闪过几分复杂的神色，沉声说道："你恨你妈妈我可以理解，毕竟……”

“是吗？”他的话还没说完，季明明突然笑了一声，面上露出几分明显的讥诮，冷笑着反问道，“你理解？你是怎么理解的？”

乔方因她的嘲讽皱了皱眉，随后说道：“你可以对全世界都有怨气，觉得全世界都亏欠了你。但有些问题你没办法回避，即使乔薇不是个合格的母亲，你也没办法改变你是她的女儿这个事实。”

“这是你理解问题的方式，不是我的。”季明明站起身来，冷冷地说道，“我怎么想不需要你猜，更不需要你理解。我对你的态度从来不是因为对你有什么怨恨，而是你还有你们乔家，对我来说还不如陌生人。因为陌生人至少不会像你这么自以为是，以为有点儿血缘关系就有资格来教育我。”

乔方的脸色冷了些，在季明明要离开的时候，挡在了她的身前：“好，你可以不认和乔家的关系，但你的妈妈到死也还是姓乔！我没资格管你，但总有资格代乔家问一句——你到底对她说过什么、做过什么，让她觉得你想杀了她？”

季明明的眸光冷得像冰川下的寒玉，事不关己地答道：“想知道就自己去问乔薇。”

“我记得乔薇的死因是失足坠楼，当时深更半夜，阿姨都睡了，除了她，只有你一个人在楼上。”乔方的神情变得凌厉起来，看着季明明的时候，就像盯住猎物的鹰隼，“那天到底发生了什么？她真是自己不小心掉下去的吗？”

“你竟然这么关心自己的姐姐吗？”季明明反问道，“既然感情这么深，那为什么这么多年，你姐姐唯一的骨肉，你连看都不去看一眼？”

“回答我的问题！”乔方寸步不让地斥道。

季明明没有理会，继续说了下去：“因为这个孩子对你们来说没有任何价值。她虽然被接回了季家，但没办法给你们带来任何利益，这么多年都默默无闻，所以你们只当她不存在。她也就没什么机会让你们知道季维智的财产她全部继承了，只不过因为年纪小，所以股份一直由其他长辈代持。”她语气冰冷又带着讽刺，“当然，现在你们知道了，所以你们就像一群闻到血腥味的疯狗一样一路跟了过来。”

对于她言语间的嫌恶，乔方虽然双拳紧攥，但并没有发作，只是神色阴沉地质问道：“避重就轻说了这么多有的没的，你在逃避什么？我再问你一遍，乔薇真的是自己不小心掉下楼去的吗？”

“她到底是失足坠楼还是自己跳下去的，真的有谁比你们乔家的人更清楚吗？”季明明的指甲几乎刺破掌心，盯着他冷笑道，“乔薇的日记我看得可比你多——什么生父出轨、生母自杀、狐狸精被娶进家门、精神虐待……最后再为了家里的生意被逼着嫁给没有任何感情基础的陌生人。”

季明明的声音一如既往地没有起伏，但越是这样平直的叙说，听起来便越是刻薄入骨。在乔方听到“狐狸精”三个字勃然变色之后，她依然没有要停下来的意思：“我没有任何兴趣解读她的日记，所有内容都是她自己写的，至于日记里谁是人渣，谁是狐狸精，谁又是私生子……”

“你闭嘴！”盛怒之下的乔方扬起手，一巴掌直接打了过去。

季明明抬手挡开他的小臂，正准备一拳打出去之时，脑海中突然闪过了卓清淮之前的话。她忍了又忍，攥紧的手还是垂了下来，只对脸色铁青的乔方说：“你没资格对我动手。”

乔方眸底的厉色愈盛，在她要往外走的时候，用力扯住了她的手臂，喝道：“站住！”

被钳住的手臂挣不开，季明明努力平复着呼吸，但仅仅几秒钟之后便忍不住了，她另一只手狠狠一记肘击，全力打在了乔方的腹部上。

乔方倏然松手，因尖锐的疼痛感忍不住后退了两步。

季明明转过身，一拳重重地打在了他的下颌上。看着乔方顿时一片红肿的下颌，季明明眸底戾气浓重，冷笑着说："如果现在病床上快死的那个人也像你这样知道廉耻，这个世界上也就没有你的存在了吧，'舅舅'？"

最后两个字她咬得极重，这个称呼就像一记响亮的耳光狠狠地抽在了乔方的脸上。乔方额角的青筋暴起，骂道："没教养的东西……"

他话没说完，就被季明明提腿踢中了肩窝。

乔方踉跄着后退了几步，撞到了茶几上。他倒下去的时候，"哗啦"一声，茶几上的杯子掉落在地上，刺耳的玻璃碎裂声瞬间充斥了季明明的耳膜。泼在地板上的红酒就像动脉里涌出的鲜血，在灯光下泛着诡异的色泽。

季明明猛地后退了一步，拳头无意识地松开，但紧接着，又死死地掐在了一处。

乔方捂着肩膀站起身来的时候，整个人仍处于盛怒之中，并未注意到季明明的异样。他尚能自如活动的手高高扬起，正要打下去，却被身后突然出现的人拦住了。

卓清淮挡开乔方，走到两人之间，面对乔方的时候，看似漫不经心地说："乔总喝醉了，我让人送你下楼去醒醒酒。"

乔方不知道卓清淮到了多久，又听了多久，面色越发难看，冷笑道："怎么，家事卓总也要插手吗？"

"处理家事不等于要难为小辈。"卓清淮嘴角微勾，看着他，轻描淡写地说道，"我刚刚问过维礼，具体情况警方当年的调查报告上已经写得很清楚了。事情已经过了这么多年，乔总就算突然有了什么疑问，也完全可以直接联系警方。"

卓清淮低头点了支烟，火光燃起的那一瞬，也照亮了他深邃的眼眸。

“维礼说乔薇在国外那些年躁郁症越来越严重，精神状态一直不好，心理报告里有酗酒和滥用药物的记录。这种情况下写的日记，真实性和可信度……乔总心里应该比谁都清楚吧？”卓清淮似笑非笑地说，“伯父的病情不容乐观，我也理解乔总的心情，但就凭一些莫须有的猜测是拿捏不住人的。而且这世上太多人喜欢胡思乱想，万一有人误会乔总对明明手里的季氏股份有什么想法，那乔总可真是跳进黄河也洗不清了。”

“你——”乔方脸色不变，他平复着陡然加快的心跳，虽然看上去形容狼狈，但未消的余怒里仍带着冷漠和讽刺，“我为了什么不需要向你解释，也懒得想你有什么见不得人的心思，你倒也不用忙着以己度人！”

卓清淮轻笑一声，点了点头，慢条斯理地说道：“不是最好，我也希望是我误会了，毕竟站在乔总的角度，不怕有误会，怕的是有些事在捞到好处之前就先把人得罪狠了。”他不甚在意地将烟按熄在茶几上的碎酒杯里，接着说道，“你接掌昌隆集团不到三年，有一些雄心壮志也是应该的，只是欲速则不达，还是一步一步走得稳一些更好。”

他唇边的笑意不变，态度自始至终都称得上随和，但眸色清冷，骨子里的高高在上一览无余。更何况乔方比他年长几岁，所以这一字一句都比直接的讽刺更让人难堪。

虽然乔方在盛怒之下对季明明动了手，却也比谁都明白，他终究是不能和卓清淮彻底撕破脸的——集团的股价持续走跌，季氏这边毫无进展，和卓越的合作已然越发重要了。他胸口剧烈地起伏着，目光冷厉地看了看卓清淮，又看了看几乎被卓清淮完全挡住的季明明，拂袖而去之前，勉力维持着最后的体面，咬牙说道：“劳卓总费心了！”

俄顷，房门被甩上，“砰”的一声，发出巨大的声响。僵坐在沙发里的季明明猛地瑟缩了一下，她看着自己横在身前的手臂，在习惯性地去咬之前，下意识地抬起了头，神情里是显而易见的茫然和惊惧，仿佛她仍旧是十几岁时凌霄花墙下的那个小姑娘。

早已长大的季明明，再一次看到了卓清淮。

她不知他何时出现，不知他从何处而来，只在自己耳边无数嘈杂的声音里，听到他气定神闲地和乔方说话。如今他站在她面前，身体挡住了头顶刺眼的灯光，她就像是坐在他的影子里。

她其实渴望活在这样的影子里。

卓清淮微微叹息，眸色复杂而又深沉。他半蹲在季明明身前，暖色的灯光随之重新洒在她的身上。他和她视线平齐，开口的时候面容平静，语气和缓，话语中又似乎蕴含着无比厚重的力量：“都过去了，什么声音都没有。现在这里只有我们两个人，非常安静，所以我不会再捂住你的耳朵。”

季明明的手再次用力地掐着掌心，但紧接着这点儿小动作也被卓清淮制止了。他看着她说：“你现在看着我，和我说点儿什么。”

两个人曾有过比眼前距离更近的时候，但季明明从没觉得有哪一刻，她看卓清淮像现在这样清楚，像现在这样让她明白，卓清淮是真的就在她的面前。

她看着他，心底的疼痛感趋于麻木，却又在他的注视下重新明晰起来。

卓清淮的神情里带着一些安抚的意味，只听他不疾不徐地说道：“说话。”

许久之后，季明明苍白的唇瓣微不可见地动了动，终于开口说道：“是他要打我，不是我先动手的。”

季明明额前凌乱的发丝挡住了有些阴沉的面色，她眸底的戾气未散，声音里有一丝委屈，即使被强压着，卓清淮还是察觉到了。

他点了点头，轻声说：“我知道。”

季明明想说他根本什么都不知道，但最后还是咬着唇别过脸去，没有开口。她的视线落在旁边狼藉的地板上，又迅速移开，下意识地攥起的手因为卓清淮的阻止，最后也只是徒然地动了一下。

她垂眸看着自己的手，此时它被另一只手拉住交叠在一处，那只手的手指同样修长，相似的肤色让它们看上去仿佛是一体的，只是其中一只的掌心里有几处被指甲掐出的印痕，泛着醒目的红。

心头芜杂的情绪翻滚着，季明明有些出神。少顷，她突然怔怔地说道：“每个人都知道乔薇是自己跳下去的。只有乔家的人为了脸面，对外说她是失足坠楼。”

“我知道。”卓清淮眸色晦暗不明，但神情并没有什么变化，只说道，“刚才我问过你小叔叔，他已经告诉我了。”

季明明默不作声，他低沉清越的声音打破静默的氛围，也终于彻底取代她耳边种种尖锐的声音：“你要知道，不管上一秒发生过什么事，都已经过去了。人都是往前走的，这和她的父母是谁、是什么样的人，从来没有任何关系。”

周遭重新回归最初的宁静，外面的风卷进来的花香依旧浓郁，虽然并不能完全覆盖弥漫着的酒气，但伴随着卓清淮的声音，和他指尖的温热，已经足够缓解她内心的焦灼了。

季明明心底不安的躁动随着呼吸渐渐平复下来，她抬手理了理耳边的长发，良久之后才问：“季维礼收了多少钱？”

她看问题的切入点总是与众不同，卓清淮又笑起来。看着她终于真正平静下来，他起身重新点了支烟，答道：“付费咨询，一个问题一百万元。”

知道季维礼向来坐地起价，季明明有些不满地皱了皱眉，随后有些迟疑地问：“你都问了什么？”

“乔薇的心理状况和死因。”卓清淮并不打算就这个问题再谈下去，笑着说，“好在你动手前还能好好说几句话。”

季明明想要为自己解释，但又实在无从说起，最后只不服气地说：“真是他先动的手，我忍过了。”

“没说不相信你。”卓清淮嘴角的弧度深了几分。季明明闻言抬起头，紧紧地盯着他，像是在确认他的态度。他透过眼前飘散开的烟雾看她，有些无奈地说：“也不算意外，只是没想到会是这样的结果。”

季明明顿时像被针扎了一样，靠坐着的身子一下子挺直了，想要反驳，但动了动唇，终是辩无可辩。看着她明显懊恼的模样，卓清淮笑了笑，视线不着痕迹地扫过杂乱的茶几和地板，问道：“还不打算走？”

季明明本就时常处于一点就着的状态里，此刻尤甚，所以她一面站起身来，一面冷着脸问他：“楼下现在应该很多人知道乔方被我打了，你是不是觉得我在这里留得久了，沈家会更为难？”

“别人为难不为难很重要吗？”卓清淮觉得季明明钻牛角尖也比别人更天马行空些，他原本没想多说什么，但看出不妥之后，眼见她像只爹毛的小狼崽，自顾自地要往外走，出声叫道，“回来！”

季明明心里仍别扭着，并没有乖乖回去，但到底还是停在了原地，有些不满地回头看他。

卓清淮指了指她的裙子，无奈地笑着说道：“这也要提醒了才知道吗？”

季明明后知后觉地低头，这才发现右边小腿处原本十厘米左右的开衩不知道什么时候扯坏了，向上一直开到了大腿处。她看了看扯坏的地方，好在裙子是黑丝绒材质，裂开的边缘虽然不太规则，但除了走动时腿部露出的皮肤多了之外，倒也没什么要紧。

“就这样吧，也没什么，”季明明拂了一下裙子，站直身子说，“没人会盯着看的。”

卓清淮微微挑了挑眉，看着眼前的季明明——即使骨子里藏着些和年龄不符的稚拙，但到底已经是二十五岁的女孩子了，生得高挑清瘦，黑裙下的皮肤白得扎眼，腰部线条也被衣服合体的剪裁勾勒出了几分婀娜的味道，脸再怎么冷，也依然艳光四射。

楼下大厅里，季明明那位朋友不仅非常了解自身的优势，而且很善于利用这些优势逢场作戏。

相比之下，季明明更像是另一个极端。

他当时并未多留，但仅仅简单地环视四周，也能知道她们二人是厅内大部分男人目光的焦点。但她显然对异性的了解不够深，对自己的女性魅力也从来没有明确的认知。所以，即使停留在她身上的视线和停留在虞兮身上的相比只多不少，她也始终沉浸在自己的情绪里，对上前搭讪的人唯有冷漠和厌烦。

看着季明明不太在意的模样，卓清淮并没有说什么，只笑着说道："左右总要对称的。"

季明明想了想，倒也十分认同。

沈婕的工作室里剪刀自然是不会缺的，但剪出来的痕迹又未免太规矩和刻意。

季明明没打算多费心思，直接坐回了一旁的沙发上。

倘若一件事有一万种解决方法，季明明永远只会选最简单粗暴的那一种。

卓清淮在她坐下时就猜到了她的想法，果然几秒之后，裂帛声响起，季明明已经沿着另一侧的开衩把裙摆用力撕开了。

卓清淮垂眸，不禁莞尔。

季明明对此一无所知，站起身来低头看了看自己的裙子，没再发现什么不妥，又叫卓清淮看，问他："现在好了吗？"

卓清淮抬手示意道："转过去我看看。"

季明明依言在原地转了个圈，然后又回头看他。卓清淮轻咳一声，掩住声音里隐约的笑意，说道：“再转一圈。”

于是季明明又转了一圈，随后便听见身后响起清越的笑声。

她这才意识到不对，有些懊恼地瞪向他。眼前的卓清淮嘴角微扬，悦耳的轻笑声自喉间溢出来，一点一点地消弭了平时的距离感。烟已经燃了一半，他指间的星火映进眼底，疏朗的眉目间，似乎也透出了动人的明亮和温柔。

季明明内心的那点儿懊恼突然就烟消云散了。她看着卓清淮，也笑了起来。

季明明挽着卓清淮的手臂在节奏欢快的乐曲声中迈下台阶。

乔方带着伤离开的时候，看到的人并不少，所以与之相关的一些猜测早已在众多宾客间传开了。如今两个人一起下楼，目光落在他们身上的人并不在少数，只不过碍于卓清淮的地位和季明明的背景，并没有人十分肆意地打量。

虞兮正在和一个上了年纪的人交谈着，季明明估计这就是她要见的客户了，于是在她要过来的时候摇了摇头，示意她做自己的事就好。

沈婕最先走过来，低声打趣道：“我是不是应该感谢季小姐没拆了我家？”

季明明自觉此刻的心情还不错，所以虽然脸还是板着的，但并没有回击她的调侃。

沈婕因为职业敏感，第一时间就发现了季明明裙子的细节变化，想到乔方离开时的模样，心里也猜出了八九分原因。她觉得自己应该把握住这个机会，所以笑着说：“这种处理方法竟然出现在我的工作室，拜托你也稍微尊重一下我的职业吧。跟我上去，我找一套新设计的样衣给你。”

“不要。”季明明说着，挽着卓清淮手臂的手收紧了些。

卓清淮看了看自己被她抓紧的衣袖，对沈婕说：“记得叫人去收拾楼上。今天就先到这里了，不然我也不能保证你这里的其他东西都完好无损。”

沈婕顿时笑了起来，赞同地说道：“她的确三言两语就能让人有想要动手的冲动。”

“伯父那边我不去打招呼了，你帮忙转达歉意，我改天再登门拜访。”离开之前，卓清淮说道。

沈婕点头应下，又忍不住揶揄道：“知道了，放心吧，你的另一位红颜知己我也会照顾好的。”

知道她说的是虞兮，季明明出声说道：“谢谢。”

听了她没什么温度但也并不是反讽的道谢，沈婕眨了眨眼，不无深意地笑着说：“这倒有趣了。”

送走他们之后，沈婕回到厅内。

彼时舞池里有人在跳舞，对沈婕有好感的人向来很多，一时间纷纷来邀约。她还来不及拒绝，就听见身后有人说道：“抱歉，沈小姐已经有舞伴了。”

沈婕朝声源看去，是一身白色休闲西装的江攀。他走到了她跟前，拉着她的手朝舞池里走去。

沈婕任他拉着，面上的意外多过欣喜，问道：“我听人说你早就到了，去哪儿了？”

“我为什么不能是刚刚才到，一进门就忍不住被你吸引了呢？”江攀调笑道。

卓清淮的车开进季氏庄园，停在了季明明家的楼下。

这一路上，两人只有寥寥几句对话，大多数时间车里安安静静的。经过晚上的事，季明明不知道卓清淮此刻作何感想，至少她自己是有些喜欢这种喧闹后的宁静的。只不过路程太短，她终归是要下车的。

“早点儿休息。”告别的时候，卓清淮对季明明说。

季明明点了点头。她站在门口，看着卓清淮的车绕过树墙，虽然知道明天也能见面，但心底仍有一种微妙的、难以言喻的失落感。

车子一路驶出去，因为夜风渐渐大了，司机请示过卓清淮之后，将车窗全部升了起来。

庄园里灯火辉煌，亮如白昼。明朗的光线下，卓清淮看到膝上落了东西，拿起来看了看，发现是一片凌霄花花瓣，大概是车窗开着的时候被风吹进来的。

把花瓣拈在指间，卓清淮有些出神。直到车开出很远之后，他才回过神来，拿出手机打电话给季维礼。

电话很快接通，季维礼的声音一如既往地慵懒：“我已经快到沈家了，有什么事见面再说。”

“我已经回来了。”卓清淮说，“如果季明明问起今晚的事，记得告诉她我只给了你两百万元。”

“晚了。”季维礼并没有问原因，只说道，“她刚给我打完电话，要帮你付钱，我告诉她你打过来的三百万元已经到账了。”

季明明的行为其实并没有出乎卓清淮的意料，只是比他想的要快上许多。沉默片刻，他有些无奈地笑了笑。

“你应该一开始就叮嘱我。”季维礼并不觉得自己有任何问题，说，“更何况，这有什么不能让她知道的？”

“没有要怪你，当时闹得不太像样，所以没有顾得上。也是我这几天太累了，精神不济，刚刚有些走神。”卓清淮摆弄着指间的凌霄花花瓣，笑叹道，“也不是一定要瞒什么，发现了问题总是要解决的，只不过最近太忙，不想节外生枝而已，不然我大可以直接问她。”

“那个孩子不怎么聪明，可能根本就反应不过来。”季维礼不以为意地说，“家里这一辈的三个孩子，除了配备专属的私人医护人员，还会定期做心理咨询，出不了什么大问题。”

见卓清淮并未回应，季维礼沉默几秒，再次开口，漫不经心的语气里透着一种近乎残忍的理智：“这个世界上从来就没有十全十美的人生，更何况他们生在这样的家庭，和大多数人比起来已经幸福很多了。”

凉薄也好，清醒也罢，季家人自有一套与众不同的处世哲学，无论对人对己。

卓清淮毫不意外，也并未多谈这个问题，转而说道：“昌隆集团的资金链应该是出问题了。”

“这倒是不意外。乔家这些年虽然发展得还算顺风顺水，但是底下都是一群不成器的东西。乔方相对来说算个好的，却也志大才疏，出问题不是迟早的事吗？”提到乔家，季维礼的声音又轻松起来，“就是因为他们目光短浅，所以像明明这种撞到手里的亲情牌，乔方也能越打越糟，真是厉害。”

卓清淮静静地听他奚落乔家，最后说道：“这也没什么，商场上起起落落都是常事，昌隆和卓越的合作项目很快就要启动，资金到位就能续命了。”

电话那头的季维礼意味深长地笑着说道：“卓越集团的老板真是菩萨心肠。”

“合作共赢罢了。”卓清淮眼角眉梢难掩倦意，但还是无声地笑了笑。

“既然聊起了乔家，”季维礼笑着说，“不算我一份的话，怎么谈得上共赢？”

夜色渐深，乔薇尖厉的哭骂声刺破宁静，季明明自睡梦中陡然惊醒，坐起来的时候，呼吸急促，额头上也早已有冷汗渗了出来。

她伸手打开床头的壁灯，昏黄的灯光总算在空荡荡的房间里映出了一方温暖的小天地。她呼吸平复了些，躺回床上，但一闭上眼睛，乔薇有些狰狞的模样就又浮现在脑海里了。

季明明重新睁开眼睛，揪紧被子的手松开了些，但仍有些僵硬。她不得不承认，要成为一个真正强大的成年人，她似乎还需要走一段很长的路，因为虽然她已经离开了熟悉的、无时无刻不令人窒息的环境，乔薇却依然困扰着她。她不愿面对，又无法逃避，负担日复一日地沉重，她却始终不知该如何摆脱。

许久之后，季明明翻过身，手慢慢地伸到枕头底下，摸出一张精致的铂金名片来。

当初给她名片的那个人，和她平等地交谈，给她建议的时候态度也温和又坚定。所以虽然只见过区区两面，那时她对卓清淮的印象却很深刻。她觉得，从小到大，他大概算是第一个她愿意正视且有交流意愿的人了。饶是如此，名片上的电话她也从来没有打过，即使对方介绍的那家拳馆，这三个月里她常去。

卓清淮曾说过，需要帮忙的话可以随时打电话给他。可她听说他为卓越集团开拓海外市场，近期并不在国内。

季明明看着手里的名片，良久之后，终于说服了自己：只是打电话和他聊一聊心底的困惑，这种行为算不上求助，同样不代表她软弱。

电话号码早已烂熟于心，但她拿过手机之后，还是对照着名片上的数字，一个一个认真地按了下去。第一声等待音响起的时候，她不自觉地屏住呼吸，坐直了身子。这种莫名其妙的紧张和长久以来难以喘息的压抑感相比，她一时说不清到底哪一个更让人煎熬。

沉郁的夜色似乎把等待音的间隔也拉得格外长，季明明无意识地咬着嘴唇，不知道过了多久，在电话终于接通的一刹那，她攥紧的另一只手倏然松开来，搭在了膝上。

“喂？”耳边响起的男声温和清越，却又似乎有一种远隔云端的疏离感，无论如何也算不上熟悉。

即便卓清淮如今站在她面前，于她而言也还是陌生的。

季明明动了动唇，正要开口，就听到电话那头一个女人娇软的声音由远及近：“今天的爱心早餐怎么样？我可是……”

季明明慌乱而又仓促地挂掉了电话，把手机扔到一旁。手机从床边滑落下去，砸在地板上，发出一声闷响。紧接着，地板上的手机的来电铃声突然响起，季明明神色慌乱地盯着亮起来的屏幕，僵坐片刻后，探身拿过手机，直接取出了手机卡，折断后和手机一起扔远了些。

紧接着，她拿过枕边的名片，用尽全力撕扯了几下，同样扔开了。名片的断面有些尖锐，划破了她的手掌，一串血珠渗出来，她仿佛没有任何感觉，直接扯过被子把自己整个人都裹了起来。

房间里重新陷入一片死寂，季明明闭上眼睛，直到此时她才发现自己的呼吸有多急促。努力平复着呼吸，她咬住手臂的时候想，卓清淮给她名片的时候，也许并不是出自成年人虚伪的客套，但他有自己的生活，她不仅不该当真，更不该因此误以为她真的拥有了能随时随地打扰他的权利。

因冒昧而生的难堪，后知后觉地涌上心头，并且不断加剧，季明明的呼吸渐渐轻了，但咬着手臂的力道越来越重，直至刺痛感传来也并没有松口。

手机铃声再次响起，打破一室沉寂。季明明所有的情绪都由此被打断，她感到惊诧，猛地睁开眼睛，发现房间里漆黑一片，壁灯没有开，自己也好端端地平躺在床上，而并非沮丧又难堪地蜷在被子里。

季明明开了灯，地板上干干净净的，什么都没有，手机还在床头柜上，是她睡前放在那里的——原来只不过是一个梦中梦。

季明明生活规律到近乎刻板，很少失眠，此刻她靠坐在床头，因为再无睡意，所以觉得这一夜漫长得似乎永远不会有尽头。

晚宴时的画面像是降速的走马灯，一幕幕浮现在脑海里。她觉得“日有所思夜有所梦”这句话不是没有道理，自己之所以又梦到多年前的事，可能只是因为她挂了打给季维礼的电话，想要打给卓清淮时突然想起，自己如今并没有卓清淮的联系方式。

于是她不得不承认，这才是今晚堆叠在一处的事情里，唯一能站上可笑巅峰的那一件。

她在卓清淮身边工作，几乎每天都能见面，随着接触越来越多，她觉得两个人之间的牵绊也越来越深。可她也是直到今天才蓦然想起，于公于私，他们都始终没有恢复正常联系。又或许……私下毫无联系才是正常的，季明明有些气恼地想。

她起身下了床，坐在床头柜前的地板上，拉开最后一层抽屉——里面只放了两样东西，其中一样就是那张名片。当初断开了几截的名片，拼接的地方已经用胶水粘住了，除此之外，表面又用透明胶带裹了两圈。

初识那年，倾诉也好，求助也罢，她难得肯示人的软弱被那通电话拦腰斩断。虽然名片上的电话她再也没打过，但两个人的联系其实并没有走入死局。因为不久之后她生日那天，她收到了卓清淮从德国寄来的礼物。

再后来，他的礼物每年都准时而至，她守着那些礼物，心中过去的晦暗和眼前的困顿交织在一处，不仅渐渐忘记了因那通电话而产生的难堪，也不知从哪一刻起，对于自己人生中那抹不一样的色彩生出了些不一样的向往。可惜她的心动没有任何可以依附的根基，最终也理所当然地被她搞砸，于是两人之间本就薄若蝉翼的最后一点儿联系终于彻底断掉了。

只不过岁月那样漫长，相比得到，季明明更习惯面对失去。所以无论内心的拉扯是否停止，有些痛苦起于幼时还是近在咫尺，她都没有再向任何人开口倾诉过。

季明明这二十多年的人生里很少有明快的色彩，所以她虽然失神，但也很快从回忆中抽离。只是追溯起今晚要给卓清淮打电话的原因，她又不禁陷入了沉思。

她之前觉得，卓清淮或许是为了不让自己多想，所以隐瞒了一部分和季维礼的对话内容，但由于往事勾起的气恼，她本来理解的善意隐瞒便蒙上了一层欺骗的色彩，起伏的情绪和她心底因往事而生的不安一起发酵，于是她对卓清淮越发不满。对于卓清淮问的第三个问题的猜测，使得她无可避免地再次想起了乔薇。

过去和现实的各种问题交错，季明明第二天到公司的时候，脸色看上去还好，但眸中的红血丝格外明显。她直接去了卓清淮的办公室。

在走廊里遇到孙筠的时候，孙筠不知道是谁又惹了这位像是随时要去手刃仇敌的“女罗刹”，忍不住腹诽，但面上还是堆出友好的笑容，问道：“季助理去找卓总吗？欧洲市场那边出了一点变故，卓总带向总和骆助理他们今天凌晨直接飞往法国了，你没有收到通知吗？”

季明明愣了愣，心底的怨气不仅无从发泄，反而越发深重起来。虽然脸色难看，但她还是压着情绪对孙筠道了谢。由于这声“谢谢”，孙筠才歇了两分看热闹的心思，说：“你是不是还没看邮件？邮件里有接下来几天的工作安排。季助理还要负责东山的项目，卓总应该是因为这个才只带了骆助理去吧？”

前一晚的辗转反侧、难以安眠，再加上那个混乱的梦，让她心绪不宁。季明明其实并不知道自己见到卓清淮以后到底应该试探还是质问，结果无论哪一个，她都没有机会，就好像积蓄全力，最后却一拳打在了棉花上。

季明明那颗焦灼了一整夜的心说不清是失落还是失望，直到回了办公室，她皱着的眉头也始终没有松开。不过在惊觉自己枯坐半晌之后，她用力地咬了咬唇，强制切断了所有毫无用处的患得患失。

她不想让自己变得越来越不像自己。

熟悉的刺痛感让季明明彻底静下心来，她打开电脑，开始集中注意力处理工作，在浏览邮件的过程中，神情里的烦躁也渐渐退去，重新回归漠然。

工作安排里最紧要的一项是东山项目合同补充协议的三方签署。她从孙筠那里拿到了卓清淮提前签好的协议，直接打电话给季维礼，开门见山地问："东山项目有个协议要找你签字，你现在在哪里？"

"没规矩。"季维礼似乎刚睡醒，声音里还透着几分慵懒，不无嫌弃地说道，"先联系我的助理。"

"然后等着你的助理安排预约吗？"季明明冷冷地问。

"根据创造的价值，我的休息时间当然比你的工作时间宝贵。"季维礼轻轻地打了个哈欠，理所应当地说，"付签字费的话，我倒是可以第一个见你。"

季明明不想再和他废话，直截了当地问道："你要多少？"

电话那头沉默几秒，季维礼咬牙冷笑着说："怎么，你还真要给？花自己家的钱帮卓清淮劳心劳力，这种事也就你这样没脑子的败家子能干得出来。"

季明明没吭声。

季维礼声音里的最后一丝睡意也消退干净了，他意味不明地笑了一声，找碴儿似的说："昨晚我赚了卓清淮三百万元，既然你钱多到没处花，在后面多加一个零，我可以考虑把他问的事情都告诉你，也省得你特意找个理由来影响我睡觉。”

“这是我和卓清淮的事，和你没关系。我从来就没打算问你，你也不会告诉我。”季明明笃定地说道，随后又补充了一句，“况且我也没找理由，这就是我的工作，正常人是不会在工作日的上午十点睡觉的。”

“死不开窍的榆木脑袋。”季维礼语气凉薄地骂了一句，说了自己现在的位置后，提醒道，“虽然都说女生外向，但卓清淮这个人吃人从来不吐骨头，别怪我没提醒过你。”

每个字季明明都听得清清楚楚，但她神情毫无波动，最后只说道：“让你的助理带公章过去。”

季维礼不容分说地挂了电话。

季明明直接带着文件上门，毫不在乎地顶着季维礼的冷眼看他签了字，出门回到车上，又打电话给了江攀。

被江攀的助理带到他的办公室门前，季明明这一路走来，觉得江海集团的建筑风格、内部环境和季氏、卓越大同小异。但江攀所在的这一层的年轻女员工更多，她们的衣着打扮也格外靓丽。

江攀的助理敲了敲门，少顷，一个相当性感美艳的女人从里面开门出来，微微颔首之后匆匆离去。

季明明看到了她微红的脸和嘴角有些花了的口红，所以进门之后见到江攀下颌上的那一抹殷红，也就毫不意外了。

江攀的银色丝绸衬衫极具金属质感，领口微敞，露出颈间一片白皙的皮肤。原本斜靠在座椅里的他懒洋洋地起身，朝季明明笑起来的时候，眉眼间还残留着一丝未完全遮掩住的放浪：“在这种正式场合见你还真有点儿不太习惯。喝点儿什么？”

“不用了，等您签完字我还要赶回公司。”季明明拒绝道。

空气里浓郁的香水味儿还没有散去，她觉得江攀对“正式场合”

四个字大概有什么误解。

江攀被她公事公办的语气逗笑了，吩咐助理出去准备茶点。助理离开前，握拳抵唇轻咳一声，朝他侧了侧脸，不着痕迹地使了个眼色。

江攀恍然，抬手抹了抹脸，果真在掌心边缘发现了擦下来的红痕。他拿出手帕仔细地擦了擦脸，然后示意季明明帮他检查一下，问道："擦干净了吗？"

季明明打开文件夹，拿出协议放到办公桌上。

江攀仿佛受了冤枉，立刻无辜地声明道："是她突然扑过来亲我，我没来得及躲开而已。你不会以为我真要在这里和她怎么样了吧？你这思想实在是太龌龊了！"

季明明对人类厚颜无耻的程度有了全新的认知，实在不想和他多说什么，冷着脸敲了敲桌上的文件。

江攀只是笑。他把手帕扔到一旁，半坐在办公室桌边，打量着眼前的季明明。她穿了条雾霾蓝的衬衫连衣裙，同色系的腰带紧扣出几分妖娆。不过她一张脸始终是冷的，话也少，不似在卓清淮面前时那么乖顺。

是的，乖顺。这也是江攀认识季明明后，从没想过会用于她身上的两个字。

见季明明的视线看过来，江攀有些玩世不恭地笑叹道："我们明明这么赏心悦目的小姑娘，真应该在我身边工作。"

作为对于他这种感慨的回应，季明明说："签字。"

"既然我签完字你就要回公司，那我只能选择晚点儿再签了。"江攀总是忍不住逗她，又因为知道她随时会翻脸，所以扬了扬手上的腕表，哄道，"眼看快十二点了，无论是你还是我，都不能饿着肚子工作吧？"

季明明皱着眉看了他一眼。

“吃个饭而已，就在公司附近，又不是要你闯刀山火海。”江攀笑着说道，“难道这也要向你们卓总报备一声才行？”

眼看他还要啰唆下去，季明明不耐烦地说道：“吃完饭马上就签字。”

“遵命，我的明明殿下——”江攀笑着拉长声音说完，朝季明明摊开手掌，做了个邀请的动作。

季明明绕过他的手，径自向前走去。

江攀笑着收回手，站起身子跟上。

江攀和季明明一起出门，在走廊里遇到两个找他签字的秘书，他一目十行地浏览完，签字的时候也不忘亲昵地调笑两句。

和卓清淮那种一视同仁的温柔有着本质区别，江攀似乎面对身边的每位异性，眼角眉梢都透着一种“你对我而言独一无二”的款款深情。

因着这只花蝴蝶，原本落在季明明身上的那些好奇的目光也就变成了了然的目光，其中自然也有人有着十分明显的敌意。

不过季明明并不在乎，所以对此视而不见。

江攀自己开车，载着季明明驶出公司。他在路上接了个电话，语气更加亲密，季明明听出对方并不是沈婕，没忍住看了他一眼。

江攀很快挂了电话，问：“看什么？”

季明明说：“我还以为你真的喜欢沈婕。”

“我的确是啊。”江攀直视前方，不假思索地说。

季明明冷笑了一声。

对于她这种无言的嘲讽，江攀全盘接受，笑着说道：“我追求她，她享受我的追求，但是真正在一起之前，我们都是自由的。我们明明能懂吗？”

“不懂。”季明明眼都不抬一下地答完，又问，“你这么懂，为什么她去见卓清淮，你也要跟过去？”

江攀发现，季明明虽然傻，但说起话来永远能一语中的。他斜睨她一眼，不冷不热地问：“气死我对你有什么好处？”

江攀打着方向盘驶过十字路口，把车开得很快，话却说得慢条斯理：“有些问题换位思考一下就简单了——如果你这辈子第一次真心爱上一个人，他的心里眼里却只有别人，过了很多年，他和前女友关系始终很好，一直不接受你，你可以做到心里一点儿芥蒂都没有吗？”

季明明没能做到换位思考，不过听了江攀的话，她倒有了几分真切的疑问：“那你追了沈婕这么多年，到底是因为一直喜欢她，还是因为始终在意她当年没选你？”

江攀眸底闪过一丝微不可见的变化，但嘴角的弧度始终如一，说出口的也还是那句话：“你懂什么？”

季明明没有注意到他的眼神，她看着前方已经近在咫尺的餐厅，神色冷淡地说：“我再不懂，也知道感情有排他性。”

江攀动了动唇，最后长叹一声，说道：“下车吧小祖宗，不然我还没饿死，就先被你气死了。”

进餐厅后，侍应生十分礼貌地引着两人朝江攀的专属位子走去，不过没走几步，经过一桌客人时，那里有人站起来，直接拦在了他们的必经之路上，十分挑剔地上下打量了季明明一眼，然后对江攀娇笑着说：“江少这是又换新口味了？”

季明明因这个说法皱起了眉，冷冷地朝那人看过去，对方性感妩媚，任季明明神情再冷，目光也只停留在江攀身上，虽然在笑，眼神却含嗔带怨。

江攀一直挂在脸上的笑容没变，眼神却冷了下来——新欢旧爱好聚好散，他向来放荡不羁，却最不喜欢没规矩的人。

对面的女人察觉到他的神情变化，倏然红了双眼，季明明眼见她一副大受打击的模样，也懒得再计较，本要绕开对方继续向前走，却冷不防被对方推了一把。

不远处，正和朋友吃饭的吴沛妤把这一幕看在眼里，也看着季明明后退两步，江攀抱住她，以一个保护者的姿态把她护在了怀里。

“看什么呢？”朋友顺着她的视线看过去，问道。

“没什么。”

季明明冷不丁地被推开，踉跄着撞到江攀身上，被江攀伸手揽住了。他们两个人气质迥异，但紧靠在一处的时候，在旁人看来偏偏有一种诡异的和谐。

不过季明明很快就站直了身子，江攀怀里骤然一空，手擦过她的手臂，最后只在指尖残留了一丝玉石般清润的凉。

季明明眉心微蹙，眸底戾气陡生。结果下一秒，对方在做出更失礼的举动前，就直接掩面跑开了——江攀喜欢知情识趣的美人，他们的关系没冷下来时，她那点儿小脾气也是严格把握着分寸的，更何况两个人如今只有旧情债。可眼前的“新人”一副趾高气扬的模样，冷着张冰山脸无视自己，看上去实在太讨厌了，她实在没忍住心头的嫉恨。但只是这么推了那个“新人”一下，江攀面上的冷厉已经足够让她迅速清醒过来。她顿时又悔又惧，干脆直接做出一副伤心欲绝的模样，匆匆离去。

季明明还来不及发作，人就跑了，她站在原处，抿了抿唇，本就因这横生的波澜紧皱着眉头，低头瞥了眼肩头被推的地方之后，看上去越发不高兴了。

江攀的“陈年桃花”已然不见了踪影，原本跟她一起就餐的人早已站了起来，但直到此刻才回过神来，朝江攀抱歉地笑了笑，随后急忙拿起两人的包跟了出去。

背包的链条扫过桌边的一个红酒杯，酒液洒上洁白的桌布的同时，江攀伸出手去，按住了已经滚落到边缘的杯子。不过在那之前，季明明已经板着脸继续向前走了，对这点儿细枝末节一无所知。

江攀含笑收回视线，把杯子端端正正地立在了桌子中央，然后对闻讯赶来的餐厅经理和和气气地说道："这桌记在我的账上，以后在你这里再让我遇到莫名其妙的人，我就记在你的账上。"

餐厅经理连连称是。

江攀帮季明明拉开椅子，等她坐下之后，亲自把餐巾递了过去。

季明明刚要拿，他却像个恶作剧的小男孩儿，把手一下子举高了。不过他深知季明明很可能直接拍桌子走人，所以在她的视线冷冷地扫过来的时候，又乖乖地把餐巾奉上了。

季明明时常觉得江攀脑子不太正常，比如此刻。她把餐巾铺在膝上，毫不掩饰自己的不耐烦。

江攀在对面坐下来，看着她依然没有舒展开来的眉头，作揖哄道："我回头就让她去给你赔罪，好不好？"

"没必要。"季明明没有兴趣再见对方，但也的确不悦，说道，"你朝三暮四，她就算不满也应该冲你，和我有什么关系？"

"是，是，是，归根结底，都是我的错。"江攀拉长声音，随后又不禁说道，"我还以为今天这饭你无论如何都不肯再吃了。"

"我吃不吃饭，为什么要受一个陌生人的影响？"季明明有些莫名其妙。

她这句话算是在江攀的意料之外，但想到她一贯的作风，他又觉得完全在情理之中。江攀心内微哂，看着季明明冷若冰霜的脸，故意挑眉问了一句："那如果今天是你和卓清淮来吃饭，遇到卓清淮的旧情人呢？"

季明明对上他的视线，神情没什么变化："我遇到过沈婕了。"

这一刀对江攀来说已经不疼不痒了，他别有深意地说："卓清淮的旧情人可不止沈婕一个，像刚才这种小插曲，说不定你以后会经常遇见。”

季明明看着菜单，头也不抬地说：“他和你不一样。”

“那你就错了，全世界的男人都一样。”江攀耸了耸肩，自认公正地评价道。

季明明没直接反驳，只淡淡地说道：“我有自己的判断。”

即使她没有再多说什么，江攀也知道她到底是怎么判断的，无非是觉得在她眼中，卓清淮和全世界的男人都不一样。他不以为然地勾了勾唇。

眼前的季明明神情冰冷，和在卓清淮面前时截然不同，这种鲜明的对比让江攀不自觉地摩挲了一下指尖，他突然说道：“认识这么久，好像就没怎么见你笑过。来，笑一个我看看。”

季明明看向他，皱眉说道：“神经病。”

江攀反而大笑起来。笑声渐止后，他才颇为感慨地说：“我和你最大的区别就是我比你有良心。”说完，他拿出手机看了眼时间，拨了一个号码之后，打开免提，把手机放到了桌上。

季明明猜到了这个电话是打给谁的，神情一下子有些紧绷。随着提示音的响起，她放在桌上的手也缓缓地掐紧了指节。

电话不久后接通，江攀看着对面仿佛连呼吸都有些僵硬的季明明，开口时语气一如平日里闲聊般轻松：“卓总有空吗，聊聊？”

他自然知道卓清淮连夜飞往法国的事，此刻卓清淮应该刚下飞机不久，千载难逢的大好机遇尽在掌握之中。但卓清淮的声音听上去依旧无悲无喜，与往常无异，只问道：“公事还是私事？”

分明只分开了短短十多个小时，季明明却觉得，她好像已经很久没有见过卓清淮了。他的声音清晰悦耳，却又仿佛远隔山海。她总疑心，只要多等一秒，那边就会有女人娇柔的声音传过来。

这种揣测让她整个人焦躁起来。

“不是很好判断。”江攀觑着低下头去的季明明，半真半假地迟疑了片刻后，才笑着开口问道，“想问你能不能把助理让给我，你觉得这算是公事还是私事？”

季明明猛地抬起头来，江攀在她过来阻止或直接离席之前，将食指抵在唇边，做了个示意她噤声的动作，面对她含了厉色的视线，抬起手来在虚空中向下压了压，安抚意味浓厚。

与此同时，卓清淮轻笑出声。

季明明的心突然一颤，下意识地咬紧了嘴唇。

“既然是这个问题，那小江总就不需要为难该怎么判断了。”卓清淮有条不紊地答道，“于公于私，助理本人的意愿才能起决定性作用，谈不上‘让’或者‘不让’。”

江攀对这个回答丝毫不意外，意有所指地问道：“所有人都一样？”

“虽然小江总好像很期待我说出什么不一样的答案，”卓清淮笑意温和地说道，“不过很遗憾，这的确是我的想法。”

季明明觉得自己在某种程度上很好说话，但从不会轻易被人摆布，江攀这个问题对她来说，本来就没有任何意义，所以听了卓清淮的回答也谈不上失望。不过仍不甚顺畅的呼吸提醒着她，她此时的心情远比自己以为的更糟糕——她早已知道自己在卓清淮的心里、眼里都没有任何特别之处，就连过去她自认为的特别惹人厌都被卓清淮亲自否认了。

与此同时，她以为马上就会挂断的电话，再次传来卓清淮轻描淡写的声音：“昨天的并购计划书我刚在飞机上做了批注，其中几组数据让各部门重新核对，修改好之后发给我。”

季明明呼吸一滞，随后看向桌面上的手机，慢半拍的反应让她看上去不知是恍然还是迷惑，而在这两者之间，又隐约掺杂着些难以形容的心虚。她一时很难从各种纷乱的想法中捋出头绪，下意识地动了动唇。

江攀想要阻止的手势刚做了一半，就听对面的傻瓜老老实实地出声应道：“知道了。”

江攀隔空点了点季明明，恨铁不成钢地摇了摇头。

直到电话挂断，季明明仍有些愣怔。如果先前不觉得失望，似乎现在也就没什么好开心的，但无论她自己如何认定，原本糟糕的心情还是十分神奇地有了转变。她紧抿的唇翘起一丝微不可见的弧度，虽然很快又消失不见，但因着情绪的变化，她的眸光也难得地软了下来。

江攀本来有些无奈，但又觉得实在有趣，他微眯起双眼，观察着季明明表情里细微的变化，突然说了一句：“你的表情肌原来还在啊？”

季明明大概心情正好，竟没有甩“眼刀”过去。江攀反倒不习惯，他向后靠在椅子里，唇边的笑意带着几分不羁的意味：“不过你未免也太好哄了。”

季明明并不认同他的说法，不过她也并没有反驳。

江攀收起桌上的手机，难得十分好心地提醒道：“所有情绪都拿捏在别人手里，可不算好事。”

季明明不以为然，却并非全然对江攀这句话不认同，她只是觉得自己从小到大似乎也并没有遇到过什么好事。

不过这些话如果是在卓清淮面前，尚可说上两句，此时面对江攀，她唯有沉默以对。

接下来，江攀并没有放弃对季明明表情肌变化的观察，于是整个午餐时间就在他的反复挑衅和季明明的冷脸以对中度过了。

江攀的心情非常不错，直到回了公司脸上的笑容都没有淡去，签字时也异常配合。

季明明总算带着签好的协议回了卓越集团，投入新的工作中。

接下来的几天，季明明的工作安排得很满，她和卓清淮之间的联系也只有几封工作邮件中公事公办的寥寥数语，直到一周后卓清淮回国。

虽然一周未见，工作往来也并不算密切，但整个集团动作频频，卓清淮的名字又常见于各种财经新闻，季明明自然也未错过这一周卓清淮的动态。

卓越集团近期击败海外市场最大的竞争对手，直接吞并了对方旗下最具影响力的一家子公司，和当地政府连签两项重大合作协议。在欧洲的产业链进一步完善的同时，配合国内步调顺利完成改组，与此同时，卓清淮正式就任董事局主席兼董事长——他早在接手卓越集团不到两年的时间里，就把内部所有障碍都扫清了。

得知卓清淮回公司的消息时，季明明正在办公室里回复工作邮件，此后的几分钟内她难免有些走神。她手边就有几份需要批示的文件，但心中开始犹豫，既想要立刻去见卓清淮，又想掩饰心底的紧张，晚一点儿出现在他面前。

她也不知道自己为什么要紧张。

最终，季明明比平时更认真地把邮件写完、发送之后，才整理了文件去找卓清淮。

孙筠不在外面，她敲了敲门，进去之后，办公桌前站着的女孩子第一时间转过身来，笑着朝她挥手打招呼道："明明姐姐。"

眼前的吴沛妤友善又不失娇俏，季明明的眼神有片刻的波动，不过很快便连带着进门前心底的紧张一同沉了下去。

季明明径直走过去，对上卓清淮的视线。他坐在办公桌后，短短几天不见似乎瘦了些，气质越发干净凛冽，不过眼神依旧是温和的，落在她身上和往常无异。

季明明想起季行知送自己过来的那天，他似乎也是这副模样。

"明明姐姐，接下来的这一个月我在这边实习，咱们就是同事啦。”吴沛妤没有介意她的冷淡，继续笑着说道，“打字、复印、整理资料或者跑腿买东西，这些事尽管交给我，我保证做到最好！”

没觉得自己需要她做什么保证，季明明只觉得烦躁。她冷着脸把文件夹放到桌上，拿出三份文件，把其中两份需要签字的文件放到了卓清淮面前。

卓清淮却先看向吴沛妤，说道：“先出去吧，找孙筠，让她带你熟悉一下环境，之后的工作听秘书室安排。”

“好的，清淮哥哥。”吴沛妤不假思索地答应之后，眼里闪过一丝赧然，笑容娇俏地问道，“卓总？还是卓董？”

卓清淮笑了笑，没说什么。

吴沛妤见好就收，没在这个问题上耽误他们的时间，离开前看向季明明的时候，也十分乖觉地改了口：“季助理，我先出去啦。”

季明明依旧不吭声，直到关门声从身后传来，文件在她手里已经被攥得变了形。她冷冷地看向卓清淮，问道：“你问过她是不是适合这份工作了吗？”

卓清淮放在桌上的双手交握，抬头看她，神情不变地反问道：“一个做些辅助工作的短期实习生，不适合的理由是什么？”

在季明明听来，他这句话完全是站在吴沛妤的立场上来反驳自己，于是她脸色更冷，有些咄咄逼人地问：“那你也让她收拾过东西，警告她来这里不是养尊处优的，否则要立刻辞职走人吗？”

卓清淮没有回答，只是微微皱着眉头看她。她直视着他，无论眼神还是语气，都毫不退让：“凭什么她不需要？”

卓清淮笑了一声，只不过笑意未达眼底，眸底的温和也淡了些，他慢条斯理地说道：“一个做短期辅助工作的实习生，无论她是怎么进来的，都不会让我为难。但是季助理，一视同仁和区别对待，你知道你自己更不满的是哪一个吗？”

季明明哑然。

她不知道卓清淮为什么这么问，但对于这个问题的答案，她明白得很——她不满意他的一视同仁，也不满意他的区别对待。无论与她对比的另一方是吴沛妤还是其他什么人，只要面前的人是卓清淮，她就怎么都不满意。

卓清淮像是看穿了她的犹疑，语气淡淡地说道："自己都不知道自己到底想要什么，那你觉得你能站在什么立场来质问我？更何况作为一个助理，你的工作里没有任何一项内容包括质问你的老板。"

季明明脸色越发冷，眸底的黯淡像是一层层漾开的水纹，朝着无限深远的方向扩散。

她觉得自己受够了人和人之间的这种若即若离——卓清淮有让她觉得高不可攀的时候，亦有近在咫尺让她觉得自己触手可及的时候，又或者像此刻，她看不清自己与他之间到底隔了些什么，又隔了多远。

卓清淮在文件的落款处签上了自己的名字，把文件向前推给季明明。见她一动不动地站在那里，眼底满是难以言说的倔强和愤懑，他终是无奈地叹了口气，抬手揉着额角说："十点的会议准时召开，你和骆康去准备吧。下午我带你去个地方。"

"我要请假。"季明明没有多问，只神情冷淡地说道。

卓清淮的眉头又皱了起来，不过眼里看不出太多情绪，只答了两个字："不准。"

季明明原本还在努力忍耐，但此刻他这两个字就像是压下来的最后一根稻草。她死死地盯着他，心中累积的所有不满堆成了眼底陡生的乖戾，她把手里的文件攥了又攥，最后到底忍不住，猛地转过身去，摔门而出。

回到自己的办公室，季明明用力地把桌上的文件都摔到了地上，可下一秒，她原本急促的呼吸就突然屏住了。她低头看着地上散落的无数纸张，脸因为屏住的呼吸渐渐红起来。她死死地咬紧下唇，等到一丝血腥味传来，才用力地呼出了一口气。

不甚平顺的呼吸使得她胸口剧烈起伏，她有些脱力般靠在一旁的办公桌上，心里痛苦又茫然。她也许常常不高兴，但并不怎么发脾气。只有乔薇才歇斯底里，每次发脾气都要砸东西。

她恨自己每一分像乔薇的地方。

墙上的时钟走过的每一步，都在空气中留下了声响。室内的气氛越压抑凝重，声响就越尖锐刺耳。

季明明的脸色由红转白，她蹲在地上，一张一张地捡起地上的文件，并没有察觉到有人推门进来，直到一双黑色皮鞋进入她的视野，在她面前停住。

头顶传来的声音不似往常温和，但依然低沉好听："起来。"

其实无论是最初的愤怒，还是刚刚一闪而过的恐惧，所有情绪终归会被季明明自行消解，这是她二十多年来十分擅长的事情。她只是需要些时间，让自己能反复确认一个事实：至少在今天这件事上，她是没有立场也没有资格发脾气的。

她不肯起来，也没有抬头，只说道："我不请假了，你出去。"

她的声音仍是冷的，语调也还算平稳，如果不仔细听，并不能听出其中的那一丝颤抖。下一秒，她便被人拽住胳膊直接从地上拉了起来。她甚至没有试图挣脱，只是转开脸不看他，有些执拗甚至不耐烦地重复了一遍："我说我不请假了，你还想怎么样？"

因为开口说话，唇瓣上被咬出的伤口再次渗出血丝，不过她并不在乎。

卓清淮没有回答，只是松开了拉着她胳膊的手。

季明明获得了自由，却无端浮躁起来。她抿着唇一言不发地朝门外走去，卓清淮自身后抓住她的手腕，将她拉了回来。

这种无声的压制使得季明明终于恼羞成怒，她看向卓清淮，直到看着卓清淮微微敛眸，没什么温度的视线落在自己的唇上，她突然想起什么，不由得呼吸一滞，瞳孔也有一瞬间的紧缩。

“会无理取闹对你来说从来都不是什么坏事，”卓清淮缓缓开口，看着她殷红的唇瓣，斯斯文文地蹙眉说道，“可惜最后还是这样的结果。”

他一直笑着，看不出任何生气或者不悦的迹象，季明明却无端地紧张起来，呼吸都有些不畅。她动了动唇，最后什么都没有说出口，唯有唇上的刺痛感更加清晰。

察觉到她眸光里的波动，卓清淮语意不明地问道：“疼吗？”

季明明下意识地摇了摇头。

卓清淮锐利的视线并没有因此而变得柔和一些，他看着已经完全冷静下来的季明明，吩咐道：“把地上的文件都整理好，上午的会不用参加了。下午要带你出去是私事，你可以拒绝，这是你的自由。”

季明明想辩解，说自己并没有想拒绝，但看着他疲惫又冷淡的神色，话到了嘴边怎么都开不了口。

直到自己手腕上的钳制消失，眼见着卓清淮要离开，季明明一下子抓住了他的手。

卓清淮回过头，看着交握在一处的手，精致如画的眉目间始终看不出什么情绪。

季明明并未注意到这些，只看着他，语气有些生硬地答道：“我没说不去。”

第五章
逃离与陷落

卓清淮没再说什么，只是神色自若地抽回了自己的手。

季明明这才意识到自己刚刚的举动，空了的手迅速缩回身后，无意识地攥了攥。

看着卓清淮离开的背影，直到办公室里只剩下自己一个人的时候，季明明才有些颓然地呼出了一口气。

她觉得就像是有根看不到的线，一头拴在自己的心上，另一头被卓清淮抓在手中。

他掌控她所有的喜怒哀乐，于是她的心情总是能轻易被他反转。于是进门前的期待，进门后的失望，对话中的愤怒，离开后的爆发……所有的一切，包括她面对着满地狼藉时于四肢百骸间左冲右突的惊慌，也都消散在了他眉宇间那一抹凉意里。

季明明有一种微妙的不甘心，又怕自己的一切言行在卓清淮能容忍的范围内也要沾上“忍耐”两个字。她看着地上散落的纸页，眸色晦暗。

她收拾好文件，重新一一分类，然后开始处理其他工作。等到临近中午，她抱着处理完的资料送去归档的时候，面上早已恢复成平时的波澜不惊了。

秘书室里，孙筠正在和其他人聊天，见她进来便没再说了，不过这并不妨碍她脸上露出十分友好的笑容，打招呼道：“季助理。”

季明明点了点头，直接往里面走去。

何瑗跟过去帮忙，听到季明明道谢后，笑着问道：“最近忙坏了吧？我现在每天晚上做梦都在加班。不过等这几天收尾工作完成就会好一点儿，听说行政部已经接到了通知，开始策划下个月团建的事了。”

对于这种寒暄，季明明的回应也有限，何瑗已经有些了解她的性格了，所以并不介意。两个人往外走的时候，恰逢已经开完会的骆康走进秘书室——他从法国买了几瓶最新发售的香水送给几个同事，孙筠等人礼貌性地推拒几句之后，一边道谢一边接了。

何瑗走过来，没在意一旁的香水，笑着问骆康：“开完会了？”

骆康点了点头。

孙筠把其中一个香水礼盒递给何瑗，眨了眨眼睛，笑着说道：“咱们骆助理真是又细心周到眼光又好。”

何瑗觉得，以骆康的性格，这款香水大概率是柜姐推荐的。不过大家都在说笑，她便也抿唇轻笑，没有说什么。

和档案秘书交接完，落后一步出来的季明明朝看过来的骆康点了点头，算作打招呼，随后径直出了秘书室。她对这些人的谈笑内容没有任何兴趣，所有的热闹也似乎都和她没有关系。

骆康在走廊里跟上季明明，有些抱歉地说：“我不知道你也在这边，所以没有一起拿过来。”

“不用了，我不用香水。”季明明说完，又补了两个字，“谢谢。”

季明明回到办公室不久，骆康送来了她早上落在卓清淮办公室里的文件，说道："刚才会议的全部相关资料，我回头整理一下发给你。"

季明明应了一声。

骆康又从衣兜里拿出一个黑色绒布盒子递给她，见她看向自己，他有些不好意思地说："我当时在酒店楼下看到这个，觉得很可爱就买下来了。你既然不喜欢香水，不介意的话，收下这个好吗？"

季明明没接，只答道："你既然喜欢就自己留着吧，不用送给我。本来送同事礼物也不是什么义务。"

骆康顿时笑起来，把盒子放到了她的办公桌上，没多解释什么，只说道："拿着吧，总比我拿回家放进抽屉里再也想不起来好。"

季明明打开盒子，里面是一枚猫咪造型的钻石胸针，十分精巧。她把它拿在手里摆弄了片刻，才想起来抬头对骆康说："谢谢。"

季明明大多数时间里冷着脸，也许很少有人会觉得她可爱，但当她有些心不在焉地伸出手指，轻轻沿着猫尾滑过去时，白皙莹润的侧脸上便无端多了几分与实际年龄、气质不符的稚气。

骆康问道："你的脸色看起来不太好，是因为吴小姐的事不开心吗？"

季明明看了他一眼，没有说话。

骆康斟酌着言语劝道："吴小姐应该是为了卓总从国外转回国内读大学的，但不论是平时见面，还是这次来做实习生，都是因为上一辈的私交。吴小姐的姑姑这两年身体不好，卓夫人难免会多照顾一些对方的心情。"他顿了顿，解释道，"你也不用想得太复杂，卓总的事任何人都干涉不了，之所以答应卓夫人，是因为这对卓总来说只是些无足轻重的小事，并没有放在心上。只是签了一个月的短期实习合同，到时候吴小姐是一定会离开的。"

季明明一面告诉自己，她和吴沛妤不一样，一面又情不自禁地想：自己和吴沛妤又有什么不一样？

矛盾的心情让她看上去眼神有些复杂，她看着骆康，最后只问了一句：“卓清淮最近是不是很累？”

闹归闹，她还是看得到他的疲惫的，即使他似乎在任何时候都始终风姿卓然。

“几个大项目陆续上马，国内国外的各种事务又一直双线并行，再加上一些必须露面的应酬，卓总最近每天的睡眠时间不超过四个小时。”骆康叹道，“不过下午的行程总算是推了，他可以好好地休息一下了。”

但他下午还有别的安排，季明明默默地想。

卓清淮的办公室后面有一间单独的休息室，装修风格和办公区域相近，即使是更私密的生活空间，色调也并没有温暖太多。

季明明轻轻推门进去，再往里走，卧室门半掩着，一缕光线沿着这道缝隙落在床边，在厚厚的遮光帘笼罩出的一片暗色里显得尤为醒目。

卓清淮呼吸均匀，面容精致似玉，宛如沉睡的神祇。

季明明的脚步止于门外。她突然记不清，当初来卓清淮身边时给自己的理由是什么了。心中最初的平静渐渐被一种复杂而又焦躁的烧灼感取而代之，并且这种烧灼感随着时间推移越来越强烈。

这一切当然是因为卓清淮，他总是让她不开心。

季明明正要悄悄地关好房门，床头柜上卓清淮的手机突然振动起来——在连空气仿佛都停止流动的空间里，手机振动的声音显得比平常大一些。她的动作因此迟疑了几秒，与此同时，昏暗的光线中，卓清淮已经睁开了眼睛。

他拿过手机看了一眼，又放了回去，起身靠坐在床头，这才朝门口看过来。彼时他的神情里尚残存几分慵懒，笑起来的时候，眸光如朗星般明亮，因为初醒，他的音色比平时略低哑些：“站在门口兼职女保镖吗？”

季明明没有笑，她维持着要关门的动作，没再看他，只盯着自己落在地板上的影子，说道：“你继续睡吧。”

没等他回答，她就从外面直接把房门关上了。一线光源瞬间消失，卓清淮有些无奈地笑了。

季明明所希望的并未实现，卓清淮很快就换了新衬衫出来，随后带着她下了楼。

眼见着两个人的身影消失在走廊尽头，孙筠对过去送文件的骆康说：“怎么办啊，骆大助理是不是失宠了？以前卓总可是无论公事私事都带着你的。”

骆康了解她的性格，虽然无奈，最终也只是好脾气地笑了笑。

一路上，季明明什么都没问。车里始终安安静静的，看着闭目养神的卓清淮，她其实并不怎么好奇他要带自己去哪里。

最后，黑色的劳斯莱斯在近郊驶入一个私人俱乐部。

季明明看着窗外，眼里终于闪过一丝不解。驶过大片林区和地形复杂的训练场，车停在了最深处的建筑物前。早已等在那里的几个人迎上来，笑容恭谨地引着两个人进门，一路经过几个展厅，最后走入设施齐备的射击场。

季明明环顾四周，一旁有实时滚动播报环数的电子屏，远处是一排整齐的标靶。

工作人员把提前申请的两把手枪和消声器取出，安装好之后，和护目镜等物一起摆在了射击台上，然后对卓清淮说：“卓先生，按您的吩咐准备了当前商用范围内最好的消声器，可以不用降噪耳机了。”

卓清淮漫不经心地点了点头，递给季明明一把枪，问道：“玩过吗？”

"没有。"季明明接过去，仍没明白此行的目的。卓清淮自然留意到了她眸底的疑惑，但并未多做解释，拿起另一把手枪和旁边的弹匣，讲了下基本动作，又亲自演示了怎么装填、开保险。

季明明学得非常快，不久后，卓清淮便朝前方的标靶示意道："试试。"

季明明戴好护目镜，掂了掂手枪的重量，然后抬起手臂瞄准靶心。卓清淮站在她身后，帮她调整了一下手指和枪身间的角度和距离，说道："手臂放平，放松，不要抖。"

季明明没想抖，但两个人距离太近了，卓清淮站在她身后，微凉的手指落在她手上，说话的时候，温热的气息拂过她耳边。因此，她握枪的手越发僵硬，呼吸也变得困难，一颗心剧烈地跳动着，仿佛下一秒便要冲破胸腔。

"开枪。"

命令传递进大脑，季明明下意识地扣动扳机，她尚能接受后坐力，不过她刚刚活动了一下手腕，电子女声就毫无感情地自动播报道："脱靶。"

身后的人轻笑一声。

季明明并不知道自己莹白如玉的耳垂已经发红，但丢脸后的挫败感大有打败紧张心情的趋势，她不服气地再次瞄准，熟悉的温热气息也再次拂过她的耳畔："调整好呼吸。"

"你不要说话了。"她有些懊恼地说。

卓清淮从善如流，不过季明明并没有错过耳边他那声微不可闻的轻笑。她抿紧嘴唇，绷着脸瞄准靶心，到底还是听从了他的吩咐，努力调整着呼吸，直到全部心神渐渐沉静下来，红色靶心尽在她眼中了，才扣动扳机。

"七环。"

这个成绩还算可以接受，她扭头看向卓清淮，表情仍是波澜不惊，但护目镜下目光灼灼。卓清淮轻轻拍了拍手，芝兰玉树般优雅，他迎着季明明的视线，赞道："作为新手，第二枪能打到七环，非常有天分了。"

季明明强压下嘴角上扬的弧度，露出一副不甚在意的模样，说道："这又不难。"

卓清淮忍俊不禁，又指导着她开了几枪。

季明明的天分和悟性都不错，很快就打到了九环。眼见她兴致越来越浓，卓清淮在她又一次瞄准之前，按住了她的手臂，吩咐一旁的工作人员："出去吧。"

工作人员依言颔首，在修改了电子操控台的室内装置后，依次离开。

等到偌大的射击场内只剩下卓清淮和季明明两个人的时候，场内的自动装置也调整完毕。标靶沿轨道撤回，原来的位置上，取而代之的是整排的酒瓶。

季明明的脸色倏地一白。

"你这是什么意思？"短暂的震惊过后，季明明目光中闪过一抹戾色，看着卓清淮冷冷地问道。

卓清淮将她神情的每一丝变化都看在了眼里，却并没有回答她的话，就像是身体力行地在告诉她，眼前这一切已经足够清楚明白，并不是什么需要特意解释的事情。

原来，这就是他说的私事。

季明明脑海中闪过他先前的话，呼吸有些不畅。可在她此刻混乱的思维里，这无疑是一次居高临下的训诫。

她用力地摘下护目镜，和手枪一并拍在了射击台上，转身朝门外走去。

"季明明。"

卓清淮的声音自身后响起，沉稳，平静，但听不出任何情绪，似乎她所有的反应都在他的意料之中。但这个平平无奇的名字每次出自他口，都会变成一个魔咒，她有一万个理由离开这里，偏偏鬼使神差地停了下来，想要听一句他的解释。

“你就只会逃吗？”

再寻常不过的语气，听在季明明耳中却尽是嘲讽。她猛地转过身去，死死地盯着卓清淮，失望和愤怒的情绪交织在眼底，脱口而出道：“我怎么做和你一点儿关系都没有！”她潜意识里明白，自己并不想对卓清淮这样说话，可她看着站在原地的卓清淮，发现自己的话无法对他造成任何一丝影响的时候，心底的彷徨便进一步演化成了冰冷的讽刺，“没人有资格对我指手画脚，你们根本什么都不懂，就算是你也一样。”

卓清淮看着季明明，丝毫不以为忤。即使是不笑的时候，只要他安安静静地看着一个人，清俊的眉眼间也显不出半分薄情的样子。

“我的确没有资格，大概也没什么人有这个资格。”他的声音低沉动听，却也带着不容忽视、不容置疑的语气，“毕竟自己的弱点只能自己亲自克服。”

季明明用尽全力维持着自己的理智，冷笑着反问道：“我凭什么听你的？”

卓清淮走到她面前，薄唇微启，回答她的时候，清明的眸光中有一抹令人不易察觉的悲悯，他说：“凭你比你想象中更听话、更守规矩。”

眼前的女孩儿生于豪富之家，自小锦衣玉食，过着很多人羡慕和难以想象的富贵生活。可她有那样一对不合格的父母，很多东西从未得到，季家人特立独行，寻常人拥有的爱和温情，她始终缺失。所以她简单又复杂，孤僻也落寞，看上去总是不合群，就像个和全世界格格不入的异类。

“早睡早起，适当运动，作息严格规律；不抽烟，更不喝酒，没有任何其他不良嗜好；不过分挥霍，也从不倚仗家世任性胡闹。”这些都是无须刻意观察，便可以轻易得出的结论，卓清淮逐一列数，眸光深邃，“看起来很平常，但坚持这么多年并不容易，尤其是在并没有人要求你坚持的情况下。”

卓清淮说的每个字她都听得清清楚楚，若在往日，她大概会用很多时间去思考，这是否意味着他对她有一点儿不同于外人的关心或者好奇。但此刻她的心里只有排斥，以至于回应的时候态度也格外冷漠：“的确没有人要求，这都是我自己的选择，我想怎么生活、过什么样的日子，和任何人都没有关系！我记得当年有人跟我说过，我应该活得随心所欲一点儿。”她抬眸看着卓清淮，冷笑道，“卓清淮，这就是我想要的‘随心所欲’。”

即使她并不确定，这句话最终讽刺的，是不是只有始终还记得相识时每一个细节的自己。

季明明又想逃走了，可是卓清淮在这里，她注定只会失败。

卓清淮没有任何意外地拦住她，在她反抗的时候，攥住她的手腕，将她整个人挡在了射击台前，轻叹道：“乔薇大概没有心情和精力管你，季家人对你也没有任何要求。你选择这样的生活方式，只是因为你所能见到的那些同龄人，都是被这样教育着长大的。”

他明知她在惧怕什么、逃避什么，准备了这样的一切，却又不谈乔薇，偏要先来探询这样一个浅显的问题。季明明终于意识到了卓清淮的残忍。

她激烈地挣扎着想要否认，她也只有否认，不然又能怎样呢？

几乎所有的孩子，从小到大，都是这样被父母亲人管束的——不许挑食，不许沾烟酒，不许早恋；要好好学习，要早睡早起，要多运动；接受帮助要道谢，犯了错误要第一时间说对不起……

可是从来没有人这样要求过她，即使她始终是一个会对任何合理要求乖乖听从的人。她当然也知道，没有要求并不是因为她看着难以教化，而是那些原本应该承担管教义务的人，心中永远有更看重的人或事，她的位置要靠后、再靠后。

乔薇的一瓶酒，季维智的一本书，似乎都比她重要。

于是她自己管教自己，于是她的成长速度比同龄人慢上许多，于是她在幼稚的年纪早已不再幼稚，在成熟的年纪却还远远不够成熟。可她终究还是长大了，这些年虽然谈不上过得多好，但也并没有很糟糕。

季明明停止了挣扎，但始终咬着唇不肯再说话。

“你已经做得足够好了，”卓清淮放开她的手腕，一个字一个字地说道，“比很多和你同龄的人还要好。”

季明明觉得自己眼圈有些发烫，但眼泪对她来说已经是太陌生的事物了。她压下了这一刻心底所有的波动，冷冷地看着卓清淮，问道：“你以为这种话对现在的我来说有什么意义吗？我根本就不在乎！”

卓清淮从不会用些空泛、敷衍、毫无意义的安慰来搪塞她，季明明对此心知肚明。她以为自己早就忘了什么是委屈，但话说出口时，声音还是抑制不住地颤抖。

把她波动的情绪尽收眼底，卓清淮点了点头，慢条斯理地反问道：“可你要用什么来证明自己的不在乎呢？这么多年以来的自我伤害和自我惩罚？”他的目光落在她脸上，如寒潭般幽深，“又或者……你可能并不希望我直接问你这么选择的理由是什么，对吗？”

季明明面上浮现出一丝短暂的茫然。

卓清淮向前走了两步，毫无预警地说道：“那天沈家的宴会上，除了乔薇的心理状况和死因，我还问了季维礼第三个问题。你应该不知道第三个问题是什么，却一直没有问过我。”

季明明脸上的茫然瞬间消失得干干净净。她早在看到那排酒瓶的时候就知道，他今天势必要提乔薇，可是他的话太突然，她还没有做好思想准备，更何况他提起的是这件事。

她的脸色越发苍白起来，下意识地向后退去，可是她忘了自己早已退无可退，下一刻，后腰就直接抵在了射击台上。

迎着卓清淮的视线，季明明下意识地摇头，喃喃道："我不想知道……"

"明明，"卓清淮并未给她机会反驳，他微微俯下身子，手搭在她肩上，看着她的眼睛问道，"乔薇死的那天夜里，你在哪里？"

季明明呼吸一滞，心跳仿佛也在这一刻突然停止了。她想说些什么，但唇瓣颤抖着，一开口，便是几近破碎的声音："我听不懂你在说什么……"

指甲刺破掌心的一瞬间，熟悉的刺痛感终于让季明明找回了一丝理智，她用更坚定的声音把上一句话重复了一遍，然后有些尖刻地冷笑道："你之前不是说知道自己没资格吗？那你现在又是在干什么，质问我吗？以什么立场？老板？世交叔叔？那你要不要学学乔方，再直接一点儿，问是不是我对乔薇做了什么，或者干脆说是我杀了她！"

肩上的手已然收紧，带着制止和警告的意味，但季明明所有的理智都被巨大的愤怒冲垮了，她口不择言地发泄道："那好啊，我可以告诉你——和季维智的失败的婚姻对乔薇来说是耻辱，我的存在也一样！所以你有这种疑问当然没有任何问题！乔薇本来就不是自己跳下去的，是我趁她喝醉了酒，从后面把她推下去的！这么说你满意了吗？如果不满意的话，我就……"

"够了。"卓清淮的手蓦地用力，季明明怒气愈盛，犹不肯罢休，他在她继续说下去前再次打断她，冷冷地斥道，"够了！"

射击场内骤然安静下来，安静得几乎令人窒息。

季明明能听到自己急促的呼吸声，掌心的疼痛更加明显，但她反而将拳头攥得更紧了。

卓清淮看着眼前情绪极度崩溃的小姑娘，她原本苍白的脸色泛起几分病态的潮红，连眼神也是黯淡的。他意味不明地轻叹一声，神情和声音都缓和了一些，终于问道："你当时看到了，对吗？"

虽然是问句，可他的语气和神态里分明没有疑问，他看似在问她，却又像是并不需要她回答，便知道了答案。

季明明心头猛地一震，眼神彻底一片灰败。

看着她眼尾的一抹赤红，卓清淮松开手，轻轻地抚平她肩头衣服的褶皱，即使到了此时此刻，他依旧语调和缓，不疾不徐，话语中仿佛蕴含着能抚慰人心的力量："在你告诉我那天晚上发生了什么之前，你首先要知道，无论上一代的恩恩怨怨怎么发展，故事最后有一个什么样的结局，都和下一代无关。他们谁对谁错，从来都不是你的责任。"

卓清淮说的是哪一天晚上，又看见了什么，季家人不过问，虞兮等好友不知晓，季明明也从不愿面对。

午夜梦回时，她脑海中常浮现出乔薇的身影，但噩梦做得久了，也就算不得多么无法忍受的事了，所以她早就习惯了这种自虐式的逃避。至于其他方面的影响，也算不得多么难以忍受，毕竟她的人际关系简单，生活称得上平静，这么多年来，身边总共也没摔碎几个杯子。

可卓清淮偏要把她好不容易维持的平静打破，而且直到此时此刻，他还是能轻易蛊惑她。

季明明试图推开卓清淮，可他一动不动，于是她始终无法摆脱包围着她的熟悉气息。一种由内而外的疲惫感油然而生，但她仍然维持着对峙的姿态，语气冷漠而又尖锐地反问道："我还能在哪里呢？她隔三岔五就要借着酒劲大哭大闹，我看见了又有什么奇怪的？你以为阿姨们在楼下，是真的什么都听不见吗？她们可以躲，可以藏，可以装聋作哑，因为没有人追着她们去哭去闹，她们拿钱办事，没有被骂的理由。我呢？我能躲到哪里去？”

她的眸光锋利如刀刃，等意识到自己终究还是开始叙说旧事的时候，神色又陡然间阴沉下来。

卓清淮伸手将她攥紧的拳头一点点掰开，看着她掌心的血痕，眉头微皱，声音却依旧温和：“如果一定要用伤害自己的方式来缓解痛苦，对你来说，她在还是不在有什么区别？”

季明明挣不脱，索性不开口。而后，她的手里被塞进了一把手枪。

卓清淮的掌心托着她的手肘，不着痕迹地用力，将她的手臂慢慢抬起。

季明明想要缩回手，但她的手已经被再次握住了——和那把枪一起。他的掌心覆在她的手背上，谁的冰冷，谁的温热，一时之间再难分清。

季明明只知道他在稳住自己颤抖的手，调整她扣在扳机上的食指，以一种不容抗拒的姿态。被动瞄准前方酒瓶的时候，她觉得自己既像是他指间一枚被随意拿捏的棋子，又像他牵引在股掌之中的提线木偶，所有的掌控权都不归自己所有。

耳边那个温柔的声音也始终不肯放过她：“就当是完成一个游戏，你早就长大了，有些人有些事，该告别的要彻底告别。”

靶盘架上的一排酒瓶越来越清晰，它们此刻还完好无损，季明明却像是已经看到了它们在自己面前碎裂的样子。想象中的声音并未如期而至，她却已经感觉不到自己的心跳了，呼吸也困难起来。她觉得周遭的空气越来越稀薄，窒息感不断地冲击着她的肺腑。

扣动扳机的一瞬间，季明明的手猛地向上抬起，脱靶的那一枪过后，酒瓶仍在，她却真切地听见了无数破碎的声响。

清晰的碎裂声从楼下传来，中间还夹杂着两声闷响，季明明下意识地扶住眼前的栏杆往下看，当她注意到自己身上长长的白色睡裙时，神情顿时有些惘然——她长发披散，赤着脚站在走廊里，身后没有人可以依靠，手里也没有枪，只有眼前的螺旋楼梯一直向下，仿佛没有尽头。水晶吊灯折射出梦幻般的光芒，刺得她眼睛有些发疼，于是她更用力地抓住了走廊边的栏杆。

有重物砸在地板上，随后破碎的声响传来，有人在说话，似乎是新来的阿姨不明情况试图劝慰，季明明毫不意外地听到乔薇尖厉的骂声。骂完之后，整栋别墅平静下来，诡异又短暂，就像个一触即碎的梦，果然紧接着便是更加混乱的砸东西声和尖叫声。

季明明发现不知从什么时候开始，自己的听力变得格外好，例如此刻，她能精准地听到乔薇语序混乱的骂声里突然夹杂了她的名字，包括随后乔薇踩上第一级台阶时和踩在地板上略有差异的声响。

季明明飞快地转身跑回自己的房间，然后反锁了房门。

她靠坐在房门旁，听着那个有些凌乱的脚步声上了楼，越来越近，也越来越清晰，一步一步，像是踩在她的心上。季明明不自觉地屏住了呼吸。

敲门声响起的时候，虽然毫不意外，但季明明的身子还是颤了一下。

隔着一扇门，乔薇开口叫她，声音却是温柔又怅然的："明明，你睡了吗？出来陪妈妈聊聊天好不好？"

漆黑的卧室里，只有远处窗口洒进来的一片月光。

季明明在门边抱膝坐着，嘴唇抵在手臂上，听着门外的人又急促地敲了几下门，然后拧了拧门把手，始终没有吭声。门外安静了一瞬，脚步声又远去了，但季明明始终一动未动，直到门外的人再次走近，然后便是钥匙插进锁孔扭动的声音。

大概因为钥匙也打不开门，乔薇随后拍门的声音大了起来，语气也开始变得急躁："为什么要反锁门？你没睡是不是！明明？为什么不说话？季明明！你就这么讨厌我吗？！"

乔薇每砸一下门板，都让季明明咬着手臂的力气不由得更大一分。门外的一切像是如影随形的噩梦，即便总会醒，可身处梦中的人永远无法知道那一刻究竟会在什么时候到来。

往常乔薇也只是会隔着门骂，把所有伤害、慢待过她的人从头骂到尾，再哭诉自己经历的痛苦，一遍又一遍，不厌其烦。

今天她似乎一定要把这扇门打开，这样执拗的行为发生的次数并不多，只在她药物有些过量又喝多了酒的情况下发生过几次。

手臂被咬破了，季明明看着上面的齿痕，听到门外乔薇开始喊人来砸门，于是知道自己今天的运气不太好。

知道乔薇要一直喊下去的话，楼下的阿姨们也不会再有装聋的理由，只能拿了工具上来把门砸开，而这样的场景又一定会激怒乔薇，所以季明明只能站起身来，拧开了门锁。

眼前的人拍门的动作戛然而止。

乔薇的呼吸有些重，黑色长发微卷，因为之前急躁的动作看上去有些凌乱，几缕发丝挡在眼前。她穿着一条真丝睡裙，雪白的底色上缀满了娇艳欲滴的红色玫瑰。乔薇本人也像一朵玫瑰花，美丽、性感、妖娆。只是这朵玫瑰并不生长在阳光下，又终日被烈酒灌溉，所以显现出一种随时会凋谢的衰败感。

"为什么这么久才开门？"乔薇直勾勾地盯着季明明，幽幽地问，见季明明不回答，她语气转冷，质问道，"我这么难受，你还能躲在房间里一声不吭，你的心是石头做的吗？我辛辛苦苦生你、养你为的是什么？就是为了让你把我锁在外面？早知道你这么狼心狗肺，我还不如生下你之后直接掐死你！"

季明明的身高还不足以平视乔薇，但抬眸时，眼底波澜不惊的冷漠还是让乔薇脸色倏地一变。僵持几秒后，她不容分说地扯住季明明的手臂，向外拉去。

这种拉扯更像是一场无声的对抗。

季明明被拖拽着向前时，一缕长发也卷进了乔薇手里，她眉头紧皱，却始终没有开口，直到被乔薇拖进了娱乐室。她整个人摔进沙发里的时候，那缕头发直接断在了乔薇手里。

乔薇后知后觉地发现自己手上的头发，原本暴躁的面容闪过一丝惊慌，连忙问道："明明！疼不疼，明明？妈妈没注意，不是故意的……"

她想要帮季明明揉一揉，季明明却直接偏头躲过了她的手。她的手在空中僵了一瞬，紧接着便用力地把季明明的头扳了回来，问道："躲什么？我说过绝不会打你的，你这是什么表情？！"

季明明不再躲，不过仍是咬着唇不开口。

浓重的酒气里，乔薇轻抚季明明的头发的动作堪称温柔。季明明的身体虽然僵硬，但给人的感觉还算听话，这让乔薇眸底升腾的怒火有熄灭的迹象，她喃喃道："妈妈说过的话一定会做到，你要相信妈妈。"

沉默没有延续太久，乔薇的眉宇间就再次多了几分烦躁。她松开季明明，起身走到不远处的吧台旁，给自己又倒了一杯酒，仰头灌进去一大口，冰冷的酒液被吞进喉咙，有几滴顺着嘴角滑落下来，她动作优雅地擦了擦，焦灼的神色总算平静了许多。

她拎着酒瓶和酒杯，坐到了季明明对面，眼神有些迷离地笑着说道："你已经是大孩子了，要不要陪妈妈喝一点儿？"

季明明恍若未闻，看着不远处的陈列柜有些出神。

楼上的这间娱乐室，严格来说，不过是供乔薇喝酒、砸东西发泄的地方。偌大的空间里，除了吧台、酒柜，还专门设计了整面墙的陈列柜，里面是乔薇收集的各类杯子：玻璃、水晶、骨瓷……材质多样，造型各异，价格有的低廉，有的昂贵。不过，无论是低廉还是昂贵，这些杯子都只供乔薇清醒时欣赏，醉酒后砸毁。等她再次清醒，会让人重新去买。

乔薇对她的沉默不以为意，又喝了一口酒，闭上眼睛不知在想些什么。她睡裙下的腿白皙修长，脚趿拉着珍珠拖鞋轻轻晃动两下，突然似笑非笑地问："你知道吗，你爸爸得了绝症，估计活不过明年了。"

乔薇的话听上去显然是幸灾乐祸的意味更浓，可是其中的畅快里，又仿佛有些欲说还休的伤怀。

季明明错愕过后，神色里有着掩饰不住的复杂。她又开始觉得自己是在梦中了，可眼前的一切又是如此真切，包括乔薇身上的酒气，陈列柜里一排排杯子被灯光折射出的色彩，旁边阳台上吹进来的晚风，和自己赤着脚踩在地板上时感受到的冰冷的温度。

她不止一次幻想过那个未曾谋面的爸爸会突然出现，将她带离乔薇身边。随着年岁渐长，这种渴望被拯救的心情被现实击碎无数次，直到今天终于要彻底破灭了。

一个杯子乍然在脚下摔碎，发出尖锐刺耳的声响，季明明回过神之前，身子已然猛地瑟缩了一下。

乔薇不知何时已经站了起来，她看着季明明，先前的所有情绪都已不见，面上只有失望和恼怒。她指着季明明骂道："你那是什么表情！季维智养过你一天吗？他尽过一天做父亲的责任吗？你为一个陌生人伤心难过，却对我不冷不热，我这些年辛辛苦苦，就养出了你这么一个狼心狗肺的东西！"

季明明觉得下颌处有些刺痛，抬手抹了一下，看着掌心上蹭到的血迹，才意识到大概刚才玻璃碎片四处飞溅的时候，其中一小片恰好从那里划了过去。

不过也没什么，反正她又不怕疼。

乔薇对此恍若未觉，仍旧沉浸在上一刻的哀痛里，带着哭腔骂道："我对他难道不好吗？可他恨不得每天都窝在书房里研究他那堆破书，对我一点儿真心都没有！季家的人也从来不把我放在眼里，你们姓季的就没有一个好东西！乔家的人也一样，我没有利用价值了，就把我一脚踢出来！”她摔下酒瓶，走上前扯住季明明的衣领，厉声问道，“他们是不是也让你监视我了？你是不是一直都在把我的情况报告给他们？不然为什么医生连我每天吃多少药、喝多少酒都知道？”

季明明被拽得打了一个趔趄。酒瓶并没有碎，里面的残酒从瓶口涌出来，打湿了她拖在地板上的裙摆，她有些嫌恶地皱起眉，用力把衣领从乔薇手里扯出来，挪开了身子。

乔薇被这个动作激怒了，指着她越发愤恨地骂道：“你躲什么？我又不打你！吃里爬外的东西！那个老家伙哄着我嫁给季维智，最后把家产留给那个狐狸精和私生子，你以为你和他们蛇鼠一窝，能有什么好结果？最好的结果就是养你几年再把你卖给哪个有钱有势的男人！可你看看你这张脸，整天冷冰冰的，像个丧门星一样！”

季明明时常觉得乔薇在骂人这方面天赋异禀，基本上能避开所有脏字，将一个人从头到脚羞辱一遍，骂出的话却又比脏字难听一万倍。

她年纪还小，却早已不会因这种话而感到被羞辱的愤慨和伤心了。她知道此时哪怕只是一个眼神也会让乔薇爆发得更厉害，所以始终低着头，盯着自己扭在一处、骨节都有些泛白的手，说服自己不去看、不去听，等乔薇多喝几杯彻底醉倒，这个世界就会暂时安静了。

乔薇骂着骂着，眼泪就掉了下来，伤心欲绝地指责道：“你是哑了还是瞎了？为什么就不能过来抱抱妈妈，说几句好听的话安慰安慰我……你看看你自己，永远只会板着一张脸！季明明，你和我说句实话，你是不是特别恨我，巴不得我早点儿死？”

她想要季明明做的，季明明在幼年时早已做过许多次了，可这个世界不会因为几句哀求而改变，乔薇更不会。于是季明明始终冷硬得像一尊玉雕，乔薇见此，越发火冒三丈，边哭边喊道：“好啊！我这就去死！我去死行了吧？让你彻底如愿！”

她作势要去阳台上，却见季明明仍不动如山，于是直接拽开了陈列柜，把里面的杯子一个接一个地砸在了地上，歇斯底里地哭喊道：“我当初就算生了块石头，十几年也该焐热了！你为什么要一直折磨我，为什么不干脆杀了我算了！”

此起彼伏的碎裂声在耳边炸响，或沉闷或清脆，声音各异，且毫无规律可言，就像一首荒腔走板的阴沉乐曲。季明明渐渐再也听不到其他声响，攥着的手越来越用力，呼吸也开始有些急促。

她总觉得自己手里应该是有一把枪的。这个念头莫名其妙地闪过，又让她忍不住认真去想：如果现在真有一把枪就好了。

一气砸了半面墙的杯子，乔薇呼吸不稳，长发凌乱，踩过一地碎片又拿来一瓶酒，仰头灌了两口，本就红了的眼睛被辛辣的味道激得更加通红。她又喝了一口酒，然后走到季明明身边，尖叫着质问道：“为什么不说话？为什么不说话！自从生了你，我就没过过一天好日子！你有什么资格恨我？该死的人不是我，是你！最应该去死的人就是你！”

季明明耳边回荡着的，依旧是无数杯子被摔碎的声音。她在一片刺耳的嘈杂声中猛地抬起头，看着醉醺醺的乔薇，声音里像是夹杂着浸过寒川的碎冰，冷得伤人又伤己：“你只有一句话说对了，你生下我那天就应该直接掐死我。”

“你闭嘴！”乔薇尖叫着把手里的酒瓶砸向对面的墙角，一把拽住季明明，用力地朝阳台拖去，“我现在就如你的愿！反正生了你这么个扫把星，我也早就活够了！既然你不肯放过我，那就干脆一起死好了！”

乔薇力气极大，季明明一下被拽下了沙发，踉跄着站稳身子，脚已经踩到了地上的碎玻璃。乔薇却显然已被她那句话击垮了最后一丝理智，不管不顾地拖着她到了阳台上，抓着她的后颈按向栏杆处，红着眼睛失控地骂道："还顶不顶嘴？你还敢不敢顶嘴？记住是谁把你生下来的，是我！是我！"

季明明偏过头去看她，脸颊被扑面而来的夜风吹得一片苍白，却始终透着一种近乎漠然的倔强，以及难掩的憎恶。

乔薇惊恐地发现，不知从哪一天起，那个能轻易掌控的、天真懵懂的小女孩儿变成了如今冷漠阴鸷的模样。她看着看着，突然大哭起来："季明明，我生下你就是个错误，我这一辈子就是个错误！"

她甩下季明明，整个人浑浑噩噩的，朝栏杆外栽去。

季明明摔倒在地上，又因着这突如其来的变故猛地起身，朝栏杆外看去。

彼时乔薇的身体已在阳台之外，但手死死地抓住了栏杆，睡裙被风吹动，紧紧地裹在身上，整个人就像一朵即将融于夜色中的玫瑰。她仰头看着上面，眼角的泪珠顺着脸颊滚落下去，很快便消失不见。随着眼泪不断涌出，她原本醉意浓重的眼神也似乎清醒了些，动了动唇，颤声叫道："明明，明明……"

季明明隔着栏杆居高临下地看着乔薇，面上的愕然和惊惧犹在。她用力屏住呼吸，一点点伸出手去。

酒瓶碎裂，一声接一声，子弹精准地穿破瓶身，季明明模糊的视线里，远处的玻璃碎片四处飞溅，她似乎听见其中夹杂着的一声闷响，短促而又微弱的呻吟很快就听不见了，像是从来不曾存在过任何声息。

她的视线越发模糊，只觉得原本空空的酒瓶爆裂的同时，一朵朵染了艳色的花仿佛也在空气中绽放开来，像红酒，又像鲜血。

哭骂声四起，玫瑰印花睡裙又飘荡在眼前了，季明明猛地尖叫出声，枪击声瞬间停止，握着枪的手被放开后，她第一时间用力地捂住了耳朵。

“你看着我，听，现在是安静的。”卓清淮说话的语气温柔，动作却坚决强硬，他拿开她的手，一遍又一遍地在她耳边说，“所有的事情都在你的控制之内，是你让它开始的，现在你要结束它，也一样这么简单。”

季明明脸色惨白，她抬头看着面前的卓清淮，他在说话，她却听不清他说了些什么，耳边只有重物坠地的声音，一声又一声，在猎猎风声中循环往复，无休无止。

“砰——”

“是我没有抓住她！”季明明的声音里终于带了哭腔，她失控地抓住卓清淮，像是抓住了生命中第一根也是最后一根救命稻草，“我惹她生气……但她闹过那么多次，我没想到她会真的跳下去！我本来可以救她的，我本来抓住她了！可她还是掉下去了……她掉下去的时候一直在哭，她是不是觉得我是故意不想救她？但我不是！不是我害死她的！她凭什么不放过我？已经过了这么多年，为什么每个人都要来质问我！就因为我恨她吗？大人可以不爱孩子，孩子难道就没有恨大人的权利吗？这也有罪吗！”

她不会爱，也消解不了她对乔薇的恨，更无法面对阳台上那个心怀恶念的自己。以至于在一个又一个梦到乔薇的深夜里，她也曾偷偷地问过自己：乔薇真是不小心掉下去的吗？

这些年，一帧帧画面全部被压进深不见光的渊底，却又始终清晰如昨，直到如今她歇斯底里地喊出来。可即便她的痛苦已然如此深重，其中还是掺杂着对于她此刻是否越来越像乔薇的恐惧。

她怎么能容忍自己像乔薇呢？

“明明……”

季明明摇摇欲坠的身体被人扶住，她听到卓清淮的声音，穿过不知何处而来的风，也穿过了无数杂乱的声响。

他在叫她的名字。

季明明仰头看着卓清淮。在她模糊的泪眼中，他似乎始终温柔悲悯，从容坚定，即使站在他面前的自己已经彻底暴露出了可悲可怜又可厌可憎的那一面。她闭上眼睛，在眼泪掉下来的一瞬间，用力地抱住了卓清淮。

用力抱住的躯体结实，带来坚实的可依靠感，季明明的脸贴在卓清淮的胸口，能感受到他衬衫下真切的心跳和体温。那些缥缈的爱恨，连带着心底隐秘的祈愿和渴望，像是终于落了地，有了可以生根发芽的土壤。

突如其来的疲惫和孤寂让季明明再也躲不下去了。

这个世界上并不缺少爱，自然也有着无数的善意，她不曾怀疑。可她自小直面的是血亲之间的恶意和漠然，长大后即使拥有了一些温情，也远远治愈不了童年的伤痛。

在季家这些年，季家人对她说不上好，也说不上不好，她看起来依旧精致华丽，却始终像个没有灵魂的人偶，空洞又乏味。于她而言，感情是最为奢侈且匮乏的东西，她对生活缺乏最起码的热情，即使她以后还有着无比漫长的人生——如果没有意外的话。

可在她苍白无趣的人生里，卓清淮是不同的。

当年在她最痛苦茫然的时候，他就能举重若轻地引导她的情绪，开解她的愤怒，所以她对他一直念念不忘，即使断了联系，收集他的一切资料也是她多年来雷打不动的习惯：财经杂志的专访、新闻里的镜头，甚至只是语焉不详的花边新闻里的一个剪影。可这所有的一切，包括她确定自己的感情后的那场凭借着一腔孤勇的奔赴，都只不过是她一个人的心动。

爱意蓬勃而生，很快又折戟沉沙，她人前人后都绝口不提他，即便是面对自己时，也只肯承认那是成长道路上出现的一点儿小偏差。至于是主动还是被动的修正，并不是多重要的事情。

她对别人说，季明明不喜欢卓清淮；对自己说的则是季明明不再喜欢卓清淮了。虽然这样的说法除了她自己，似乎一个人都骗不过，但是好在……至少还可以骗过自己。

她自欺欺人这样久，给自己来到卓清淮身边找了冠冕堂皇却又漏洞百出的理由，但她无法否认，在卓清淮身边虽然时日尚短，但他依然能轻易让她死水般沉寂的人生渐生波澜。他见过她的脆弱，了解她所有的缺陷，如今也终于知道了她曾经的不堪……可他从来没有无视过她。包括现在，他的引导、劝慰甚至是训诫都让她心生喜悦。她像是遇到了命定的解咒人，在亲情的阴影下枯萎后，所有的悲喜又因他重新而生——他让她第一次真正感受到了人生。

她骗不了别人，更骗不了自己，她喜欢卓清淮，喜欢到可以藏在心里这么多年，放不下，也绝不能放下。

卓清淮注定是她无法抗拒的命运。

季明明抱紧他，眼泪终于夺眶而出。

胸前的衬衫很快便被打湿了，卓清淮一动不动，任季明明紧紧地抱着他。

虽然情绪激烈的叫嚷声冲破了这些年心底的桎梏，但她此刻的眼泪才更像是真正的、彻底的宣泄。他猜，她恐怕很多年没有这样哭过了。

低头看着季明明的发顶，卓清淮发现，不知是否延续了童年的某些习惯，这样一个凶狠乖戾的小怪兽，哭的时候却是安安静静的，几乎不发出任何声音。

面前这个自己人生中最初发生的小插曲的主角，实在是执拗得厉害。

这世上能被一眼看穿的人千千万万，她也只不过是其中一个。不同的是，她是从小被病态的爱恨灌溉而生的花朵，心底的阴郁和稚拙共存，日复一日，反而在泥沼里生出了独有的一种纯粹。

季明明独有自己的天平，她在它能衡量一切的最初，却尚且凉薄，就已经无甚保留地把所有砝码都加在了他这一边。早在他并不曾真正为她费过什么心的时候，她已然对他如此慷慨了。

这世间一场又一场的赌局，人人都想坐庄通吃，季明明是其中最不可能赢的那一个。

卓清淮听到了自己内心深处的叹息。

他垂在身侧的手缓缓地抬起，回抱住她，一下一下地轻抚着她的发丝，徐徐问道："如果你从小是乖巧听话又嘴甜的孩子，乔薇会更爱你一点儿吗？"他并没有想让她回答，自顾自地说道，"你知道她不会的。因为你也明白，她的性格、病情和不良嗜好互相影响，情绪失控的时候怎么对待你，并不取决于你是个什么样的孩子。"

季明明听着他沉稳有力的心跳，一声又一声。

"对乔薇来说，如果季维智好好爱她，也许她就会好好爱你；如果她是个幸福的女儿，也许她就能知道怎么做一个好妈妈……可这些'如果'都没什么意义。你只需要告诉你自己，那场意外不是你造成的，更不是你能左右的，你不需要内疚，更不需要一直站在乔薇的立场去怪自己。事实上，毫无理由的爱一直是个伪命题，这世界上所有的一切都是有要求、有前提的。没有得到，回报也无从谈起，即使是血脉相连的亲人之间，爱恨也都是相互的、平等的。"

对于从未得到过的东西，季明明装得比谁都不在意，却还是受困于亲情，把一切错误都归咎于自己。

所以才会画地为牢，寝食难安。

"她说生下我是个错误。"怀里传出的声音有些哽咽，闷闷的，哑哑的，隐约带着几分孩子般的委屈。

"该为这个错误负责的是她和季维智，而不是你。"卓清淮答道，"更何况，她只能决定你的出生，左右不了你的一辈子。如果你能成功‘离开’她，那就是对她这句话最好的反击。”

“卓清淮……”季明明闭上眼睛，眼睫似被雨水打湿的鸦羽，轻轻颤动两下，小声说道，“真的不是我。”

不久之后，低沉的男声自耳边响起，带着举重若轻的意味，穿过此刻黯淡的光景，直抵她的心头：“我知道了。”

季明明不知道自己到底哭了多久，她像是把积蓄了许多年的眼泪都哭干了，到了最后，头有些沉，眼睛也干涩得发疼。她已经忘记了到底是从哪一刻起，所有纷乱都被摒除，耳边只剩下卓清淮低沉清越的声音。

卓清淮说了很多，每一句话她都听得明明白白，也记得清清楚楚。等到眼泪彻底止住的时候，即使仍然贪恋他怀抱中的温暖，她也还是站直了身子。只是她知道自己此刻大概狼狈得厉害，所以胡乱地擦着脸上的泪水，不肯抬头。

“把枪给我。”不久后，她低着头说道，朝他伸出手。

总是要再尝试一下的，不然连她自己也不能甘心。也许枪声响起之后，她还是老样子，但卓清淮已经见过了她最糟糕的一面，再差还能差到哪里去呢？

回答她的是卓清淮的一声轻笑，以及她意料之外的转身，他说道：“今天就先到这里吧，下次继续。回去了。”

看着卓清淮的背影，季明明微怔，一时之间有些茫然。不过不需要他再多说些什么，当他走到门口看向她的那一瞬间，她已经不由自主地朝他走去了。

就这样吧，她想。沉疴痼疾，时间久远，不会在一朝一夕间痊愈。确认他会永远站在自己身后，自己永远有他可以依靠、依赖，那些弥漫着血色的晦暗过往，噩梦里摇摇欲坠的身影，似乎她都不再那么怕了。

上车之前季明明已经洗过了脸，但红肿的双眼不像泪痕能轻易洗去，眸底的红血丝也依旧明显，和苍白的脸色形成了鲜明对比，她疑心自己现在看上去活像一只失了道行的女鬼。

季明明看向卓清淮，又在他看向自己的时候，有些别扭地转过脸去。

卓清淮微哂，随后闭上双目，抬手揉了揉眉心，说道："回去冰敷一下，好好睡一觉，明天给你一天假，后天要准时上班，有新项目交给你。"

对于他的疲惫，季明明看在眼里，此刻心头又有了别样的滋味。她是想要道谢的，可要谢的事不止一件，"谢谢"这两个字在某些时候又未免显得太过单薄。

季明明应了一声。请假的事，其实是她和卓清淮起争执时故意为之，此时提及，她想起因由，问道："你同意吴沛妤来做实习生，是因为这对你来说是一件很不重要的事，对吗？"

那些眼泪仿佛打通了头脑中的一些关窍，她觉得自己似乎敏锐了些，比如对先前这个问题。其实她本来想问的是——吴沛妤根本不重要，对吗？

卓清淮看了她一眼，嘴角的弧度不甚明显："自己的事还没处理明白，又想来分析我了吗？"

"你有什么好分析的？"季明明不肯承认，可惜她眉目间还残留着哭久了的脆弱感，所以这句反问里的不以为意没什么说服力，"更何况我其实比你想的还要了解你。"

"哦？"卓清淮的目光落进她眼底，好整以暇地问道，"比如？"

"比如你有时候皱眉并不是不高兴，而是不耐烦——你其实很容易不耐烦。"季明明也有些累，她靠在座椅里，看着他说，"你的脾气根本没有表面上看起来的这么好。"

他的骨像生得太好，眉眼温柔又多情，笑或不笑皆如此，即使有时候脸色微冷，也并不显得薄情。

商场上有竞争对手曾在背后骂他佛口蛇心，不过自始至终没有什么人评价他脾气不好。

卓清淮微微挑眉，对于她的话不置可否，只轻轻地笑了笑。

季明明看着他嘴角漾出的笑意有些出神，不知不觉便睡着了。她回到家里后，任由薛珊帮她拿冰袋敷眼睛、给手上破了的地方擦药时，突然想起了卓清淮那件被自己哭湿了一片的衬衫。

“家里有男士衬衫的图册吗？”她问薛珊。

薛珊做事从不问为什么，所以即使季明明问得突然，她也没有表示出好奇或意外。她叫其他人去拿，自己给季明明的掌心擦完药，然后换了祛疤的凝露，仔细均匀地涂在了她手臂上，说道：“眼睛再敷两分钟就好了，不能太久。手臂上还留了点儿痕迹，要再擦两天药。”

季明明不在意这些事，但薛珊说了，她也并不反对。

薛珊对于这些事已经处理得很熟练，边擦药边提醒她晚上去主屋吃饭的事，又问：“桌球室已经让人准备出来了，要请教练吗？”

“不用。”季明明没有任何迟疑，直接答道。

两分钟很快过去，敷完眼睛，送册子的人也已经来了。

季明明靠在贵妃榻上，拿起一本图册翻看着，虽然都是未发售的最新款，可她觉得哪一件都普普通通，完全配不上卓清淮。不过想到卓清淮的相貌和气质，她又觉得任何衣服他都能穿出与众不同的清贵感觉。

向自己坦承了对卓清淮的感情，也是一种自我妥协，不过这种妥协并未让她觉得有什么不适，她反倒因为不需要刻意避讳而倍感轻松。

“这几件还行，让品牌商按这几种风格制作吧，等成品送来之后我再选。”季明明对自己的衣食住行都不上心，眼下却格外挑剔，她又想了想，吩咐薛珊说，“尺寸我也不知道，让他们对应着那件西装外套的尺寸自己研究吧。”

等薛珊离开后，季明明重新躺下来，闭上眼睛的时候又一次想到了乔薇，夜色里那个飘荡的身影还是会让她的心情沉重，但很快那个身影被射击场上的卓清淮取代了。

她不知道在卓清淮所说的那个“下次”自己的表现会怎么样，也许会比今天好一些，也许会更糟，但因为有卓清淮在，她内心除了忐忑也多了几分期待。脑海中诸多想法杂乱无章，她越发疲惫，一直处于半梦半醒的状态，最后彻底醒过来的时候，窗外已然暮色四合。

到主屋的时候，季明明的眼睛仍有些肿，不过红血丝已经消退了。她会定期去主屋和爷爷季怀平一起吃晚餐。

两个人之间的话其实很少，季怀平对她不做要求，只要不作奸犯科，她便拥有绝对的自由。成年前，她偶尔汇报近期成绩，这个环节她在成年后就自动省略了。于是，主屋里每次就只剩下固定的法餐和沉默用餐再沉默着告别的爷孙俩。

今天一起用餐的人多了几个，但整体气氛也和热闹无关。

大伯和季行知不时地聊几句生意上的事，季明明默默地切着餐盘里的红梨，听到大伯母询问了季怀平最近的身体状况，知道她的下一个关心对象应该就是自己了——点到即止的关心是大伯母的礼貌，久而久之，便成了固定的习惯。

“明明现在的年纪也可以考虑婚事了。你平时不喜欢出门交际，需要家里帮忙安排相亲吗？”大伯母看向季明明，神态温和地问。

季明明停下刀叉，回答时态度也算得上礼貌：“不用，我有喜欢的人了。”

大伯母点了点头，还没开口，一旁的季行知听见了，有些好奇地笑着说道：“是不是我见过的那个警察？”

季明明皱了皱眉，看了他一眼，不冷不热地说：“卓清淮。”

她的话音落下后，餐厅突然陷入一阵诡异的沉默之中。

季怀平年逾古稀，须发尽白，法令纹很深，似乎永远是一副古板、严肃、不苟言笑的模样。他看了季明明一眼，不过也只是极为平常的一眼，直到视线收回都并未就此事表达什么看法。

大伯季维仁眸底倒有意外之色闪过，不过也很快恢复了平静，最后只淡淡地说道：“明明眼光不错。”

这件事对季家人来说的确意外，但如果是卓清淮，又好像没有那么意外了。

季行知和父母对视一眼，也从短暂的震惊中回过神来。

他心中思量着，季明明和卓清淮这两个人，无论是性格还是生活习惯和为人处世的方式都完全不同，他总觉得，但凡认识他们的人，应该都不会觉得他们适合在一起。

季行知仔细回忆了很久，也想不起这两个人近几年有什么交集。在季明明去卓越集团工作之前，他最近一次听她提及卓清淮好像是她刚上大学那年，两人聊起季氏和卓越集团的合作时，她随口问了问卓清淮的动向。

生意场上的任何细枝末节季行知都不会错过，但他也从来没有把太多的心思放在“自己人”身上。

不过到了此时此刻，季行知总算有些恍然，看着对面这个自己一直不太了解的小堂妹，问道：“所以，你是为了清淮才去卓越集团的吗？”

已经低下头默默吃饭的季明明闻言，头也不抬地说：“别问这么多。”

她本来也没兴趣多说自己的私事，但是在喜欢谁、和谁在一起这件事情上，她不想听见她的名字和卓清淮之外的人放在一起，更何况石头是她非常要好的朋友之一，友谊被误解也同样使她烦躁。

如果季行知再了解季明明一些，就会知道这句话等同于坦白承认。不过他并不了解，所以只觉得她这种貌似强硬的态度下，有一种她自己都不知该如何表现的另类羞涩，于是他内心对这个小堂妹又多了一丝同情。更何况，虽然不知道这两个人如今是怎样一种情况，但以他对卓清淮的了解……恐怕这件事直到最后也只是季明明一个人的事。

想到这些，季行知不由得叹道："放心，我会替你保密的。"

季明明对此倒不太在意，她既然已经能够直面自己的感情，也就不怕任何人知道，包括卓清淮——反正他总要知道的，更何况卓清淮是那么聪明的一个人，他知道的或许远比她以为的多。

"随便你。"季明明不太在意地说。

季行知十分大度地笑了笑，并不和她计较，不久后，餐厅里又恢复了往常的沉闷气氛。

季明明听季行知和大伯聊起季氏最新的度假酒店项目，合作对象的名字听起来有些熟悉，她回忆了片刻，向季行知确认道："美国那个泰泽集团？老板是不是姓蒋？"

季行知放下手中的红酒，点了点头，问道："怎么，你认识？"

"算吧，大学校友。"季明明言简意赅地说完，又问，"这个项目总投资多少？"

涉及生意，季行知的洞察力便远超平时了，他报了一个天价数字，然后笑着说："看来不只是认识而已。"

季明明语焉不详地说："他和我一个朋友有点儿债务纠纷。"

季行知顿时了然。

生意大小，钱财多少，从来不是季明明会在意的事，而这个项目除了利润可观，本身没有什么特别之处，又和卓清淮无关，那唯一的可能也确实只剩了季明明说的"债务纠纷"——泰泽集团的老板和她这位朋友应该很有渊源。

季行知想到这里，笑着说道：“反正你总要回季氏的，各项业务可以提前熟悉一下，先从这个项目开始吧。相关信息和合作对象的资料我回头发给你。”

季明明有些意外，随后看向季行知的神情里也就难得地多了几分认真：“谢谢。”

季行知对上她的视线，突然问道：“眼睛怎么肿了？”

上一刻还郑重道谢的小堂妹顿时冷了脸，他后知后觉的关切只换来了她毫无温度的一瞥。

第二天，季明明还是准时出现在了公司。对她来说，去上班就等于能见到卓清淮，所以一直以来，每天再没有比上班更让她期待的事情了。

她整晚都没睡好，最初一直辗转反侧，后来半梦半醒，眼前一时是乔薇掉下去的身影，一时又是卓清淮温暖有力的拥抱。所以早上醒来的时候，她身体依然困倦，却比平时更期待着见到卓清淮。

这种积极和兴奋的心情她十分陌生，不过有些感情既然已经无法逃避，她便再没有想过去压抑了。

卓清淮的办公室外，吴沛妤站在孙筠的办公桌前，两个人低声聊得正开心，看上去已经有了些亲密的意味。

吴沛妤似乎永远活力满满，包括每一次面对季明明面无表情的冷脸时。

她站直身子朝季明明挥了挥手，笑容明媚地问道：“季助理，我正要去帮大家买饮料，你喜欢喝什么？”

“谢谢，我不需要。”季明明说完，脚步没有片刻停留，径直向前走去。

彼时，卓清淮正坐在办公桌后翻阅资料。他修长的手指搭在一旁的桌面上，翻动纸页时，动作看似漫不经心，目光却始终专注。

季明明还未走近，他已经抬头看了过去，深邃的目光落在她面上，平静、从容，没什么特别的温度，又仿佛有着摄魂夺魄的魔力，让她不由得呼吸一滞。

她看着面前的卓清淮，想起重逢后的那一天，也是在同样的环境里，那时候她维持着面上的冷漠，心底还有对他的怨怼。

到今天为止，时日不算久远，看似他们的关系没什么实质性的改变，在看不见的地方，却又似乎有隐形的枝蔓在悄无声息地生长、延伸，试图搭建一方崭新的天地。

季明明的神情落在卓清淮眼中，复杂却也简单。他没有问她为什么还是来上班了，只是公事公办地拿起桌上的一份文件递给她，说道："和昌隆集团的合作案新增加了投资方，资料都附在后面，你把涉及的条款改好之后，送交法务部门审核。"

"好的。"季明明收敛心神答道。

在卓清淮继续看资料的时候，她打开文件，迅速浏览了一遍，发现新加入的投资方规模并不算大，但和卓越集团、昌隆集团都有过合作，在业内口碑很好，恰好可以为这次合作案提供技术支持。

不过这样一来，卓越集团事半功倍，昌隆集团的利润空间却被进一步压缩了。

卓清淮把这件事交给季明明，相当于默许她在一些不那么重要的条款上随意拿捏乔方。

卓清淮抬起头时，恰好撞上季明明的视线。

她的眼底像是藏了一簇星火，明亮又璀璨。他微勾嘴角，有些无奈，也有些玩味。不过他最后还是什么都没说，只挥了挥手，示意她出去。

季明明却并没有走，她看着他欲言又止，难得不像平时直接到近乎莽撞的样子。

卓清淮敲了敲桌面，不紧不慢地提醒道："不说就出去。"

“下次什么时候去射击场？”季明明这才不情不愿地开口问道。

卓清淮看着她，轻笑出声。

目睹她又开始用冷漠掩饰局促，他合上手里的资料，好整以暇地问道：“因为上次已经铺垫了很久，所以下次再去，可能就不会给你太多时间做思想建设了。到时候如果我要你直接开枪，你觉得你能做到吗？”

季明明不敢肯定，但眼见卓清淮要收回视线，她还是脱口而出道：“可以。”

卓清淮微微颔首，笑起来的时候目光灼然。季明明下意识地别开眼，与此同时听到卓清淮不紧不慢地说：“就这个周末……期待你的表现。”

季明明回去后，除了原本的工作，还要忙着研究修改昌隆集团的新合同，这期间她谢绝了沈婕的邀约，也无视了江攀时不时的电话骚扰。

直到周末临近，她还未从繁忙的工作中缓过神来，就接到了行政部确认行程的电话。她打开被自己漏掉的邮件，这才发现周末公司安排了团建活动。

而周末已经在眼前了。

这次团建的地点是海城邻市有名的度假山庄，依山傍海，风景秀美。不过，季明明唯一感兴趣的只有卓清淮所说的射击场。

盛夏的阳光所到之处，都像是燃起的火海。

季明明难得告别黑色，穿了一套白色的运动服，同色的棒球帽下的长发也束成了高高的马尾辫。

忍受着炎热的天气，她拎着背包上了大巴，又因为车里的空调温度极低而皱了皱眉。

车里已经坐了一些人，孙筠和何瑗自然是坐在一起的，吴沛好自己坐，但也只和她们隔了一个过道，聊得很是热络。

季明明环视一圈，没看到空着的整排座位，于是走到倒数第二排，在骆康身边坐了下来。

骆康正在翻看着度假山庄的宣传册，听到身旁的响动之后抬起头，见是季明明，朝她笑了笑。

彼时有阳光从两道遮光帘的缝隙间照进来，恰好落在季明明身上。她的帽檐下的一道暗影，和炙热的阳光交错，巴掌大的脸在这明暗之间精致得有些不真实。她循着阳光偏过头，朝那道缝隙看去，紧接着不自觉地眯了眯眼睛，就像只不耐烦的猫。

骆康伸手把遮光帘拉严了些，刺眼的阳光瞬间消失。

季明明说了句“谢谢”，皱着的眉头也随之舒展开了。

她并不喜欢这种人多的密闭空间，上一次坐大巴还是高中时参加学校组织的一次郊游活动的时候。

好在车里还算安静，她压了压帽檐，正低头从包里翻找耳机，就听见吴沛妤甜甜地说：“卓董不介意的话这边请。”

季明明抬头看过去，发现卓清淮已经上了车，而吴沛妤刚刚站起来，正指着自己身旁空着的座位对他笑，“卓董”两个字被她加了些重音，配上她娇俏可爱的模样和甜美的声音，听上去有些撒娇的意味。

季明明在大脑还未做出指示的时候，就站了起来。

两边车窗的遮光帘都拉上了，相对于外面刺眼的阳光，车厢里的光线偏暗一些。

卓清淮身穿黑色西裤、版型宽松的竖纹真丝白衬衫，手随意地搭上一旁的椅背，随着衣衫摆动，同色暗绣沿着竖纹隐隐显出些痕迹。他朝后排看过去，笑意浅淡，敛去了几分工作中的锋芒，分明像个浸润于温柔乡的贵公子，一双眼睛仿佛幽邃的湖水，不起半点儿波澜。

吴沛妤顺着他的视线朝车厢后面看去，这才看到季明明突兀地站在那里，压低的帽檐几乎挡住了眼睛，露出来的半张脸紧绷着，明显有些烦躁。

吴沛妤第一时间收回视线，有些心虚地朝卓清淮吐了吐舌头。卓清淮笑了笑，说："马上快要开车了，先坐下吧。"

吴沛妤原本想要说什么，但在他平静似水的目光注视下，终是把话咽了回去，只十分乖巧地笑着应道："嗯！"

季明明仍站着，卓清淮则看向后排其他的人，吩咐道："车程一小时左右，有晕车习惯的人尽量坐到前排。"

即使上位者乐于在这种团建活动中展现"与民同乐"的一面，其他人也从不敢忘记自己所处的位置。

随着卓清淮的话音落下，有几个人马上站了起来，快速且安静地换到了前排空着的座位上。至于他们之中有人从不晕车这种事，并没有谁会真的在意。

很快，和季明明隔了过道的另一侧，两个位置都空了下来。卓清淮走过去，还未坐下，手臂就被旁边的人抓住了。

卓清淮并没有坐在吴沛妤身边，就这个结果而言，季明明觉得自己似乎应该是满意的。

事实上，吴沛妤对卓清淮笑的时候，她的情绪还只是烦躁，但在卓清淮对吴沛妤笑着说话的那一瞬间，她已经控制不住心底猝然而生的戾气了。阴暗情绪盘踞在她的心头，让她抓着背包的手背上暴起了青筋。

就在这时候，外面另一辆大巴启动前突然鸣笛，季明明随之回过神，这才意识到自己抓着卓清淮的手臂也同样用力。

她猛地松开手，眸底闪过一丝明显的无措。见卓清淮的神情里没有半分异样，她又莫名其妙地觉得委屈。

卓清淮没说什么，直接走到靠窗的位置坐了下来。

有人仍在换座位，有人自上车后便找了个位置开始休息，有人闲谈被短暂打断后又继续……微妙的气氛始终只存在于个别注意到了这一幕的人之间。

不断有人上车，空着的座位渐渐坐满。

在有些喧闹的人声中，季明明终于不再继续站着，拎过背包默默地去卓清淮身边坐了下来。

大巴很快启动，和其他几辆车一起快速而又平稳地向前驶去。

卓清淮掀起遮光帘，目光刚看向窗外，就察觉到自己的手臂被身旁的人拉了过去。

他放下遮光帘，回身看过去，她已经摊开了掌心，在他手臂上被抓过的位置轻轻揉起来。

季明明低着头一声不吭，整张脸都被挡在了帽檐下，让人看不清她此刻的表情。

卓清淮单手支颐，静静地看着她以这种方式“道歉”，直到手臂上那点儿微末的痛感彻底消失，他想要抽回手，低着头的人才猛地看过来。

她的眼睛瞪大了些，像只受惊的小豹子。

眼见她紧抿嘴唇，一副纠结着不知该如何开口的模样，卓清淮有些无奈，又有些好笑，抽回手的同时轻声说：“原谅你了。”

季明明却并没有因此感觉轻松——她不在乎自己是否受伤，无论这种伤害来自自己还是他人，但她也从没想过要把这种伤害转嫁到他人身上，更何况那个人是卓清淮。

她已经开始尝试从与乔薇有关的往事中脱身了，对于情绪的掌控能力却完全没有提升。

大概是因为那个帮助她走出阴影的人，总是不记得自己有多么耀眼，耀眼到能轻易吸引所有人的视线。又或许他是知道的，却从不吝啬给予任何人温柔。

心中有不安，有委屈，也有愤懑，所有情绪不停地堆积，最后，季明明看向今天这件事的源头人物，想着他在吴沛妤面前的笑容，压低声音说：“可我不想原谅你。”

“理由呢？”卓清淮微微挑眉。

“没有理由。”季明明说完，故意反问道，“你说过，无理取闹对我来说不是坏事。那我现在不可以吗？”

卓清淮的轻笑声在喉间滚动，最终落入嘴角扬起的弧度中。他闭上眼睛的同时，回答了她两个字：“可以。”

季明明阴郁的心情这才有了几分见晴的趋势。

她知道卓清淮有多忙碌，所以并不想打扰他休息。在随他一起闭目养神之前，她按下了座位旁的按钮，把两个人中间的扶手放了下去。她轻轻地靠回椅背里，见卓清淮全无反应，又忍不住朝他肩膀的方向慢慢靠了靠。感觉到熟悉的清冽气息慢慢将她包围，她这才安心地闭上了眼睛。

前排的孙筠扭正了身子，又忍不住朝隔了一个过道的吴沛妤看去。对方第一时间察觉了，看过去的时候，做了个委屈巴巴的鬼脸，孙筠回以一抹安抚意味十足的笑容。

收回视线之后，孙筠闭上眼睛，心里轻嗤了一声——吴沛妤性格好得很，短短的时间内便和她们打成了一片，但在卓清淮面前，显然也占不到什么先机。

季明明她自然看不惯，吴沛妤家世虽不如季明明，却也不是她们这种寻常百姓能比的。

可能是因为吴沛妤从来都将心思表露得坦坦荡荡，所以就刚刚那种局面，孙筠对她有些微妙的同情，但又有着掩饰不住的幸灾乐祸。不过她由此想到自己越发渺茫的“凤凰梦”，心底又泛起了一丝怅然。

因为员工平时工作繁忙，所以此次团建以休闲娱乐为主，没有安排高强度的活动项目。

射击馆作为度假山庄里众多娱乐场地之一，各种设施齐备，不过和卓清淮带季明明去过的射击中心相比，规模稍微小一些。

工作人员早已按收到的消息准备好了一切，并且不再接待其他客人，整个下午，只有最里面的那间射击室一直显示“启用中”。

季明明觉得自己已经做好了思想准备，结果第一枪并没有打中。即使想象中玻璃破碎的声音没有响起，她的后背仍是出了冷汗。她努力维持着面部表情的平静，但握着枪的手微不可见地轻颤还是暴露了她心底没藏好的那点儿脆弱。

卓清淮自身后伸出手去，帮她调整了一下枪口瞄准的方向，扶稳了她的手，说：“深呼吸，除了相信自己的眼睛，开枪的时候也要相信自己的感觉。”

季明明早就习惯了听他的话，她闭上眼睛深吸了一口气，缓缓呼出的同时睁开了眼睛，瞄着准星看向远处靶盘架上的酒瓶，努力忽略心头渐渐强烈的窒息感，猛地扣动了扳机。

子弹射中的痕迹快到完全看不见，但酒瓶应声而碎，“哗啦”一声，清晰刺耳。

季明明脸色发白，身子也有些软，但只向后退了一步，便被人从后面扶住了。

隔着薄薄的衣衫，她甚至能感觉到他的体温，听到的声音虽然温柔，却又有着冷静到和温柔完全相悖的漠然：“继续。”

季明明咬紧牙关站直了些，再次开了枪。她一次次扣动扳机，起初大部分脱靶，后来便几乎每一颗子弹都正中瓶身。

“继续。”

无数酒瓶疯狂嘶吼，乔薇的身影突然出现，着玫瑰印花睡裙，踩过满地玻璃残片，一路摇曳生姿地走来。

季明明呼吸越来越困难，整个人沉浸在这种虚幻又真实的情境里，却似饮鸩止渴，更加无法停止。

她又换了新弹夹，后坐力震得手腕越来越疼的时候，视线也开始变得模糊。不过就在命中率明显下降之后，她的手再一次被人自身后握住了。

卓清淮没有说话，一只手扶着她的肩膀，一只手覆上她拿枪的手。突然安静下来的这一刻，他掌心的那点儿温热似乎一路烧进了季明明的心底。她听着身后的人轻浅的呼吸，毫不迟疑地将掌控权交付给他。

在接下来的时间里，两人之间建立起了一种无声的默契。

卓清淮帮季明明调整着枪口的角度，然后她自己扣动扳机。

“砰”“啪”“哗啦”的碎裂声再次密集起来，激昂又长久，像是不会终止。

季明明脸色苍白，额间渗出的汗水滚落下来，滑过眼角。

乔薇的身影像一片孤零零的落叶，又像一滴掉落的泪珠，自阳台坠下去后，便越来越浅淡，然后在不知哪一只酒瓶破碎的瞬间，终于彻底消失不见。

季明明总算能停下来了。她扔下枪，有些脱力般蹲在地上，心跳剧烈，大口大口地呼吸着，微红的眸底水汽萦绕，但眼泪最终也没有掉下来。

迸裂的声音一直回荡在耳边，但能对她造成的伤害早已不似最初那么大了，等到呼吸趋于均匀的时候，她抬起头，发现卓清淮正靠在射击台旁看她。

卸了弹夹的手枪被他拿在手里，把玩的动作里透着慵懒，还有几分惹人侧目的肆意。

他见季明明看过来，问道：“好点儿了？”

这不是一蹴而就的事，不过她的表现比他预想中的更好一些。

再多坚持几次，这道坎儿她总会彻底迈过去的。

冷汗早已打湿了季明明额前的碎发，不过她的脸色总算不似最初那样惨白了。

对于卓清淮的问题，她无声地点了点头。

卓清淮放下枪，站直身子朝她走过去，说道："走吧。"

季明明蹲在原地没有动，只是朝卓清淮伸出了手。

她在感情方面没什么经验，不会追求，也不善表达，但面对卓清淮，她所有的举动皆出自本能，想时时刻刻看见他，想和他聊重要的大事、无关紧要的小事，想和他亲近一些、再亲近一些。

卓清淮在她面前站定，居高临下地看着她，也看着她伸出的手，未几，突然笑了。

他本就色若春晓之花，此刻嘴角扬起的弧度恰到好处，衬得他越发俊美，眉目亦愈显多情。他朝她伸出手去，下一秒，他的手就被那个手段稚嫩的小阴谋家紧紧地握住了。

卓清淮把她拉了起来，似笑非笑地问道："现在可以走了吗？"

季明明抿着唇，再次点点头。

她贪恋他掌心的温度，但他在她站起来后，第一时间便松了手，她心里失望和失落皆有，直接越过他，头也不回地朝门外走去。

出了射击馆，季明明还兀自沉浸在气闷中，反倒没有太多心思去想射击室里直面的那些往事。

卓清淮把她的沮丧看在眼里，见她不肯上观光车，于是说道："我还有工作要处理，你如果不想回酒店，可以叫工作人员带你四处转转。"

"现在是公司的团建时间，你不需要以身作则吗？"季明明眉头蹙起，冷冷地说道。

虽然明白她的不满其来有自，但听她这么说，卓清淮仍是忍俊不禁，反问道："依你看，我现在应该去哪里、做些什么，才算是以身作则？”

见他并没有驳斥她的意思，而且盈盈笑意像是要从他的眼底直达她的心底，季明明顿觉心脏漏跳一拍，于是气势便不自觉地弱了下来，低声说：“去海边走走吧。”

第六章
当你走向我

观光车沿着平坦的林荫路向前，夏天的风拂过耳畔，带来绵绵不断的蝉鸣声。季明明看多了卓清淮为工作宵衣旰食，眼下独处的时光难得悠闲，她看着身边的人，故意问道：“你会怪我耽误你的工作吗？”

卓清淮抚额笑着说道：“如果我说是，你又要怎么样？”

季明明当然知道他在开玩笑，所以并没有放在心上。不过在这之后，她还是问出了自己心中的不解，虽然乍听上去，这种不解更像是一种奚落：“你们到底要赚多少钱才觉得够呢？”

“只要位置足够高，就会有更多选择的自由，而人的欲望是永远没有止境的。”卓清淮的目光仿佛落在无限远的地方，淡然一笑，说道，“我其实没有那么贪婪，也没有那么大的野心，只是习惯了高效工作，一时间很难停下来而已。不过集团新一轮战略改组刚刚完成，等目前几个大项目进入正轨，大家就可以轻松一点儿了。”

看着卓清淮俊美的侧脸和他脸上闲适的笑容，季明明微怔。

观光车缓缓前行，呼吸间海洋的气息越来越浓郁，等到绕过一个拐角，一望无垠的海岸线便在眼前了。

骄阳当空，海水澄澈，海风咸涩但也清凉。

有人正迎着汹涌的波涛下海，浪花卷积出细碎的泡沫，冲击着岸边的礁石和沙堡。近处细软的沙滩在午后阳光的照耀下，呈现出绮丽的金色光泽。身材姣好的女孩子们在打沙滩排球，悦耳的笑声和沙滩摩托的轰鸣声交织在一处，各色漂亮泳衣和汽艇点缀着碧蓝的海岸线，组成了海边流动的画卷。

季明明和卓清淮走上栈道，几个穿着沙滩裙的女孩子从旁边跑过，裙角轻扬，像被海风吹开的鲜艳花朵。她下意识地低头看了看身上还没换的白色运动服，第一次留意穿着打扮这些小事，她觉得自己在卓清淮面前应该更用心一些，尤其是想到行李箱里薛珊为她准备好的几条漂亮的沙滩裙之后。

两个人沿着栈道慢慢地往前走，在到达栈道没入海水的位置之前停了下来。

想说的话很多，一时又不知该从何说起，季明明扶着护栏，怔怔地看着脚下蔚蓝的海水出神。

海水清透，能看到白色细沙上躺着的贝壳，穿梭而过的不明种类的鱼，和随着海浪浮动的水母。

季明明低着头，慢慢说道："可能多试几次，我就再也不怕那些声音了。可是我发现有些时候……我会忍不住想摔东西。是不是就算我表面上摆脱了乔薇，骨子里还是和她一样？"

海浪一下接一下地拍打礁石，巨大的声响反而让人感觉宁静。

季明明听见身边的人用他独有的从容口吻轻声说道："如果我是你，大概会庆幸自己找到了新的解压方式。"

季明明朝卓清淮看过去，他也正看着她。粼粼波光映入眼底，于是他的眼眸也变得如面前的海洋般深远广博。在她探询的目光下，他问："在不伤害别人的前提下，如果能缓解压抑的心情，有什么是不能摔的吗？”

思路轻易被牵引，季明明下意识地附和道：“没有。”

“既然这样，以后就算发现自己摔了东西，也没有难为自己的必要。”卓清淮笑容灿烂，调侃道，“而且不管摔的是什么，以你的财力都完全可以承受。”

季明明抿了抿唇，接受了他这种玩笑似的说法。几缕长长的发丝被海风吹起，她的发梢拂过卓清淮颈间。他垂眸看着她的发顶，嘴角的笑容渐渐隐去，说道：“你没做错什么，不需要对自己那么苛刻。”

季明明看向远方海面上的游轮，主动换了话题，问他：“你之前说等项目进入正轨后大家能轻松一点儿，到时候你时间充裕了，打算做点儿什么？”

“还没想过。怎么，你有什么建议吗？”他轻描淡写地反问道。

季明明仰起头看他，却无法从他平静的面容里窥见什么情绪。心头有些隐秘的念头闪过，她遵从本心动了动唇，可还没来得及开口，身后熟悉的笑声就响了起来：“总算找到了。”

季明明和卓清淮几乎同时朝声源看去，不远处，沈婕挽着江攀的手臂，眼笑眉舒的两个人正沿着栈道朝他们走来。

季明明脸上的表情没什么变化，但这不代表她心里没有厌烦。

两个人走近了，江攀像是一眼看穿了季明明的所思所想，笑着说：“光天化日、大庭广众之下，你们又没有在做什么，我们来打扰一下也没那么不能原谅吧？”说完，他朝季明明眨了下眼睛，问道，“都说一日不见如隔三秋，想我了吗？”

复古印花黑衬衫穿在他的身上，让他看上去就像一只华丽的毒蝴蝶。

季明明面无表情，已经充分表明了她的嫌弃，沈婕顿时笑了起来。她穿着一条胭脂红色的碎花雪纺长裙，头上戴着大大的太阳帽，对他们笑着说道："下周就是新一季的发布会了，我最近在附近的会展中心忙着，某人一直催我休息。听说你们今天过来了，我就想干脆也来凑凑热闹。没想到在射击馆那边扑了个空，听说你们往海边来了，我们就过来了。"

"有事吗？"季明明不冷不热地问。

"人多一点儿更热闹更有趣，不是吗？"沈婕反问道。

季明明点点头，说："嗯，不是。"

沈婕一下子笑出声来，然后打量着她这身衣服，又露出了一种恨铁不成钢的神情，仿佛她做了什么暴殄天物的事情。

季明明还没开口，一直端详她的江攀却突然问道："眼睛有点儿红，哭过了？"他挑眉看向卓清淮，调笑道："我还以为卓董最会怜香惜玉了。"

季明明不自觉地皱起眉，沈婕斜睨江攀一眼，松开挽着他的手臂，半真半假地推了他一下，风姿绰约地嗔笑道："你对明明的关心倒是完全当得起'怜香惜玉'四个字。"

江攀搭在她腰间的手不仅没有放开，反而收紧了些，他眸色深沉，神情却依旧悠然，问道："吃醋了？"

沈婕点了点头，煞有介事地反问道："怎么，江少对自己的魅力不够自信吗？"

季明明一直没弄明白他们两个人之间的关系，此时也看不懂他们在唱什么戏。

沈婕被她眼里的那点儿茫然逗笑了，于是不再理会江攀，催着他们往回走，鼓动季明明说："看在我这么远追过来的分上，你跟我回去试一件半成品，我根据你的气质做完送给你，让你今晚在篝火晚会上艳冠群芳，怎么样？"

"不需要，谢谢。"季明明拒绝得直接又礼貌。

沈婕早已习惯季明明的冷漠，没和她一般见识，转头和卓清淮聊起了正事："下周伯母在国内吗？我给她准备了请柬。你呢？到时候有没有时间？"

"应该没有，最近要忙的事情很多。"

季明明走在后面，安静地听着他们两个人聊天。其实她还是不喜欢卓清淮周围能引起他注意的一切人、事、物，只不过她如今知道卓清淮除自己之外还没有对谁表现出不同，所以她已经渐渐能够自我消解这种喜欢。更何况，她不得不承认，相比陌生人，她和沈婕的关系更近于朋友。

"怎么想起去射击馆的？"江攀走到季明明身边，若无其事地问道。

季明明看了他一眼，什么都没说。

了解季明明的人都知道，无论别人示好或是挑衅，除了回几句冷冰冰的刻薄话，她通常充耳不闻，沉默的时候居多。

江攀心知肚明，也一直不在意，今天却莫名其妙地对此感到厌烦，脸上标志性的放浪笑容也淡了几分。

沙滩上一把大大的遮阳伞下，孙筠和何瑗在互相补擦防晒霜。

何瑗在孙筠的极力劝说下穿了比基尼，整个人始终遮遮掩掩，有些放不开。

孙筠拉下她的手，在她耳边小声说了什么，何瑗伸手就要打她，两个人顿时闹成一团。

不久，笑闹声渐渐平息，孙筠拿着防晒霜看向一旁的吴沛妤，发现她正看着远处有些出神，于是顺着她的视线看过去，波光粼粼的海面刺得她眯起了眼睛，不过她很快就看到了栈道上熟悉的身影。

"沈小姐竟然也来了。那个男人是……"孙筠有些看不清，眼睛眯得更厉害了，自言自语道，"哦，果然是江海集团的小江总。"

何瑗远远地看着四个人聊完天又一同往岸边走去，好奇地问：

“为什么说果然是他？”

“小江总爱玩，红颜知己遍天下，但又是沈小姐忠实的护花使者，他们之间的八卦真真假假，热闹着呢，也就你这种两耳不闻窗外事的人不知道。”孙筠低声说道。

吴沛妤听了，不知道想到什么，笑着说道：“季助理应该也不知道吧？”

“那我就不知道了。”孙筠撇了撇嘴，说，“人家可是高高在上的公主殿下，我这种凡人可揣测不了。”

何瑗劝道：“你少说几句。”

收回视线，吴沛妤见孙筠有些不屑地嘟着嘴，也劝道：“季助理这种性格，应该是外冷内热吧……前两天我看见保洁阿姨擦地时不小心弄湿了她的靴子，她也没说什么。”

“这也算外冷内热吗？这只不过是因为人家有钱，别说一双几十万的限量款靴子，就算是几百万元、几千万元的，她可能也不放在眼里。”孙筠又好气又好笑地说。

吴沛妤一时不知该说什么。

孙筠嗤笑一声，四下张望了一下，见周围没什么人，才对吴沛妤抱怨道：“你大概不知道，她来了这么久，一个笑脸都没有给过我们。聚餐的时候有同事敬酒，她也半点儿面子都不给，只说了句她不会喝，没多久就走了。”

何瑗知道孙筠也就是图个嘴上痛快，但还是没忍住说道：“我看她应该是真不会喝。”

“你信吗？反正我不信。”孙筠嗤道，“她不就是有选择地目中无人吗？卓董就不说了，我看骆助理对她也有点儿不一样，还有上次专门来公司给她送东西的那个朋友……咱们这位季大小姐看起来冷冰冰的，对付男人可真是有一套。”

“好啦，孙筠姐。”吴沛妤拿起旁边冰块已经快化完的饮料，轻轻贴了贴孙筠的脸，在她被冰得瑟缩一下之后，笑嘻嘻地说，“咱们也要打起精神来才行，晚上的篝火晚会说不定有很多帅哥，到时候一个都不能放过！”

孙筠扑哧一声笑了起来，吴沛妤已经放下饮料站起身来，对她们两个人笑着说道：“走啦，游泳去吧！”

眼看着她活力满满地冲向大海，何瑗跟上去的同时小声对孙筠说：“她不仅刚来几天，而且家里还和卓董家有交情，你今天话太多了。”

孙筠一副无所谓的样子：“那又怎么了，反正她们是情敌。”

季明明洗完澡，裹着浴袍去了沈婕的酒店套房。

原本的书房显得有些凌乱，多了几个塑料模特和两排挂起来的样衣，沈婕偏头端详季明明片刻，把其中一个模特身上的样衣拿下来递给她，说：“先换上我看看。”

季明明闷不吭声地拿了衣服往洗手间走。

沈婕习惯了秀场那些模特在后台当众换衣服，不过也理解小姑娘的羞涩，虽然季明明好像常年睡在北极冰原下，一张脸怎么看都和“羞涩”两个字扯不上关系。

“尺寸不合适也没关系，我会按你穿出来的感觉改。我的两个助理在隔壁的套房，就算是彻底变个样式，她们也能很快做好。”沈婕靠在洗手间的门上，对里面的季明明说。

“你没别的事要说了吗？”隔了一扇门板，季明明的声音传出来的时候，像是有些回音。

沈婕不禁莞尔。季明明好不容易改变主意，只不过是因为回酒店的路上，沈婕在她耳边偷偷说了句：“跟我回房间试试衣服，到时候我给你讲讲我的初恋故事，怎么样？”

虽然现在想来，自己的口吻活像一个诱哄北极小红帽的狼外婆，不过沈婕自诩还算守信，更何况对方这么配合，所以她也难得有了点儿闲情逸致，说道："当年的清淮和现在的他比起来，有些特质一直没变。聪明，沉稳，内敛……当然，更重要的是，他实在太好看了，那张脸从十几岁起就有一种足以魅惑众生的美，尤其是笑起来的时候。"

见过他的女孩子很少会有不喜欢他的，当然现在也一样。

沈婕说着说着，神情里多了几分感怀："我们其实没在一起多长时间，而且我后来想想，最开始他答应和我在一起，总有点儿顺理成章的意思——我们两家关系不错，我的性格、长相也还不错，因为那时候喜欢他，所以非常懂事，从不给他添任何麻烦。可他那个人只是看起来温柔，实际上要走进他心里太难了，我总是觉得他离我很远，甚至从来不知道他心里在想什么。"

季明明的衣服换到一半，就这么停了下来。

"我当时觉得这场恋爱要是再谈下去，自己就要未老先衰了。说实话，当时提分手赌气的成分居多，可他竟然同意了，也没有任何想要挽回的意思。"时隔多年，沈婕依然记得当时自己有多幽怨，"后来我长大了，成熟了，恋爱也谈得多了，他好像一直还是老样子。如果你想听什么缠绵悱恻、荡气回肠的爱情故事，那实在是没有的，整个过程基本就是这样，如果非要用一个词形容的话，大概就是……乏善可陈。"

季明明对着镜子整理样衣的领口，问道："那你当初喜欢他什么？聪明？内敛？长得好看？"

沈婕过了好半晌才笑着说道："这还不够吗？"

门内的人没有回答，沈婕从这种安静里猜出了对方的不认同，不以为然地反问："别说那时候年纪小，就算是现在，你觉得喜欢一个人需要什么冠冕堂皇的理由吗？"

紧闭的门倏地从里面打开，季明明已经换完衣服，她走了出来，面对面看着沈婕说：“这种没有根基的喜欢靠不住，如果是我，也不会被打动的。”

沈婕其实想嘲笑她这种说法，话到嘴边，又觉得和她这种生猛但又幼稚的小姑娘没什么好争论的，于是注意力只投向了她身上的衣服。

季明明身材高挑，原本设想中长及脚踝的裙子长度只到她的小腿，黑色裙摆的每一个褶皱里仿佛流动着的红色一直延伸到胸前，高高的领口被绑带束起，掩住了胸口所有曼妙风光，配合季明明冷若冰霜的脸，整个人显得越发冷艳傲然，高不可攀。

沈婕眼前一亮，但围着季明明走了一圈，又觉得哪里不太满意。她沉思片刻，拿过桌上的剪刀，让季明明转过身去，嘱咐道：“你别动啊。”

季明明听到身后响起布料被裁剪的声音。不久之后沈婕把剪刀扔下，满意地感慨道：“果然好的设计，也要穿在合适的人身上。”

晚餐前，季明明拿到了沈婕已经改好的裙子，她发现正面没有什么变化，依旧是神秘、妖冶的禁欲风格，但背部整片都改成了浪花形状的镂空设计，有一种剑走偏锋的性感。

聚餐地点在酒店楼下沙滩上的木屋酒吧，季明明下楼的时候，篝火已经点燃了，知名乐队弹奏的乐曲激昂欢快，主唱还未登场。相连的木屋里几乎坐满了人，穿夏威夷草裙的服务生穿梭其间，海风送来夏夜的清凉，整片海滩上语笑喧阗。

季明明直接坐到了卓清淮身边，她的神情依旧淡漠，在座多是人精，无论对于两个人的关系是否好奇，都表现出了绝对的习以为常。不过对他们来说算得上意外的一点，是这位素以美貌闻名的季小姐，今晚越发像一朵带刺的冰霜玫瑰，她刚一出现，就吸引了绝大多数男人的目光。

沈婕十分自得地欣赏着自己的作品，对卓清淮和江攀说："看看我的小缪斯。"

江攀喝酒的动作没有停，目光落在季明明身上的同时，凉凉的酒液滑入喉咙。整杯酒喝完，他才笑容满面地问："你的缪斯换了一个又一个，什么时候轮到我？"

他声音不大，以至于这句话完全被淹没在周围的谈笑声里，他本人却又并不怎么在意。沈婕则只顾着问卓清淮："怎么样？"

季明明正在对为她摆餐具的服务生道谢，听到沈婕的话，下意识地看向卓清淮。两人视线相撞，季明明看清他眼底的欣赏之意，紧接着，在一片喧嚣中，听到他用低沉的声音说："相得益彰。"

卓清淮始终都在给予她夸奖和肯定，面对此刻这种直接坦荡的赞扬，即使季明明压下了快要扬起的嘴角，心跳却还是一阵快过一阵。在她看来，全世界的顶礼膜拜也敌不过卓清淮一个欣赏的眼神。

席间又一轮敬酒开始。

一个副总对季明明说道："季助理今天来晚了，按规矩可是要罚酒的。"

"我不会喝酒，"季明明心情好，答话的语气都不似往常生硬，"喝饮料吧。"

江攀听见季明明这么说，完全没有作为外人的自觉，看好戏似的问卓清淮："助理冷场，身为老板是不是应该罚酒？"

卓清淮闻言笑了笑，举起酒杯对他说："这杯我敬小江总。"

他把杯中的白葡萄酒一饮而尽，其他人自然也陪着。看着江攀喝完，沈婕晃着酒杯幸灾乐祸地说："这可是人家的主场，你今晚惨了。"

江攀倾身在她耳边说了什么，沈婕冲他翻了个白眼，又忍不住笑了起来。

接下来果然很多人以各种理由去敬江攀，他向来玩得开，和几个高管你来我往，喝得不亦乐乎。

季明明在这种场合尤其安静，她从服务生送来的饮料里拿了杯冰可乐，和卓清淮说话的时候，语调比平时轻快些："我来之前接了虞兮一个电话，她让我谢谢你介绍客户给她。"

"举手之劳而已。"卓清淮勾唇说道。除了介绍几单生意，他这阵子偶尔出席活动也会带上虞兮，他并不把这种小事放在心上。不过如今听季明明提起虞兮，他若有所思地看着她说，"似乎每次见她，她都戴着你送的那只手镯。"

"你怎么知道是我送的？"季明明脱口而出之后才想起，那只钻石手镯还是卓清淮从拍卖会上亲自拍下来的。忆起往事，她皱眉说道，"季行知主动说要帮我拍，最后又没时间，还要找你帮忙。"

"你好像更不满的是他找的人是我。"卓清淮挑眉说道。

"因为那时候我们是毫无联系的陌生人。"季明明把"那时候"三个字咬得格外重。

季行知一无所知，却又硬生生地把"卓清淮"三个字扯回了明面上，在那之后她足有一年没理季行知。

似是明白她所有的怨念，卓清淮似笑非笑，忽而用一种格外淡然的口吻说道："那只手镯的名字叫'普莱特的淡蓝色海'，你虽然对这些不感兴趣，但是眼光很好。"

他第一次看到那只手镯，就觉得它不适合季明明。

季明明再次收下了他的夸奖，这时候不远处有人喝得有些头晕，起身时不慎撞翻了服务生手里的托盘，托盘上的两个酒杯滚落到地上，顿时摔得粉碎，发出"啪嚓"的响声。

季明明呼吸一滞，然后才发现，除了呼吸紊乱这种近似条件反射的反应，此时自己心里只有一些因意外而产生的惊惶，这种惊惶并未对她造成什么实质性的伤害。得益于射击场上一颗颗让她近乎麻木的子弹，虽然她此刻后背浮起一层冷汗，但耳边短暂的轰鸣过后，她清楚地听到了不远处服务生道歉的声音，对面几个人酒后略有些恣意的谈笑，还有外面乐队激情澎湃的鼓声。

她还发现自己不知什么时候在桌下抓住了卓清淮的手。

卓清淮也始终注意着她，看着她从乍然慌乱到迅速平静，朝她点了点头，轻声说："做得很好。"

季明明眼底干涩，轻轻咬着下唇，脸色有些苍白，却朝卓清淮露出了一抹笑容。

卓清淮回以微笑，泰然自若地说："吃点儿东西吧。"

季明明异常乖顺，松开他的手，喝下半杯可乐，然后拿起刀叉开始吃东西。

卓清淮这才不紧不慢地抬眸，瞥向酒杯摔碎的那一刻第一时间关注季明明神情变化的江攀。

卓清淮比寻常人深一些的瞳色在灯光下淡了几分，偏又蕴含着无限深意。

江攀本来是要躲开他的视线的，不过躲闪的念头在最初的一瞬便被他抛弃得十分彻底。他朝卓清淮举起酒杯，仰头将其中的残酒干了，然后抹去嘴角的酒渍，露出一抹挑衅意味十足的轻佻笑容。

卓清淮眼睛含笑，始终斯文从容。

众人酒酣耳热之际，乐队的歌又换了一首，节奏舒缓了下来，听上去格外幽婉。

木屋此时空了大半，有人下水嬉闹，有人围坐在亮如白昼的沙滩上玩"狼人杀"，有人开始朝简易的舞台聚拢，呼喊乐队主唱的名字。

卓清淮出去接电话之后，季明明也跟着起身到了屋外，她坐在角落里的木梯上，踩着浸在海水中的台阶，时不时望向卓清淮。他的表情看上去比平时严肃一些，因为音乐和欢笑声实在太吵，季明明看到他眉头皱起，边说边朝更远处灯火阑珊的地方走去。

又不耐烦了。

季明明托腮看着他，不自觉地勾了勾唇。

有不认识的男同事出来找她敬酒，对方脸红得厉害，一半因为酒，一半则是因为眼前的季明明美得就像暗夜里的海妖。

大概是因为对方只是攥着酒杯呆愣愣地站在原地，并没有什么失礼的举动，季明明勉强克制住了心里的不耐烦，叫来服务生，又拿了杯冰可乐。

男同事仍有些失神地看着她喝可乐，随着她仰头的动作，冰块碰撞杯壁，当啷作响，他觉得好像有东西就这样直接敲在了自己的心上。

江攀就在这时自他身后走出来，不无感慨地说："季助理的人缘比我想的要好啊。"

男同事仿佛自一场梦里惊醒，倏然回过神来，正要离开，又被江攀十分好心地提醒道："你的酒还没喝呢。"

年轻的男人忙不迭地饮尽了杯中的酒，因为喝得有些急，呛得咳嗽了两声，离开的时候越发显得面红耳赤。

季明明不喜欢陌生人打扰，但也同样不喜欢江攀这种态度。

江攀像是看出了她的不悦，坐在木梯的扶手上，十分无辜地耸了耸肩。

季明明并未理会，继续默默地喝可乐。

江攀发现她的裙摆已经浸在海水里，抬头看向远处又换了曲子的乐队，意味不明地说道："真应该让沈婕看看你是怎么糟蹋她的心血的。"

乐队的主唱登台之后，表演正式开始，于是木屋彻底空了下来，与之形成鲜明对比的是更加热闹的海滩。

不知过了多久，欢呼声一浪高过一浪，季明明看过去的时候，沈婕已经站在了主唱身旁，两人开始合唱一首校园民谣。

“你怎么不去找她？”季明明问。

木梯宽大的扶手坡度很小，江攀直接躺了下来，拉长声音说：“累了，休息休息。”

涌动的潮水冲刷着沙滩，最初只没过季明明的脚踝，渐渐漫到了她小腿的位置。她喝着可乐，偶尔百无聊赖地抬脚踢起一朵浪花。歌声和笑闹声似乎被海浪隔到了无限远的地方，江攀双手枕在脑后，看着头顶仿佛触手可及的星河，觉得这里安静得像一座孤岛，不知何时就会沉入幽远而又广阔的未知海域。

“当初你爸爸的葬礼，我去参加了。”他偏过头看着季明明，突然说道。

季明明刚把可乐喝完，闻言莫名其妙地看了他一眼，嘴角没有任何征兆地翘了起来，问道：“需要我替他谢谢你吗？”

若在平时，江攀知道自己大抵又要被季明明气笑了，但此刻他心中更多的是对于她这抹笑容的错愕。他在不久前的餐桌上亲眼见过季明明对卓清淮笑，那个表情非常不像她的风格，乖巧、温顺、依赖甚至孺慕……相比之下，她刚刚的笑容简单到几乎不能称之为笑容，但算得上冷笑之外她对他露出过的最接近正常的表情了。

江攀被她这么一搅和，几乎忘了自己本来想要说什么。

等到周围再次安静下来，他有些嫌弃地瞥了季明明一眼，冷哼一声：“算了。”

指望季明明知情识趣，他估计这辈子也等不到那一天了。不过等他闭上眼睛，和着远处乐队的拍子轻声哼起歌的时候，他忽然又觉得，花团锦簇的热闹日子过久了，眼下就这么安安静静地躺下看看海，也没什么不好。

夜色撩人，于是忧伤的歌声也变得有些缠绵起来：“我像每个恋爱的孩子一样，在大街上，琴弦上寂寞成长……”

季明明听着江攀哼歌，渐渐困得有些睁不开眼睛。她想学江攀的样子躺到另一侧的扶手上，但刚刚站起来就感觉一阵头晕目眩，直接跌落到台阶下的海水里。

江攀第一时间跳下去把她捞了起来，没好气地说道："我的大小姐，喝可乐难道也能喝醉吗？好端端的怎么……"

他的话说到一半就停了下来，因为季明明有些无力地靠了过来，他分明从她的呼吸中闻到了酒气。

一只手将季明明揽在怀里以防她再次跌下去，江攀用另一只手捞过台阶上的可乐杯。

可乐早就被季明明喝完了，杯子里只剩了些还没彻底融化的冰块，江攀低头闻了闻，又倒了点儿冰块入口，轻轻咀嚼几下，看着怀里的季明明笑叹道："这么纯的威士忌，到底谁这么讨厌你啊。"

季明明的意识已经模糊了，听不清他说了什么，胃里也一片烧灼。她身上的裙子几乎全湿了，黏腻地贴在身上，她下意识地想要脱下来，却又被人用力按住了手。海风阵阵吹来，季明明有些冷，循着热源紧紧地抱住面前的人，皱着眉喃喃道："回家……"

江攀好不容易阻止了她脱裙子，还没来得及松一口气，冷着脸的小醉鬼就已经撞进他怀里。他的手臂举在半空中，自认十分君子地说道："别怪我没提醒你，季明明，你现在的行为可不怎么符合你的性格。"

其实在他的话还没有说完的时候，他的腰就被抱得更紧了。

僵滞片刻的手臂垂下去，江攀把季明明打横抱起来，有些无奈地叹了口气，说："好吧，我可是抵抗过了的。"

最先发现季明明不见了的人是骆康。

这一批参与团建的员工里，有几个恰好今天生日，行政部订了很多蛋糕共同庆祝。

寿星之一的骆康，身为“天子近臣”，为人又斯文端方，虽然也被灌了不少酒，但总算没被闹得太厉害。

有寿星输了游戏，被抬着扔进海里。在一片欢闹声中，骆康坐在沙滩边的躺椅上醒酒时，不经意间朝身后木屋的方向看了一眼。角落里的灯光黯淡，还没有月色明亮，正在说话的那两个人的性格可以称得上天渊之别，但朦胧的光线像是能消弭一切不同。

骆康收回视线，轻轻地揉着有些涨痛的额头。身边同事聊起养猫的事，有人听说他是“资深猫奴”，请教他具体应该怎么驱虫，他一一答了。

何瑗递过来一瓶水，他礼貌地道谢后，接过来喝了几口。

何瑗又把几瓶水给其他几个人分了，然后才坐了下来。

一群人有一搭没一搭地闲聊，骆康再朝季明明坐的地方看过去，那里已经空无一人。

卓清淮打完电话回来的时候，骆康和何瑗已经来木屋里找季明明了。

其实最初何瑗跟上来问“怎么了”的时候，骆康有些答不上来。有些担心突如其来，他并不知道该怎么说，也许……他只是太明白季明明的心思了——这些日子以来，她对老板的依赖越发明显，比如今晚这样的场合，她再不喜欢也还是来了。她就像一个浓墨重彩的影子，是没有理由在对方接电话的时候突然离开的，更何况江攀那个风流公子也一并没了踪影。

他甚至想，自己可能是喝多了酒，神经太过敏感，可心里那点儿不安还是让他第一时间站了起来。

卓清淮站在屋檐下，身上落了两重光，一重是屋内暖色的灯火，一重是海天间清冷的月色。他原本温文尔雅的笑容仍挂在面上，眼眸却一如幽暗莫测的深海，轻轻开口的时候，仿佛眸底也染上了暗夜般浓稠的墨色，问道：“不见了是什么意思？”

酒店套房里，季明明坐在客厅的地毯上，被海水打湿的头发还在往下滴水。

早在进门的时候，她就一改路上的老老实实，闹着挣脱了江攀的怀抱，不过坐到地上之后，又安静了下来。

江攀见她没有继续扯裙子，于是转身去了浴室，等拿着浴巾出来的时候，看到的就是她这么一副目光呆滞的样子。

凌乱的湿发贴在她因为酒意而泛红的脸颊上，她抿着嘴唇抱膝坐着，看上去小小一团，就像只可怜巴巴的小水鬼。

“不发酒疯就是好孩子。”江攀打趣着蹲下身子，帮她裹上了浴巾。但这句话像是突然触了季明明的逆鳞，她猛地推开他，摇摇晃晃地站起身来反驳道：“我已经二十五岁了！”

江攀险些摔倒，浴巾也掉落在了脚边。但她看上去比谁都委屈，脸似乎更红了，一双大眼睛里水波潋滟，分明灵动鲜活，完全不似往常的冷漠。

江攀不知道她为什么会有这么大的反应，干脆直接坐到地上，饶有兴致地问道：“卓清淮嫌你小吗？”

季明明没有回答，只用泫然欲泣的眼神看着他。剪裁合体的裙子因为浸了水，完全贴在身上，曲线毕露的季明明因为神色生动，完全展现了另一种风情。

江攀仰头看着她，却突然想起自己第一次见她那天，她看海时落寞又孤单的神情。

他站起身来，伸手将她脸颊上贴着的几缕湿发撩到耳后，然后手掌慢慢贴上她有些发烫的脸，轻笑着哄道：“那就不理他了，以后只看着我，好不好？”

江攀的手顺着季明明的脸颊慢慢向下，抚上她纤细白嫩的脖颈。下一秒，他继续向下的手便被按住了。在他有进一步举动之前，季明明将他的手臂倏然拉向自己，紧接着就是一个利落的背摔。

直到被摔在地上，江攀整个人仍处于一种匪夷所思的茫然里，连反应都慢了半拍，看着头顶的吊灯有些出神。好在地毯还算厚，他觉得自己应该不至于伤筋动骨，但到底还是摔得不轻，好像哪里都疼。低头看着他的季明明还顶着那张受了委屈的脸，就好像刚刚那个“女悍匪”不是她一样。

江攀实在忍不住闭了闭眼，笑出声来，骂了一句。

此时的季明明更加头晕目眩，她突然很想哭。

躺在地上的江攀见她这副模样，虽然知道不该和醉鬼计较，但还是一边坐起来，一边又好气又好笑地说：“该哭的人是我吧？你喝醉了的杀伤力比醒着还大，我现在已经在担心自己的安危了。虽然我其实……”

他话没说完，就被季明明扑过来抱住了。

江攀直接被扑倒，再次摔在地毯上之后，情绪被一度的变化搅得乱七八糟。他一时动弹不得，于是更加觉得这个小怪物乖张又麻烦，可被她这么抱着，又有些无所适从。一时之间，他发现自己的无奈和烦躁都找不到落点。

“我准备了一间桌球室，想让你教我。”季明明抱着他，头枕在他的颈窝里，小声说道。

江攀眉峰一挑，下意识地答道：“你又没——”他突然反应过来，她问的应该是卓清淮。把没说完的话咽了回去，他看着怀里的季明明，咬牙道，“总算见识到比我还没良心的了。”

“当初你介绍给我的散打教练早就退休了，那个以后也要你教我。”季明明继续语意含混地说道，“什么都让你教，你会不会觉得我很麻烦？我也不想让你觉得我麻烦……不想让你讨厌我，虽然我真的很讨人厌……”

喝醉之后的季明明话变得多起来，江攀觉得按平时来看，自己见她一百次她说的话加在一起，恐怕也没有今晚她在他耳边的窃窃私语多。不过他听着她颠三倒四的话，突然想到什么，颇有些乘人之危地问道：“射击馆好玩吗？”

“不好玩。”季明明答得十分干脆，但声音有明显的颤抖，“其实我还是很怕……但你说不是我的错。”

她觉得好像有东西要吞没她的意识，整个世界都变得模糊起来，她茫然又恐惧，却不知道该躲到哪里去，只能越发用力地抱紧了面前的人，小声哭道：“多去几次就再也不会怕了，你陪着我好不好？我听你的话，我一直听的……我不要乔薇也不要季维智，我只要你。你不要对别人笑，也不要对别人好……”

她说她还是很怕的时候，江攀的猜测就落实了，毕竟只要知道了前情，这也不是什么难猜的事情。

沈家晚宴那天他其实到得很早，不过还没见到沈婕，就被几个上前攀关系的人搅得没了兴致。最初他是去沈婕的工作室求清净的，不过也许是因为楼下的茉莉香气浓郁馥郁，他躺在阳台的躺椅上没多久就睡着了。

沈婕带着季明明进去后不久，他就醒了过来，待到思绪清明，想要找个合适的机会出去的时候，乔方已经来了。

他对于他人家中的秘密没什么兴趣，毕竟就算是在他自己家里，也有着太多不足为外人道的龌龊事。但这戏剧般的巧合，让他有了不同于以往的感触。

季明明的大半部分人生都在那场意外的窥视里铺陈在了他面前。他看到了她的挣扎，她的反抗，她的色厉内荏。这些都并不让他感到意外，直到卓清淮以一个掌控者的姿态出现，给予她安抚和引领。无论她的情绪是否被成功疏导，她在卓清淮面前都呈现出了最本真的柔软乖顺，而卓清淮分明也被她的情绪牵动着，即使他自始至终看上去游刃有余。

看着季明明很快整理好心情和卓清淮相视一笑，那个瞬间，江攀突然想到，在某种程度上，和季明明能称得上同病相怜的人其实是他。

如果和季明明之间早有羁绊的人也是他，如今又会是怎样一种情景呢？

他的理智告诉自己，他其实无法从这种掌控欲中找寻快感，因为全身心任他予取予求的女人太多了，可内心突如其来的空虚感还是让他忍不住去臆想这种可能。

随着泪珠一颗颗掉落在颈间，他回过神，发现季明明已经无声地哭了起来。

江攀感觉颈间一片温热，而季明明口中仍在喃喃着，要他不许对别人好。

他认命般抬手将她环在怀里，在她耳边反复轻声哄道："都听你的，以后只对你好，只对你笑，好不好？"

季明明的情绪却激动起来，挣扎着有些哽咽地喃喃道："你骗我，骗我……你对孙筠笑，对吴沛妤笑，对空姐也笑……"

江攀试图阻止她的挣扎，但紧贴着的身体让他的呼吸不由得渐渐粗重起来。

他自认不是什么柳下惠，温香软玉在怀，情动总是难免的。但眼下她醉得糊涂，他若有不轨之举未免乘人之危，江攀想到这里，又想推开她，可她偏偏不肯松手。

指尖触及她后背裸露的皮肤，凝脂般的触感让他本就摇摆的理智越发薄弱，渐渐到了崩塌的边缘。这时候，他突然想起了晚餐时面对他的挑衅，卓清淮那个看似温和实则傲慢骄矜的眼神。

江攀突然嗤笑一声。

他本来就什么都不在乎，不是吗？卓清淮的生意他能抢，人为什么不能抢呢？

江攀抱起季明明走进卧室，把她放到了正中央的大床上。

床是一尘不染的洁白，裹着黑色湿裙的季明明醉眼迷离，床垫像一个温柔陷阱，将她网罗其中。江攀不知道洁白和漆黑哪个更不适合她，只觉得她像是在一片不属于她的土地上突兀盛放的花，纯净又妖冶。

季明明对他的心理活动一无所知，只闭着眼睛蹙眉喃喃道：“卓清淮……”

江攀低头看着她，手轻轻撩开她鬓边乌黑的长发，而后抚上她的脸颊，若有似无地叹道：“卓清淮有什么好呢？他能给你的，我也可以啊。”

自甘堕落又有什么要紧的，这世上本就没有不会堕落的人，他不是第一个，也不是最后一个。

江攀眼神晦暗，落在她额角的吻却堪称温柔。与此同时，房门“砰”的一声被人从外面踹开了。

江攀微变的脸色又极快地恢复如常，莫名其妙地，心底的遗憾和轻松同时涌现，他说不清哪个更贴近他此时的心境，但到了眼下这一刻，全都不重要了。他收敛思绪，放诞的笑容在唇边慢慢绽放开来。

卓清淮从外面进来，神情堪称平静，俊美的脸上虽没有往日的笑容，但也看不出明显的怒意。皮鞋踩过厚厚的地毯，一步步几乎没有任何声响，他走到床边，看着床上意识不清的季明明，伸手将她横抱起来。

季明明眼睛并未睁开，在他怀里蹭了蹭，叫道：“卓清淮……”

见卓清淮就这么抱着季明明向外走去，坐在原处的江攀突然似笑非笑地说：“就这么走了吗？我以为你至少会向我道个谢，毕竟我留给你找过来的时间够久了。而且说实话，面对这么一个活色生香的美人，要坐怀不乱实在有点儿辛苦。”

从进门那一刻起，卓清淮的视线就一直落在季明明的身上。此时，他停下脚步，转身看向江攀。像是能让人窒息的稀薄空气里，江攀看了季明明一眼，然后才和卓清淮对视，露出一丝遗憾的笑容，叹道：“她之前在我怀里的时候，也是这么乖。”

卓清淮墨色的瞳仁里透出一抹幽深之色，但神情未变，薄唇微启，缓缓说道：“这些年生意上的一些摩擦，我通常不大和你计较，倒不是因为我脾气好、有什么善心，我只是向来不怎么看得起你。”

江攀的眸光倏然转厉，他站起身来，眯着眼睛看着卓清淮，维持着面上的笑意，说道：“我还以为卓董这辈子都是一副道貌岸然的样子呢，原来也会有冲冠一怒为红颜的这一天。怎么，卓董千帆过尽，现在喜欢这种自己看着长大的？”说着，他挑了挑眉，轻浮的笑意未及眼底，“可惜，越是关在笼子里的鸟，越想飞出去看看外面的世界，你现在把她养在自己跟前，她有心事也未必不想找别人说一说。小美人如果下次再忍不住投怀送抱，只怕我就忍不住真要虎口夺食了……卓董到时候可千万别怪我。”

卓清淮竟然笑了，和生气、愤怒无关，也并非讽刺、冷嘲。卓清淮听了江攀的话，嘴角扬起一抹微小的弧度，说道：“我会是什么反应、季家会不会追究、对江家可能造成的影响……这些你都要仔细思量一遍，所以我出现在这里，你应该庆幸才对。你的良心并没有你以为的那么多，就算有，也一文不值。”

江攀的脸色彻底沉了下来。

卓清淮的笑容不可谓不凉薄，偏偏无尽风华隐于眉目之间，所以整个人看上去似神祇般高高在上，他一字一句地对江攀说：“实实在在属于你的，你不知道自己为什么拥有；一直抓不住的，你也不清楚自己为什么得不到。你那些小聪明都用在了这些地方，可就算这样，也都是你的自以为是，包括你自认为对她的那点儿了解。”

卓清淮看了看抱在怀里的人。季明明已经睡着了，呼吸均匀，脸色酡红，不过就算是在睡梦中，她的眉头也是紧紧皱着的。卓清淮唇边的笑意敛起了一些，继续向外走去。

江攀开口之前，走到门口的卓清淮侧了侧身子，却并未看他此时铁青的脸色，只是语气淡淡地说道："小江总如果觉得我刚刚的话是在羞辱你，我只能很抱歉地说，你现在大概还不知道什么是真正的羞辱。"

卧室里静得可怕，江攀脸色阴沉，手背上的青筋暴起。他努力平复着自己急促的呼吸，但沉默半晌，到底还是一脚踹翻了床边的椅子。

怒气蔓延，一路烧灼进心底，几乎是近几年来都不曾有过的感受，江攀的呼吸因此越发急促。他坐回床上，盯着地毯上的花纹，理智渐渐回笼，眸底弥漫的阴霾却始终未曾散去。待到呼吸平复，他摸出烟盒磕出一支烟来，咬在嘴里还未点燃，身后再次传来声响，他下意识地抬起了头。

因为先前有些热，微卷的浅棕色长发已经被沈婕随意绾起，但她看上去依然优雅，长裙的裙摆随着她进来的脚步微微摆动，像只蹁跹的蝴蝶。可是她盯着江攀的时候，神情里透出几分从未有过的萧索。

江攀点完烟抽了一口，从嘴边拿下来捏在手里，朝沈婕露出一抹玩世不恭的笑容，问道："怎么，你也来打抱不平吗？为季明明还是为卓清淮？"

沈婕走到他面前，目不转睛地看着他，问："你知道你在做什么吗？"

江攀不以为意地笑了笑，说道："我不是还什么都没有做吗？"他又抽了口烟，朝沈婕的方向轻轻地吐了个烟圈，在一片薄薄的烟雾中有些轻佻地抱怨道，"你只顾着和那个小主唱玩，我没什么资格吃醋，多喝几杯酒的资格总是有的吧？”

沈婕忍了又忍，嘴角终是扯出一抹冷笑，转身向外走去。

江攀突然觉得心累。

他不知道沈婕表现出的那点儿在乎里面有多少是因为他。

这些年她一直忽远忽近，若即若离，他心里有她，也和其他人逢场作戏。

对于这种开放式的关系，他有时候不甘心，有时候又觉得轻松。但他此刻的疲惫感比以往任何一刻都强烈，所以他没有像平时那样追上去哄她，只是一动不动地坐在床边，用目光描摹着她的背影，直到彻底看不见了，才若有似无地笑了一声，熄了手里的烟。

卓清淮抱着季明明出门的时候，只有骆康和何瑗在门外。这件事从一开始就并未声张，骆康按卓清淮的吩咐亲自调取了监控录像，连酒店的工作人员都不被允许在场，他们随后赶来江攀这里时，也没有惊动任何人。

季明明虽然生得高挑，但抱在怀里极轻。卓清淮抱着她进了电梯，轿厢内的灯光尤为刺眼，察觉怀里的人动了动，他低头看向她，发现她已经睁开了眼睛。

季明明直直地看着卓清淮，眸底像是蒙了一层雾，连眼尾都泛着红。

到了季明明的套房门外，骆康没有进去，何瑗本要帮季明明换衣服，但季明明死死地抱着卓清淮不肯松手。

卓清淮的神情不似往常温和，不过也依然很有耐心，任她怎么用力，都没有强行拽开她的手臂。因她不肯松手，他便一直横抱着她。

何瑗自然没打算再留下来，离开前根据季明明的情况，斟酌着对卓清淮说道：“卓董，季助理身上的应该是海水，如果不冲干净，明天醒了肯定会难受的。”

“知道了，”卓清淮礼貌地说道，“你们辛苦了。”

等到房间里只剩下他们两个人时，卓清淮才再次看向季明明。只要他不试图放开她，她便是安静的、迟钝的。因为先前的一番挣扎，她眼尾的那抹红更加醒目了，此时她环着他的脖子，距离极近地盯着他，眉头微微蹙起，委屈得像是随时都能掉下泪来。

“我是谁？”卓清淮看着她问。

她喃喃道：“卓清淮。”

卓清淮面上闪过一丝不甚明晰的笑意，却绝非心情愉悦的表现。他好整以暇地问道：“是不是你喝醉了的时候，谁都是卓清淮？”

可惜喝醉的人并不能理解他这句话的意思，季明明又叫了他一声，脸贴上他的肩窝，有些不耐烦地蹭了蹭，嘴里不知嘟囔了一句什么。

无所不能如卓清淮，面对怀里这样一个全然无法沟通的醉鬼，也只得慢条斯理地和她商量道：“我让酒店管家过来帮你洗澡，到时候我就在这里等你，不会走的。”

季明明却突然情绪激动起来，带着哭腔含混地说道：“你走了就不会回来了！你不认识我了，你什么都不知道……”

她说了许久，却只有这么颠三倒四的几句话，而且说着说着，声音又渐渐低了下去。

卓清淮的眸光仿佛被清冷的月色浸染，他看着再次睡着的季明明，最终也只是抬手轻轻地擦去了她眼角的泪痕。

一直到他洗完澡回到床上，季明明都没有醒过来，但她睡得并不安稳，时不时拽开被子，白色睡袍因为她的动作太大领口大开，露出修长的脖颈和胸前泛着红晕的肌肤。

靠坐在床头的卓清淮帮她盖好被子，轻轻地拂开散落在她眼前的发丝。也许是因为酒气发散了些，她脸上的潮红稍微褪去几分，变成了淡淡的绯色，她的五官看起来越发艳丽。只是她的眉头几乎一直紧紧皱着，卓清淮看着她，渐渐有些出神。

他第一次见到季明明是在季行知书房楼下的树墙边，不久季维智去世，他又见了她一面。

在那之后，他因为要开拓海外市场很少回国，后来再见到她，是在他位于英国的私人城堡举办的商务晚宴上。

彼时他刚结束和一个生意伙伴的寒暄，要离开的时候，身后突然有人喊他的名字。

他的名字被人提起的时候，后面总是会缀着不一样的头衔，当着他的面，他已经很久不曾听到有人这么连名带姓地直接唤他了。

入耳的女声听上去年纪不大，语气堪称平静，语调也并无明显的起伏，但他还是从对方青涩的声音里听出了一丝紧张。

他转过身去，看到了面前的小姑娘。

她穿着一条红色吊带长裙，因为身材还有些单薄，所以收腰设计更显得腰身不盈一握。乌黑的长发编成松散的发辫，额前和鬓边散落的发丝透着恰到好处的随意，设计简约的钻石项链勾勒出颈间迷人的曲线，白贝母吊坠向下一路延伸，卡在胸前有些隐秘又有些暧昧的位置。

刻意追求的成熟性感其实压不住她本身的少女气息，但她那双情绪复杂的瑞凤眼中透着更加清冷的气质，精致妖冶的红唇抿得有些倔强，神情里也有着和年龄不符的沉寂。于是这样的她落在众人的视线里，便越发显现出一种突兀的美。

此刻的她和几年前相比，有着脱胎换骨般的变化。如果两个时期以两张照片的形式呈现在眼前，大概很少会有人认为，眼前的人就是当初树墙下那个孤僻又怪异的小女孩儿。可真实的人始终是鲜活的、生动的，有些东西与生俱来，也如影随形。

她已经完全可以用美丽来形容了，但“美丽”二字又似乎显得过于简单单薄。

初见时的戾气并非不见了，只是似乎被什么压下了，藏到了让人不易察觉的地方。除此之外，还有她眼底跃动着的火焰，即使看上去是同样的冷色调，却还是燃烧着，升腾着，像要把她整个人都焚烧殆尽。

情窦初开的小姑娘藏不住眼底的心事。他在见到她的那一刻起就知道她是谁，也从第一眼开始就知道她为何而来了。

这是利益为上的年代，所谓的风光无限，背后藏着对手或明或暗的打压、暗算，和身边人的倒戈背叛、以怨报德。亲情、友情、爱情，都被太多人轻易舍弃过，他见过太多，经历了太多，一颗心早就磨炼得五毒不侵了。

可对他来说，她和旁人相比总是格外与众不同，所以他一直记得她，也记得他给予她的善意；所以她的生日写在他的日程安排里，每一年无论他在哪里，都会安排人寄去礼物；所以即使许久不见，他还是第一时间就从尘封的记忆中搜寻出了她的身影。

可不论是他的善意还是心意，也仅仅如此了。

他不知道在不曾再见的日子里，她是怎样凭借着那两面之缘任由那感情发展成了如今的样子。但他也不用问便知道，她一定是把那点儿温暖放在了心里特别的位置，经由日复一日地培育和放任，看着它枝蔓丛生，试图覆盖住父母亲人带给她的伤痛。

于他自身而言，感情的事向来随缘，但他无意与一个刚长大的小姑娘谈情说爱。他能一眼认出她，却不会为她这种一个人支撑的感情埋单。

倘若她因此伤心，便更应该彻底清楚，他本就是这样的人，和温柔无关，真心亦有限，因为一切得来都太过容易，所以许多人在意的东西他都能轻易把玩于股掌之间，作为下一场游戏中的筹码。

她是个与众不同的小姑娘，即使在有些事情该到此为止的时候，他对她也远比对其他人特别。

“这位小姐有什么事吗？”他礼貌中不乏疏离，眼里却只有全然的陌生感。

小姑娘眼中的火光黯淡许多，像是有一种莫名其妙的羞耻感，她咬了咬唇，好不容易鼓起勇气艰难地开口，只说了个“我”字便被身材火辣的混血美女打断了：“卓先生，不知道您还记得我吗？前几天的航班上，我为您倒水时不小心弄湿了您的衬衫。”

于是连他自己也觉得季明明运气不好，飞蛾扑火般的告白还未说出口，就让他凭空遇到了这样能轻易顺水推舟的拒绝机会。

接下来，他只是朝另一个人露出了有些耐人寻味的笑容，对方便仪态优雅地迈步上前，在他耳边姿态亲昵地问道：“那件衬衫卓先生还留着吗？方不方便带我去看一看能不能清洗？”

他离开前又看了季明明一眼，目光里带着几分礼貌的询问之意，只是眉宇间高高在上的疏离感更深了几分。

她心中炙热的火焰终于熄灭了。

她手里握着什么东西，像是用尽了全身的力气，肌肉线条紧绷着，指节也泛着白。而她的眼里似乎也从未有过这样激烈的情绪，原本深海般汹涌而又澎湃的爱，一夕幻灭后色彩褪尽，便只剩了烈火焚烧后的枯寂。

他站在原地，看着那抹红色的身影彻底消失于衣香鬓影间。对于她的痛苦他并不意外，但尽数目睹了她情绪的变化，他还是因为她眸底太过明显的破碎感而皱起了眉。

地毯上有个十分小巧的盒子，不知是她伤心欲绝之下不小心掉落的，还是因为觉得已经不再重要而主动丢弃的。他捡起来打开，发现里面是一枚制作精美的书签，剔透的水晶包裹着的是半片不规整的花瓣。

花瓣经过了特殊工艺处理，保留着新鲜的橙红色，被镶嵌在书签正中央。他想到刚刚离开的季明明，第一次见面的场景再次清晰起来，包括那片开得恣意喧嚣的凌霄花。

季明明压抑着的哭声突然响起，卓清淮从回忆中抽离，发现她已经陷入了梦魇，双手抓紧胸前的被子，神情看上去十分痛苦，却又无法醒来。随着挣扎的动作，她的额头上渐渐有冷汗渗出，她一边哭一边喃喃道："妈妈……"

"明明？"卓清淮出声叫她的名字，几乎同一时刻，她的眼睛倏然睁开，即使在醉酒状态里，眼眸深处还是闪过了一抹惊悸。紧接着，她看向身边的卓清淮，脸上又多了几分不明所以的茫然。

壁灯洒下的昏黄光线中，卓清淮仿佛被覆上了一层温柔的光晕。他抚上她的发顶，轻声说道："只是个噩梦，没事了。"

季明明睁大眼睛看着他，眼中犹有被梦中场景催生出的泪水。卓清淮知道她仍不清醒，所以只说道："睡吧。"

她没有闹，也没有立即听从吩咐，而是伸手抱住了他的腰，然后才闭上了眼睛。她的呼吸很快再次平稳下来，虽然眼角还有泪痕，但眉头已经舒展开来，神情看上去安然无害，和醒着时的尖锐截然不同，就像白日里张牙舞爪的小老虎，在夜色里才肯露出爪子上柔软的肉垫来。

卓清淮看着她，无奈地笑了笑。

第三次见面，无论她是否带着满腔亟待倾诉的爱意而来，真正让他留下深刻印象的都只是她离开前看他的那一眼。

也许她自认为已经长大，可那时候她面上夹杂着愤恨的委屈、那种拼命压抑着不肯认输的倔强，都是孩子式的。唯有离开前她看向他的时候，眸底流露出的强烈的痛苦、脆弱来自一个受伤的成年人，又带着孩童的天真，让她看上去像一个易碎品，仿佛只要被人轻轻一碰，便会彻底破碎。

给她寄生日礼物的习惯结束在了那一年，他们成了真正毫无关联的陌生人。事实上，那之后繁忙的工作让他无暇他顾，那次见面也只被他当成了人生中的一段插曲，很快便不再想起。

再后来，季行知因为行程问题无法准时飞抵英国，让他帮忙安排人去一趟苏富比拍卖会："你还记得明明吗？我的那个小堂妹，她突然看中了一只手镯，我主动说要帮她去拍的，结果临时有事走不开，湘湘最近也不在英国，所以只能拜托你了。"

他当然记得季明明，并且随着这个名字被提起，她的脸清晰地浮现在了他的脑海中，并非树墙下的，也并非葬礼前的，而是那次晚宴上的。她美丽冷艳的脸和她因为支离破碎的初恋而悲恸的眼神让他记忆犹新。

季行知很快发来了手镯的信息，照片上宽大的钻石手镯华丽繁复，他觉得这种风格的首饰并不适合她，却还是拍下了同一品牌参与竞拍的所有首饰。

骆康把手镯送到他面前的时候，他端详片刻，也只不过摇头轻笑着说了一句："果然不适合她。"

这想法自突兀产生的那一刻起，便透着几分难以言说的微妙，向来敏锐的他有些意外，却又并非真的完全意外。即使他对她的种种不同如今已然有了变化，但于她于己，似乎重要，却又并不那么重要。

他骨子里的凉薄根深蒂固，不仅对他人，也同样对自己。他并未因此打乱自己的步调，甚至也并不觉得自己会因此有任何改变，就连她知晓与否，都并不在他的考虑范围内。

在他的认知里，不管海外市场如何繁盛都改变不了集团重心放在国内的既定战略。他总是要回去的，因着和季家的这一层关系，他们也总会有见面的一天。

她或许已经彻底告别了过去，或许已经发展了新的恋情，即便如此，他也并不会感到意外。但如果那时候她再次走向他，如果那时候她对他来说仍然是特别的，那么他也许会给她一个真正走近他的机会。

而她果然来了。

季明明醒过来的同时，宿醉后的头疼也随之而来，让她的感觉由迟钝变得敏锐起来。她抬手捂住额角揉了两下，紧接着便察觉到有微凉的指尖落在她捂着的地方，轻轻揉捏起来。她最后一丝睡意消失殆尽，猛地抬起头，然后便对上卓清淮乌沉沉的双眸。

她的所有防备和警觉都变成了错愕，连带着整个人的神情都生动了几分。

卓清淮眉宇间透着一丝疲惫，他只在天将亮时浅眠了片刻，在她醒来之后，便起身靠坐在了床头。见她如此，他淡淡地笑着问道："这次是真醒了？"

对于卓清淮的话，季明明一时没什么反应，她正震惊于眼下的情况——清晨醒来，她和卓清淮在一张床上，自己靠在他怀里，并且身上的衣服换成了睡袍，有些凌乱地裹在同样凌乱的被子里。

这种情景像极了高中时班上几个女同学凑在一起讨论的恶俗小说桥段。

"我喝酒了？"她拥着被子半坐起来，根据此刻的情景猜测道，然后又因自己十分沙哑的声音而再次陷入震惊中。她努力回忆昨晚发生了什么，但脑海中最后的画面是坐在木屋外时江攀说他参加过季维智的葬礼，除此之外，再无其他。

"可我完全不记得我什么时候喝了酒。"她自问自答般说着，随后眉头紧皱着看向卓清淮，目光既像是疑惑，又像是求助，"怎么回事？"

宿醉初醒，她觉得头疼欲裂，胃也烧灼得难受，散落的发丝下，巴掌大的小脸格外苍白。以前她和好友聚会时也误喝过酒，过程同样全然不记得，醒来后的症状和此时大同小异。

“没什么，只是喝醉了而已。”卓清淮说得轻描淡写，又问，“还记得什么吗？”

季明明下意识地摇了摇头，因为头晕乎乎地发疼，脸又是一白。

卓清淮没再问什么，只吩咐道：“躺下。”

季明明总觉得有一种堵在心口的沉郁，但还没有想清楚到底是什么，就依言躺了下来。不知是否作为自己乖乖听话的奖励，卓清淮的指尖再次按在了她的额角，力道适中地一下下揉捏着，然后对她说：“还早呢，继续睡吧。”

她的头疼缓解了些，心中的烦躁也暂时被压下，但还是忍不住哑着嗓子说道：“我想知道发生了什么。”

卓清淮本也没打算瞒她，看了眼腕表上的时间，见时间还充裕，于是把昨晚的事简单地说了一下。

季明明只听了几句就猛地坐了起来，掀起被子就要下床。

卓清淮将她按了回去，见她挣扎的时候睡袍的领口又散开了些，于是拉过被子把她整个人都裹了起来，语气虽温和，却带着不容置疑的意味：“老实一点儿。”

因江攀的行为而生的怒气被压制下来，季明明安静下来，已经消散的酒意仿佛重新上涌，她觉得意识再次被冲击得一片混沌，闷不吭声地低下头，半张脸几乎都埋进了被子。

卓清淮把她蒙在脸上的被子拉下来，问道：“头不疼了？”

良久，季明明才闷声说道：“疼。”

“那就先躺在这里休息，”卓清淮站起身来，一边系好领口的衣扣，一边慢条斯理地说道，“我让工作人员帮你准备醒酒汤，到时候记得喝，然后好好睡一觉——什么事都不需要急于一时，总会解决的。”

季明明的视线触及他有些发皱的衬衫，然后才落在他脸上。看着他面上隐隐的疲惫，心中升起一丝无法言说的烦躁。

她生活规律，作息正常，身体一直很好，极少有这种病恹恹的时候，再加上此刻抬眸看人时眸光有些黯淡，于是卓清淮的目光柔和了几分。他倒了杯水放在她的床头，然后低头看着她说："我还有一些工作要处理，等忙完了再来看你。"

季明明抿着唇点了点头。

目视卓清淮离开之后，季明明一个人躺在床上，虽然头依然隐隐作痛，身体也依然是困倦疲惫的，睡意却半分都无。她闭上眼睛，试图静下心来，可心底隐约的烦躁反而渐渐真切起来。

季明明起身找到手机，漫长的等待音之后，虞兮睡意浓重的声音传过来，怒气也同样明显："你最好有个合理的理由，不然我杀了你！"

"我是不是一点儿女性吸引力都没有？"

季明明言简意赅的一句话似乎直接把虞兮震醒了，电话那头的她沉默片刻，原本含混的声音变得清晰许多，问道："霸王硬上弓失败了？"

这下轮到季明明沉默了，她拿着手机躺回到床上，片刻后，冷冷地说："我挂了。"

"别，别，别，"虞兮笑起来，声音里总算流露出了一点儿知心姐姐的温柔，问她，"到底怎么了？"

"我不知道怎么喝了酒，然后什么都没有发生。"她语调平直地说完，神情却难免晦涩，但看到卓清淮放在床头柜上的水，目光又不自觉地软了一分。

"全世界都不放在眼里，偏偏每次见了卓清淮就像老鼠见了猫，遇到和他有关的事就乱了分寸，你可真有出息啊，季明明！"虞兮冷笑道，"其实这种事情，你大可不必把原因都归咎到自己头上，可能跟你有没有吸引力没有任何关系，万一是他不行呢？"

正喝水的季明明被呛得咳嗽起来。

“算了，你和卓清淮之间不管怎么样，我看都是一个愿打一个愿挨，别人也掺和不了，我也懒得管你。”许是她的咳嗽声止住后沉默的时间有些久，虞兮虽然语气里满是恨铁不成钢的意味，但到底没有再说出什么更刻薄的话来，只问道，“你说的不知道怎么喝了酒又是什么意思，为什么喝了酒你不知道？”

季明明听了虞兮的问题，继续喝水的动作顿了顿。她虽然对于昨晚的事一无所知，但因为清醒时脑海中最后的画面，所以只把矛头指向了江攀。

想到卓清淮的话，她的脸色更加阴沉，眸底闪过一抹森冷的同时，手里的杯子也砸了出去。

“江海集团目前由江攀主导的业务，重心都在东山，其他的短期投资利润有限，长期项目很少能做到短时间内资金回笼。”套房的小会议室里，卓清淮听着骆康的汇报，轻轻搅动着面前的咖啡。

等卓清淮说完之后，骆康看向其他几个高层，问道：“你们怎么看？”

几个人一大早接到骆康的通知过来开会，他们本来对议题一无所知，但听了这么久，心里都已有了想法。

“补充协议的相应条款只适用于文创产业，这个我们本来就是放弃了经营权的。我们只需要在原来的基础上追加投资，挤占份额，他们的利润空间自然也会进一步缩小，最后能把持的也只有文创产业园。”一个副总率先开口，说完之后又补充道，“当然，这也需要季氏的配合。”

卓清淮不置可否，看向坐在自己下首的人，问道：“向总有什么看法？”

被点名的人推了推眼镜，笑着说道：“江家这一辈兄弟争权，江攀把所有筹码都压在了东山项目上，他本来就骑虎难下，三方合作也只是缓解了一部分压力。现在他手里有文创产业的自主经营权，其他园区只参与投资，对我们和季氏之间的股权置换协议一无所知，所以投资越多，能被我们拿捏的也就越多。与其追加投资挤占他原有的利润空间，不如进一步扩大相关产业规模，拉长投资周期。他承担不起撤资的损失，但想继续坚持，江海集团董事会也势必有人掣肘，如此，他便进退两难了。”

骆康看向卓清淮。

卓清淮静静地喝着咖啡，对于第二种提议也并未做出评价，只是开口说话的时候，嘴角的弧度微微上扬：“他的眼光向来不错，这期间如果谈成其他大项目，资金链更加稳固也是很正常的事情。”

一片沉默中，几个人暗自交换眼神，对这句话背后的深意心知肚明，最后向总笑着说道：“那就要看看咱们这位小江总的运气怎么样了。”

卓清淮嘴角的弧度深了几分，其他几个人也笑起来，会议室里的气氛总算略微轻松了一些。

这时候，骆康衣兜里的手机振动了几声，他拿出来看了看，快步走到一旁接起来，听完几句，眉头便不由得皱起来，回到卓清淮身边，压低声音汇报道：“卓董，季小姐把小江总打了。”

卓清淮放下咖啡杯的动作顿了顿，片刻后才抬眸看向骆康。和骆康有些凝重的神色形成鲜明对比，他始终泰然自若，神情没有半分变化。

他轻轻摩挲着咖啡杯的杯耳，片刻后，才露出了一丝漫不经心的笑容，说道：“打了就打了吧。”

江攀被持续的门铃声吵醒时，刚睡了没有多久。彼时外面有隐隐的雷声响起，他甚至以为自己在做梦。因为睡前喝了很多酒，所以他半睁着眼睛去开门的时候，周身弥漫着明显的酒气，整个人还不太清醒。

他打开门之后，有一瞬间的失神。

门外站着的人穿一身黑色运动服，头发高高束起，应该是刚洗过澡，他在满屋酒气中闻到了一丝凌霄花沐浴露的香气。只是她脸上所有的乖张和娇憨，包括醉后眉目间隐约的妖娆，都已不见，似乎酒精只不过是反向封印，一旦消失，她便变回冷漠到永远拒人于千里之外的季明明了。

江攀的睡意散了几分，但看着季明明阴晴不定的脸色，还是微眯着眼睛笑着说道："酒醒了？"

他话音刚落，就被当胸一脚直接踹倒在了地上。为季明明带路的服务生忍不住惊呼一声，季明明当着他的面走进房间，直接关上了房门。

江攀捂着胸口躺在地上笑了两声，但脸上的笑容随即因为胸口传来的钝痛而扭曲起来。他咳嗽着站了起来，看着季明明继续说道："瞧我们小明明气得这么厉害，连我都以为昨晚我真把你怎么样了……"

他说出最后一个字的时候，脸被季明明一拳打得偏了过去，人也向后趔趄了两步，紧接着下颌又挨了一拳。

季明明的攻击直接又狠厉，江攀最起码的防身技能还是学过的，但他始终未躲避，于是脸上很快便挂了彩。就在他摇晃着要朝季明明的方向倒下去之时，季明明绷直的腿已经高高抬起，下一秒便精准地踢在了他的锁骨上。

江攀仰摔在地上，一张俊美的脸已经泛起了青紫。他抬手擦了擦嘴角渗出的血沫，又笑了一声，苦中作乐地想：原来第一次见面时季明明打他的那一拳已经算是手下留情了。

季明明苍白的脸上多了几分血色，但这并没有让她看起来脸色更好一些。

她冷冷地看着江攀，问道："昨天的酒是你做了手脚吗？"

江攀揉着有些肿的下颌，勉强坐起来，但只是简单的动作就让身上的疼痛更加清晰了。

他干脆放弃起身，直接靠到了一旁的沙发边，然后才抬头看向站在原地的季明明，似笑非笑地说："我说不是，你信吗？"

说话时又牵动了他的面部肌肉，他疼得倒吸一口凉气，然后朝旁边的茶几伸出手，在或立或倒的酒瓶中间拿过一盒烟，倒出一支，又随手把烟盒扔到了一边。把烟点燃之前，他看向季明明，露出一丝不甚在意的笑容。

季明明没再动手，也没继续问什么，只冷冷地看着他说："如果你无论说什么都不被相信，那问题在你，而不是在我。"

江攀表情未变，眼神却闪了闪。他还记得第一次见季明明的那天，他鼓动她去找卓清淮换球杆，她其实根本不理解原因，但还是去了，即使直到她开口提出换球杆的要求时，表情始终有一丝不自然。她看似不好接触，实际上却格外好说话，他跟着她回住处，指挥着她家的阿姨，看她的书，她最多给他一个不耐烦的眼神，却没有对此说什么。

他一直知道，季明明这个人从来都是简单的，甚至是易取信的，可她也有严格划定的界限，过去的他或许并不在界内，如今的他已经毋庸置疑地身处界外，并且再也进不去了。

江攀看着季明明，因着脸上青紫的痕迹，嘴角漾起的笑意显得越发轻薄："怎么就成了我一个人的问题？我倒也想做柳下惠，可你喝醉了一直抱着我不松手，我的身体可没有任何问题，忍不住对你有点儿想法再正常不过了，不是吗？"

季明明的目光扫向他，锐利又冷冽，微哑的声音里也没有任何温度："人和畜生是有区别的。"

这种平铺直叙的语气，比她以往的冷嘲热讽听上去更让人难以忍受。

江攀却只回她一抹浑不在意的笑容，颇有些感慨地说道："只要能活得开心，做人还是畜生，我无所谓啊。"

他也是刚刚才发现，原来在这个世界上再没有比直接承认自己是个无耻的浑蛋更让人轻松的事情了。

见季明明一言不发地朝门外走去，他扔下烟，揉着发痛的脸颊说道："如果我没猜错，卓清淮没碰你吧？我当然是畜生，那在你的眼里，他又是什么？坐怀不乱的神仙？"他有些讽刺地嗤笑了一声，看好戏一样地问她，"卓清淮对你来说可能千好万好，但你想过你在卓清淮的眼里算什么吗？他就像养了一只宠物，偶尔教导一下你，只要你听话，大可以逗一逗、宠一宠，可他的真心到底会不会给你，他自己知道，经过这一晚，你应该也知道了。"

他承认季明明对于自己来说是不同的，这种不同有别于沈婕，不算刻骨，却又让他越来越如鲠在喉。因为说到底，他最初为之侧目并且不知什么时候开始起了贪恋之心的，只是季明明给予卓清淮的那份特别。

时间久了，微妙的情绪渐渐地成了无法忽视的不甘心和自己未尝不能取而代之的念想。

卓清淮对季明明的确也是有些特别的，但如果季明明肯心里、眼里只有他江攀一个人，那么他也愿意投桃报李，给予她同等的、远超过卓清淮可以付出的感情。

"你觉得他特别，无非是因为你们认识得早了一点儿。也许他见到一个经历有点儿复杂、心情也不太好的小女孩儿时，会随口说几句安慰的话，但这对他来说根本就是微不足道的小事。哪怕他从今天开始针对江海集团，你以为是为了你？他只不过是不能容忍有人想动他的所有物罢了。明明，你错就错在太认真，而且一点儿都不了解男人。”

卓清淮到底有什么好呢？

江攀在等季明明的反应，他自觉心态很是平稳，但呼吸不自觉地轻了许多。

季明明回头看了他一眼，原本无甚表情的脸上多了几分阴沉。她其实很想问江攀，难道他以为男人是多么了不起的物种，很值得她去了解吗？在她心里，任何一个宽泛的定义或概念都不能用来限定卓清淮，江攀根本不明白卓清淮之于她的意义，她对卓清淮的感情，他们两人之间的羁绊，也并不是他三言两语可以评价、指摘甚至挑拨的。

但话到了嘴边，她又突然没有了开口的兴趣。

事已至此，她并不打算再在江攀面前浪费任何口舌了。

季明明径直打开房门走了出去。

房门敞开，空气里隐隐浮动着的凌霄花的香味也消失了，快得就像一场梦。

看着空荡荡的房间，江攀深吸一口气，神情里的变化微不可见。沉默许久，他随手从茶几上拿过半瓶酒，仰头灌了几口。嘴角破了的地方被酒精一激，火辣辣地疼。他发出一声意味不明的冷笑，猛地把手里的酒瓶砸了出去。

季明明从江攀的房间出来，有些意外地发现骆康正等在走廊里。即使身处度假山庄，骆康看上去也和在公司时没什么不同，衬衫、领带、西裤、皮鞋，穿戴得格外整齐，似乎习惯了等待，即使在空无一人的走廊里，他的背脊依旧挺得笔直，只是脸上带着些疲惫。

端详着季明明难看的脸色，骆康第一时间问道：“没事吧？”

季明明摇了摇头。两人并肩向前走去的时候，她才意识到，既然骆康出现在这里，显然卓清淮已经知道了刚刚的事。于是她顾不上心中微妙的烦扰，有些迟疑地问骆康：“他没生气吧？”

骆康答得十分谨慎：“好像没有。”

季明明默默地思量起这四个字。

进电梯后，骆康注意到她微皱的眉头和苍白的脸色，问道：“吃过早饭了吗？吃些清淡的东西，胃应该会舒服一些。”

“我知道了，谢谢。”季明明回过神来，看着他说。

骆康笑了笑，依旧是平日里温厚腼腆的样子。他想再说些什么，又听到季明明问：“卓清淮在房间里吗？”

“嗯，会已经开完了，卓董现在正在房间里休息。”骆康点了点头说，“外面已经开始下雨了，今天大概不会有其他安排。”

“会议内容是关于什么的？”

骆康看上去有些为难，想了想，无奈地说：“我还没来得及问你在不在这次会议的保密范围里，或许你可以直接问卓董。”

季明明听他这么说，也就没有追问下去。

电梯门刚一打开，两人就看到了站在外面的何瑗。

何瑗有些意外，随即笑道：“你们的电话没人接，去敲房门人也都不在，现在倒是得来全不费功夫——大家都闲不住，已经去体育馆那边组织比赛了，我负责来请你们。”

骆康拿出手机看了看，这才发现不知什么时候手机已经没电自动关机了，于是有些抱歉地朝何瑗笑了笑。

季明明知道何瑗来找的人里应该不包括自己，即使包括，她也不会去，所以礼貌地对何瑗说：“谢谢，不过我还有事，不参加了。”说完，她越过两人向前走去。

卓清淮的房门微敞着，季明明象征性地敲了敲，然后直接推开门走了进去。

客厅空着，卧室里也没有人，她又去会议室找了一圈，最后在里面的书房里找到了卓清淮。

外面的雨已经下得细密起来了，不过隔了一层窗户，打在玻璃上的声音听上去便显得沉闷了些。

卓清淮坐在书桌后的椅子里看文件，他旁边的落地窗外，仿佛是被雨幕覆盖着的另一个世界，又在阵阵雨声中被凸显得格外宁静。

卓清淮闻声看过来，见到她之后，脸上没有任何意外之色。

迎着他平和的目光，季明明却无端有些紧张，她抿了抿唇，做好了思想准备等他问江攀的事，他放下文件，不紧不慢地问出口的却是：“醒酒汤喝了吗？”

第七章

当我靠近你

淅淅沥沥的雨声中，卓清淮的声音听起来似乎格外温润，但季明明的表情并没有因此更轻松。她走近了，有些干巴巴地说道："没来得及。"

卓清淮看了她一眼，对于她的回答没有什么表示，更是半句也没提她跟人动手的事。季明明无从解释也无从争辩，所有的情绪无论好坏，都不上不下地堵在心口，最后她才绷着脸说了一句："我现在去喝。"

她声音微哑，语气也不是很好，而且虽然这么说了，脚步却并未随之挪动。

卓清淮笑了笑，没和她计较，边抬手揉着额角边说："打电话让人把醒酒汤和早饭一起送过来吧。"

季明明用桌上的座机打完电话后，看到卓清淮面色中透出的疲惫，便走过去，学着他早上的手法帮他按捏额角。

她的动作有些生疏，力道忽轻忽重，卓清淮看了一眼她认真到有些严肃的神情，什么都没有说。随着她的手法渐渐熟练，他缓缓地闭上了眼睛。

偶尔响起的雷声依旧沉闷，雨势也更加急促起来，被海风裹挟着拍打在窗上，噼啪作响。

季明明看着卓清淮，他此刻闭着眼睛，微皱的眉心已经渐渐舒展开来，安恬的神情使得他如玉的面庞越发俊美。

两人都没有说话，于是一片白噪音下的小书房愈显静谧，静得季明明像是能听见自己渐渐紊乱的呼吸声。

用目光描画着卓清淮好看的唇形，季明明想到虞兮故意的奚落和江攀刻意的挑拨，本以为会继续发酵的不甘，此时却被擂鼓般的心跳全面压制了。

卓清淮近在咫尺，因此任何繁杂的想法都无法影响她、左右她。她醒来后心底那一分不知如何宣之于口的不满，同样在她对他的渴望中消失殆尽。

她迫切地想要更靠近他。

季明明屏住呼吸，低下头去，慢慢地贴上了卓清淮的双唇。

卓清淮没有任何反应，或许并非全然没有，但她清明的思绪早已随着自己的动作一片混沌，此时此刻只能感受到他唇瓣的柔软温热，除此之外，再无其他。

她的动作虽然没有得到回应，但也同样没有被阻止，没有被拒绝。于是，季明明原本僵硬的动作也在不知不觉间大胆了许多。她的手搭在卓清淮的肩上，整个身子俯下去，沾了他温度的双唇微微颤抖，却紧贴他的薄唇生涩地厮磨着。

交织在一起的呼吸不知何时变得紊乱起来，季明明看着卓清淮仿佛未被影响毫分的模样，发现自己远比想象中的更贪心。她有些烦躁地皱了皱眉，像一只渴望新鲜血液的吸血鬼，轻咬了一下卓清淮的下唇，正要用力，就听到了卓清淮的笑声。

她呼吸一滞，下一秒，对上了卓清淮幽暗深邃的目光。

卓清淮靠在椅背上，仰头看着季明明，神情慵懒，抵着她的唇轻轻开口时，面上犹带笑意，语气却更像是在哄一个闹脾气的孩子："要我教你吗？"

他的呼吸温热，笑意温和，季明明则因他说话时薄唇擦过自己的嘴角而再次失神。她不止一次为他的游刃有余而心动，此刻却又不服气，为什么他明明处于被动的位置，却仍像是将所有主动权都掌握在了手中一样。

看着卓清淮含笑的眼眸，她赌气般再次吻了上去，执拗、混乱，毫无章法。但她的双唇也带着和她外表不符的温软热切和独属于季明明的赤诚与执着。

卓清淮眸色渐沉，没有再任她胡闹太久，一只手揽住她的腰，另一只手压在她背后，动作缓慢又不容抗拒，直到她一点点紧贴到他的怀里，就像收服一只任性妄为的小兽。

直至两人中间不再有任何空隙，季明明才终于回过神，觉得自己的身体也开始颤抖。她试图克制，却毫无用处，同时也发现自己的感知从未如此刻这般敏锐——卓清淮掌心的温度似乎透过衣服薄薄的布料，要一直渗进她的皮肤里。压在背后的那只手缓缓向上，不紧不慢地抚过她的后颈，最后，他的手指插入她的发间。

接下来，季明明才见识到卓清淮真正掌握主动权的时候是什么样子。

她感觉到自己再次被压向面前的人，而后，先前的焦躁不安，以及紧张催生出的慌乱烦闷，所有的一切都被吻封缄。

温柔细腻的吻让季明明的思绪更加混沌，她不自觉地闭上眼睛，心跳更是急促起来，在某一次唇瓣上麻痒的触感越发明晰的时候，忍不住闷哼出声，于是她的呼吸被更强势地掠夺。

卓清淮攻城略地，直接又彻底。

她不自觉地动了动，原本那只插入她发间的手却断掉了她所有的后路，他将她更用力地压进怀里，像是要吞噬她所有的神志，像是要将她整个人吞吃入腹。

全然陌生的感觉让季明明贪恋又无措，她觉得自己像沙滩上搁浅的鱼，终于凭借席卷而来的浪花得以喘息，却又食髓知味，渴望更多。她陷落在他怀里，同样紧紧地拥着他，下意识地回应，学着他的样子，攀附他，探索他，也主宰他。

卓清淮觉得他大概面对着这个世界上最优秀的学生。她从他身上汲取能量，再将一切奉献于他，身心都任他予取予求。他拥有她所有的独特，于是再清明的头脑也不免沉沦。但此刻的欢愉只是附加，一个人意识到另一个人与众不同时，便应该明白，自己给予对方的每一分特殊对待才意味着灵魂的最终交付。

胸腔间的空气越发稀薄，季明明原本勾在卓清淮颈间的手捧住他的脸，在指尖擦到他鬓边渗出的细汗时，有些昏昏沉沉地想：哦，原来他也是热的。

漫天大雨，不知来处。两个人在缠绵的雨声中接吻，时间也似乎变得格外悠长缱绻。

季明明感觉得到卓清淮身体的变化，于是这个吻结束时，她看着他，原本泛着水泽的迷离的眼睛中除了难得的羞涩拘谨，还有一丝得逞般的快意。她把脸埋进他颈间，等呼吸均匀了些，又忍不住去吻他的下颌。

卓清淮无奈地轻笑，闭着眼睛警告道："老实一点儿。"

同样的话早起的时候他也说过，但情境又完全不同。此刻他原本清冷的声音听上去低沉许多，因为染了情欲，所以格外喑哑。

季明明无声地笑，虽然她的脸也灼烫得厉害。

这个吻缓解了她心中的一些迫切渴望，也使得她对卓清淮的渴望变得更多——她一天比一天更靠近他，接受他的提点和劝慰、教导和开解，但几乎没有感知过他的排斥和拒绝，包括刚才。

季明明想，如果自己想要的越来越多，那么这种肆无忌惮也没有理由被责怪。因为在某种程度上，他一直在纵容着她的无理取闹。

“卓清淮。”季明明轻声喊他的名字。

“嗯？”

她的头仍埋在他的颈间没有抬起来，又叫了一声：“卓清淮。”

卓清淮睁开眼睛偏过头去看她。

“乔薇的日记里写过，我的名字是季维智取的——‘十四十五，明明已露。更问如何，西三此土。’但我从小就讨厌我的名字，觉得它特别普通，特别敷衍。后来看了乔薇的日记，知道了出处，还是不喜欢，觉得季维智太虚伪，他根本不喜欢我，却拿我的名字卖弄他那些生僻的学问。”

在卓清淮面前，季明明心情好的时候格外有倾诉欲。她抱着他，说话的声音始终很轻：“第一次见面的时候，我都不知道你的名字，后来第二次见面，也是看了名片才知道的。但你一直没有问我的名字，虽然就算你当时问了，我也不会告诉你。”

卓清淮想起当年那个沉默又尖锐的小姑娘，摩挲着她的发丝，淡淡地说道：“名字作为一个符号，大多数时候是别人在用。所以一个人的名字好不好听，应该多听听别人的意见。”

季明明的唇感知着他颈间脉搏的跳动，声音有些晦涩地问：“那‘季明明’这个名字好听吗？”

“好听。”

她不再说话，只默默地将他抱得更紧了。

卓清淮抱着季明明，静静地听着窗外的雨声。

他比谁都清楚，她虽然已经长大了，但童年所受的伤害、情感上的缺失，需要更炽烈的爱以及永恒的温柔和包容来治愈。

只可惜她在情窦初开的时候爱上的是他。

他聪明且冷静，即使是心动的时候也仍然保持着理智。他了解她甚于她自己，在这段关系里拥有绝对的掌控权，又在一开始就把主动权都交到了她手上——在她一无所知的情况下。她爱上别人的权利和自由，也彻底失去在她走向他的那一天。

这是他的温柔，也是他的残忍。

卓清淮偏过头，在雨声中轻吻季明明的额头。

醒酒汤和早餐被一起送了过来，季明明坐在餐桌前，喝了半碗醒酒汤，烧灼的胃终于舒服了些。

雨小了很多，窗外雾蒙蒙的水汽也有渐散的趋势。

季明明看着对面的卓清淮，思量她与他之间的距离。不过她虽然看似冷静，实际上却根本无法专注地思考，注意力一直被他的薄唇吸引，脑子里不时闪现出刚刚两个人接吻的亲密画面。

意识到卓清淮也看向自己，季明明迅速移开视线。

卓清淮什么都没有说，但季明明毫不怀疑他一眼便能看穿自己极力掩饰的拘谨。不过正是得益于这种来自他的无声安抚，她心中莫名其妙的紧张感总算压下去许多，可以状似无意地开启一个话题，转移自己的注意力。

“下个月月底楚氏金融有一个私人性质的晚宴，你去吗？”

楚氏金融在海城有些名气，但还远远不到能和卓越集团打交道的级别，仅和集团控股的两家子公司有些合作。而卓清淮对于这家公司并不陌生的原因在于季明明似乎一直对它格外关注，她带虞兮出席的晚宴和酒会，除了生意，便和楚氏相关。

卓清淮并未回答自己是否出席，只说道：“虽然楚氏金融体量不大，但虞兮那个小公司也要花很大的力气才能撼动。”

季明明对于他的敏锐心知肚明，报了这几年虞兮的公司利润上涨的数字，说道：“她一个人撑着这家公司，做到这一步已经很厉害了。但她只接受介绍订单，其他的不许我插手，不然……”

她没说下去。

卓清淮微微颔首，说道："成绩确实不错，但远远不够。对方能被收购的散股有限，只要公司能稳定发展，其他股东不可能出售股权，除非面对无法抗拒的条件。你这么重视虞兮，就算她不让你插手，你应该也做了其他的事吧？"

季明明搅动着碗里的清粥，闻言没有抬头，嘴角却有上扬的趋势。她很开心卓清淮这样了解自己，即使她早就知道这个事实了。

"股东那边虞兮有自己的安排。"季明明看向卓清淮，"大学毕业那年，我用其他人的名义成立了一家信托公司。如今，那家公司已经是楚氏金融固定的合作伙伴了。"

卓清淮轻声笑起来，说道："很好。"

知道他从不吝于夸奖自己，但季明明听了这两个字，脸还是隐隐发烫。

这时候，门铃声突然响起。恬淡美好的氛围被打破，季明明把原本想说的话咽了回去，又因为有人在卓清淮的休息时间过来打扰而不悦。

卓清淮起身离开餐厅前，见她放下了手中的汤匙，叮嘱道："再吃一点儿。"

季明明仍皱着眉，但还是听了话。她继续留在餐厅里默默地喝粥，直到她听见了来人的声音。

一身亮黄色吊带连衣裙的吴沛妤站在门外，笑眯眯地朝卓清淮挥了挥手，打招呼道："卓董好！我可以进去吗？"说完，她又因为这个称呼吐了吐舌头，笑着说道，"现在不是在公司，同事们也不在，我可不可以叫你清淮哥哥啊？"

卓清淮神情温和，看不出是否意外，侧过身子示意她进来。吴沛妤先朝里面看了看，然后才一边进门一边语气轻快地说道："我刚才去找明明姐姐，她不在房间里，我还以为她在这边。不过今天的活动估计明明姐姐不会有兴趣，找到她也是吃闭门羹。”

卓清淮亲自倒了杯水，放到她面前的茶几上。

吴沛妤打住原本要说的话，把手里的手机放下，拿过那杯水，仰起头看着他甜甜地笑道：“谢谢清淮哥哥，我正好渴了。”

虽然外面的雨停了，但密布的阴云还未散开，客厅里没有开灯，光线并不算明亮。

吴沛妤这时候才注意到卓清淮面色中的一丝疲惫，笑容顿时垮了一半，嘟囔着抱怨道：“听说今天一大早就在开会了……怎么出来玩也不好好休息？”

“工作总是要处理的。”卓清淮笑了笑，并未多谈，在一侧的单人沙发上坐下来，问道，“今天你们安排了什么活动？”

吴沛妤把水杯握在手里，神情怏怏地说道：“大家在体育馆组织了篮球比赛，不是什么大事……我现在有点儿后悔过来打扰你休息了。”

“我今天确实有别的安排，”卓清淮说道，“不过篮球比赛的话，你们或许可以去请一下向总——他虽然不喜欢运动，但裁判水平可是专业级的。”

“好。”吴沛妤十分乖巧地笑着应了，但也并没有就此离开。她把那杯水拿在手里慢慢喝着，偶尔看卓清淮一眼，直到想到了合适的话题才开口问道，“清淮哥哥，如果我实习成绩过关，毕业后可以正式到卓越工作吗？”不等卓清淮回答，她又赶忙摆摆手补充道，“这么问不是要走后门的意思，我可以按流程投简历的！我只是……想在你身边工作，就像明明姐姐那样，被你亲自指点，就算是批评也好。”

她语气有些低落，但面上有毫不掩饰的羡慕。

“有目标是好事。”卓清淮闻言笑起来，“不过卓越集团员工的招聘条件里，能力、学历各方面缺一不可，明明能空降高管，最重要的原因之一是她的成绩单非常漂亮。”

“我知道我没有明明姐姐那么优秀，但我可以在普通岗位从零学起，只要努力，就算三年五年不行，十年八年总可以吧？”吴沛妤只颓丧了一瞬，很快便雨过天晴般又是一副信心满满的样子了，她娇俏地说道，“我可是动力十足的。”

她的笑容看起来阳光可爱，和外面阴雨蒙蒙的天气形成了鲜明的对比。

卓清淮单手支颐，另一只手随意地搭在膝头，在想餐厅里的人是否就要坐不住了。

暗淡的光线中，嘴角隐约的笑意使得卓清淮整个人看上去更加俊美无俦，吴沛妤只这么看着他，脸就有些发烫。她动了动唇，正要说什么，但下一秒，突然出现的身影打消了她所有的表达欲。

看着脸色不善的季明明从隔壁走出来，杯子里的水险些被吴沛妤弄洒，她从短暂的错愕中回过神来，放下杯子的同时长出了一口气，脱口而出道：“吓死我了……明明姐姐，原来你也在啊。”话一出口，她又连忙改口，“哦对不起，是季助理！”

她看起来对自己的口误懊恼更多些，不过面上的那一丝尴尬也很快化为了友好坦然的笑容。

季明明的脸色因此被凸显得越发冰冷阴晦，她沉默地经过两个人身边，直接开门走了出去。像是要进一步表明自己的态度，她从外面甩上门的力道并不算很有礼貌，房门关上的时候，只听得“砰”一声响。

卓清淮坐在原处，拳头抵唇轻咳两声，掩下了笑意。

吴沛妤心有余悸地轻拍了两下自己的胸口，然后朝卓清淮求助道：“我刚刚没说错什么话吧？”

“没有。”卓清淮放下手，唇边的笑意不减，反而愈深，“你应该知道自己很聪明，从来没说错过什么。”

吴沛妤有些意外，受宠若惊般睁大眼睛看着他：“真的吗？”

卓清淮点了点头，笑着说道：“不过想做成一件事，只凭小聪明是完全不够的，还要靠天时、地利、人和。你的运气已经非常不错了，但是想要平衡好这三个要素不容易，因为意外随时会发生，没人能预料。不过，有时候一点小意外就足以改变整个结果了。”

吴沛妤似懂非懂地看着卓清淮，等他说完之后，蹙着眉说道：“好复杂，听起来又不像是在夸我了。”她察觉到卓清淮的目光落在自己脸上，似乎有着重量，带着让人无法忽视的威压。她呼吸都有些小心翼翼起来，茫然地问，“清淮哥哥，发生什么事了吗？我是不是做错了什么事？”

过于大胆是年轻人的通病，尤其在他们以为自己可以骗过全世界的时候。

卓清淮微哂，语气淡淡地说道：“摄像头的数量确实有待增加，但一晚上的时间太长了，足够把每个服务生甚至每个客人从头到尾都筛查一遍。剩下的，应该不需要我继续说下去了吧？”

他的态度和语气太过笃定，连半分质问的意思都没有。可吴沛妤想，他其实并不知道，他甚至不需要给她一个冰冷的眼神，只是无比自然地把两个人分在了对立的两面，就足够压垮她了。

吴沛妤的心彻底沉入谷底，面上的难过反而压过了仓皇，她泫然欲泣地看着卓清淮，察觉到他的目光没有任何波动之后，眼泪也就真的掉了下来。

泪珠一滴滴打在亮黄色的裙子上，吴沛妤哭着说道：“对不起，清淮哥哥……我昨天喝多了，看到明明姐姐一直跟着你，又羡慕又嫉妒。但我也没想做什么，只是想让她喝醉了出点儿丑，我知道我不应该搞这种恶作剧……”

“临时起意大概是真的，我查到的细节还有服务生交代出的话可以证明你从决定到下手确实很仓促。如果你有足够的时间来计划安排，大概不会是昨晚那种情形。但不知道是不是也正因为这样，你似乎没有考虑过你可能要承担什么后果。”面对她的眼泪，卓清淮嘴角的笑意越发淡漠，“有时候，嫉妒也是需要资格的。”

“她又有什么资格呢？就因为她姓季吗？”一切都被挑破后，吴沛妤甚至不愿意再喊季明明的名字。委屈和不甘一并摆在了脸上，她的眼泪反而不再掉了，她抑制着哽咽说道，“你明知道我从第一次见你就喜欢你了！认识你以后，我的眼里就只有你一个人，我从国外追回国内，从不在乎别人怎么看我！你对我也很温柔，不是吗？季明明除了家世还有什么好？她莫名其妙就出现了，永远是一副高高在上的样子，表面上在意你，私底下又和江攀暧昧不清！她难道比我有资格吗？”吴沛妤说完，拿过一旁的手机手忙脚乱地翻找片刻，把里面的东西直接发给了卓清淮，她擦去眼角的泪痕，呜咽一声，说，“我当时就想告诉你的，又不想让你觉得我在挑拨你们的关系……”

口袋里的手机振动了两下，卓清淮拿出手机，弹出的对话框里躺着两张照片。他漫不经心地点开，缩略图被放大，清晰地呈现在屏幕上——江攀自身后揽着季明明的腰，季明明的手搭在他的手臂上，正回头看他。两人视线交织，姿态亲密。

两张照片的背景模糊，角度相近，没有拍到季明明的表情，但在抓拍的那个瞬间，精准地捕捉到了江攀神情里的柔软。

吴沛妤的抽泣打破了短暂的沉默，她的声音软了几分，解释道：“昨晚一开始她并没有喝醉，那时候她一直和江攀在一起，但我真没想到江攀会直接带她走！清淮哥哥，我知道我做得过分了，但我只是气不过……你不要生我的气了，好不好？”

吴沛妤强忍着不让眼泪掉下，委屈和懊悔里透着一种不知世情的天真，就像一个孩子因为贪玩不小心打碎了一个花瓶，谁见了能说她错了呢？

卓清淮放下手机，抬眸看着她，轻笑了一声，说道："照片拍得不错，但配合犯错后的忏悔，总会显得不那么……"

他向来不喜欢给别人难堪，说话总留三分情面，所以点到即止，没有再说下去。

吴沛妤一颗心本就七上八下，此刻把他的话听在耳中，并不需要揣测后半句没说出口的内容，让她的脸色便又苍白了几分。

的确如卓清淮所说，从昨晚到现在，她始终有些后悔。因为这件事计划得实在不够谨慎周密。可吃晚餐时两人眼神间若有似无的纠缠看得清清楚楚，进而想起了大巴上的情景：季明明依仗家世，在所有人面前都高高在上，即使在面对卓清淮时她也冷着一张脸。

在吴沛妤看来，世界上的女人都爱卓清淮也不是什么奇怪的事情，但最初察觉到卓清淮对季明明有些不同时，她便开始坐立难安。

进入卓越集团后的日子本来称得上风平浪静，结果团建的第一天，一幕幕画面就开始刺激她脆弱的神经。

季明明对卓清淮公然表现出的每一分依赖都让她愤愤不平，而卓清淮只要给予季明明哪怕一点点的纵容，就足以让她心底的嫉妒像迎风而起的野火，铺天盖地，焚尽仅存的理智。

她面对卓清淮的时候，即使再自然地撒娇卖乖，心里都是紧张甚至胆怯的，季明明却永远是一副理所应当的模样，仿佛她生来就应该站在卓清淮身边，和他在一起。

昨晚的一切开始得突然又顺利——她注意到季明明只喝可乐后，突如其来的想法就在脑海中植根了。

季明明背景厉害，可为人有一种显而易见的愚蠢，又因为自视甚高，所以人人敬而远之。似乎天也助她，那么巧，唯一让她爱慕又忌惮的卓清淮也在接电话后离开了，原本一点儿微末的念头开始反过来推动着备受煎熬的她，让她觉得自己务必将它落到实处。

她想的当然不只是让季明明出丑那么简单。

海滩上，见色起意的醉鬼从来不算罕见，即使季明明运气好，也有她买通的服务生等着“捡尸”。

季明明既然敢来抢夺别人的心中至宝，那么被打碎所有的尊严和傲骨，彻底沉落泥沙，也怪不得别人。可突然出现的江攀打乱了一切，接下来事情的走向超出了她的控制能力。她本以为江攀会促成那个她原本想要的结果，也许正如卓清淮所能控制的范围所说，天时、地利、人和都不在她这边——季明明的运气实在太好了。

她无论如何也不能甘心。

卓清淮对季明明的那点儿纵容，她最终选择将其归因于季家。

季家作为老牌地产龙头，即便是卓清淮也要给几分薄面的。她是这样认为的。

人人皆道卓清淮多情，谁又真正见过他深情款款的样子呢？

这之外的那个可能，她不想面对，更不能承受。与其说这是她认为的事实，倒不如说……她需要这是事实。

可是没有给她任何时间和机会扫除痕迹的人是卓清淮，为了季明明质问她的人是卓清淮，看似给她留了几分体面却又如此直接地在两人之间划开楚河汉界的也是卓清淮。

她找不到什么理由来继续说服甚至是蒙蔽自己，可即便卓清淮没有那么在乎季明明，眼下他似乎也并不打算听她再说什么了。

吴沛妤看着卓清淮，泪水含在眼眶里，她强忍着不让它们掉下来，颤声说道：“清淮哥哥，你记不记得我们在英国第一次见面的时候？那天我跟朋友去酒吧玩，遇到一些麻烦。家里联系不上我，姑姑辗转求到你帮忙。那天我们被你的人带出酒吧的时候，外面在下雪，你坐在路边的车里，温柔地笑着对我说‘下次别太贪玩，免得让家人担心。’”

那年她十八岁，在大雪纷飞的伦敦街头见到卓清淮。像是要覆盖全世界的白雪，黑色的汽车，车里俊美温柔宛若神祇的男人，都让她难忘。像是落难公主遇到了拯救她的王子，她始终认为这是一场宿命般的相逢。

了解他的背景后她才意识到他是卓清淮，他坐拥卓越集团这无比庞大的商业帝国，想要的一切都唾手可得，她又凭什么进入他的视线呢？

她靠姑姑的关系得到了他的联系方式，上门道谢时，他依然儒雅、随和，可那完全是长辈式的礼貌疏离，他分明就在眼前，她却觉得他好似远在天边。

那时候的他无比忙碌，她也不敢打扰，后来他的工作重心转移回国内，她便找了借口回国来读书。她不知道他喜欢什么类型的女人，两人之间年龄和阅历的差距也显而易见，于是她发挥自己最大的优势，着重表现自己天真可爱的一面，只希望以安全无害的形象慢慢融入他的生活。

可迄今为止，除了一次长辈聚会时的碰面，她唯一一次敢越过他的助理直接联系他并成功请他吃饭，还是因为姑姑重病，她求他帮忙联系到一个法国专家。

然后呢？然后她所有的小心翼翼都因为季明明的出现被打乱了。她原本不打算贸然进入卓越集团，更没想过要对卓清淮身边的人下手，可从季明明出现在卓清淮身边的那一刻起，从窥见那两个人之间诡秘和谐并且排他性极强的气氛起，就什么都乱了。

她还未开始，便已注定会折戟。

"从那天开始，我就一直喜欢你。"吴沛妤努力笑着，但还是抑制不住泪眼中流露出的哀戚，"季明明什么都有，所以什么都不放在眼里，我和她不一样！我心里只有你一个人！我只是年纪太小了……但我比季明明更聪明、更成熟！你再给我一点儿时间好不好？只要你再给我一点儿时间，我有信心成为你最喜欢的样子！你对我有很着重要的意义，清淮哥哥，我没有办法想象你和别人在一起……”

她的告白更像是祈求，祈求他的垂怜，也祈求他的宽宥。

卓清淮静静地坐着，神情不起半分波澜，许久才开口说道：“既然你自认为比季明明更聪明、更成熟，就早该明白，单方面的喜欢只是自我感动。”

季明明甩门离开，回到自己的房间时，仍然气恼不已。因为书房里的亲热，她意识到两人的关系发展到了新的阶段。她还未完全消化这个事实，也来不及喜悦，因为她发现她对卓清淮的占有欲又上了新的台阶。

她坐在餐厅里听着外面两个人的对话，吴沛妤的态度她不意外，卓清淮的回应也只是出于他一直以来的礼貌和修养，但她已经不能容忍他对任何人笑了。

她一个人在房间里生了会儿闷气，身体的疲惫让她不知不觉睡着了。突然被电话吵醒的时候，她有些茫然，看着外面阴沉的天色，一时不知过了多久。

电话那头的虞兮听出她声音里的睡意，嫌弃地催促道：“怎么还在睡？醒醒，我就快到了。”

“你来干什么？”季明明下意识地问道。

“难得休息，当然要来看望一下我们感情受挫的小明明。”虞兮丝毫不掩饰自己笑声中的幸灾乐祸，“这种风雨无阻的精神多么可贵，不感动吗？”

“卓清淮下个月月底会出席楚氏金融的晚宴。”季明明冷冷地说道，“如果你求我，我可能会给你一个机会，带你一起去庆祝你妈妈和她的出轨对象的结婚纪念日。”

虞兮笑得更厉害了，驾轻就熟地回击季明明的刻薄：“行啊，求人我擅长。有个妈能见一面，总好过父母都死了，想见也见不着，你说是不是？”

若在平时，季明明会继续回击，但她今天没什么心情，直接挂了电话。

外面的雨不知什么时候停了，乌云一直不曾散去，天始终灰蒙蒙的。她以为自己睡了很久，其实连正午都还未到。看了看时间，还来得及，她又去洗了个澡，换了条裙子，然后才下楼去接虞兮。

也许是因为天气不好，大堂里没什么人，季明明下楼后，本想找个角落坐下，但不久后就看到了沈婕。

她的助理们走在前面，后面几个服务生推着行李车出来，每辆上面都有两个大箱子。穿一条灰墨色印花长裙的沈婕走在后面，墨镜挡住了大半张脸，看不见她的眼神。一行人穿过酒店大堂，随后助理指挥着服务生，小心翼翼地分别将箱子抬到门外停着的几辆车上。

季明明记得她说要在这里准备下周的发布会，为此几乎把整个工作室都搬了过来。

助理上车前正要和沈婕说些什么，注意到走过来的季明明，视线略一停顿，沈婕已经第一时间回过了头。见到季明明，她摘下墨镜，只笑着说了一句：“地下停车场临时施工，这样遇到只能说是咱们两个之间的缘分了。”

她妆容格外精致，神情也看不出异样，但季明明总觉得她看上去和往常有些不同。

季明明为人敏感，涉及感情时却多少有些鲁钝，一直不懂沈婕和江攀之间的关系，对于沈婕的突然离开，她同样一知半解，有些明白，又有些不明白。昨晚的事，她自然觉得全是江攀的错，但是此时面对沈婕，又莫名其妙地有些不自在。

第一辆车已经开走了，沈婕示意助理上后面的车，吩咐道：“你们先过去吧，我晚一点儿自己开车回去。”

后面的车也沿着行车坡道开走了，酒店门口空下来，沈婕对季明明笑着说道：“里面太闷，不想进去了。在外面聊聊吧，雨刚停，空气很新鲜。”

季明明难得地没有冷言冷语，沉默着点了点头，安静地跟在她身后。

酒店门外，两侧的行车坡道环抱着中间宽阔的平台。向前走出去，是已被雨水冲刷得干干净净的台阶。数级台阶下，宽阔的广场正中，昼夜不歇的喷泉因为先前的大雨已经停了。远处的路边是葱郁繁茂的行道树，道路尽头是与之相连的栈道，更远处便是无边无际的大海。

阴雨后的海风格外凉，沈婕遥望着海岸线，长发被吹乱了，她抬手将眼前的发丝向后拢去，随后看向身旁的季明明，若无其事地说道：“昨晚的事有没有成为你和卓清淮之间的催化剂？”

海城的夏天格外漫长，有数不清的蝉鸣和大雨，与之形成鲜明对比的便是极为短暂的秋日。季明明在这个城市生活了很多年，感觉每一年都像是从晚夏直接步入初冬。

此刻虽然大雨初停，天色阴沉，但仍处于晚夏时节。季明明却觉得沈婕似乎很冷，迎着海风的身体看上去异常单薄。

两人站得这么近，季明明还留在原地，沈婕却好像已经跨入冬日去面对凛冽的寒风了。于是季明明也没办法认为沈婕的那个问题是开玩笑，直接问道：“你生江攀的气还是生我的气？”

沈婕的笑容顿时变得有些奇怪，反问她：“我为什么要生你的气呢？”

“我也不知道，因为我没有做错什么。”季明明老实答道，“但你看到我的时候好像不太高兴。”即使她并没有表现出来。

沈婕虽然没有承认，但也同样没有反驳，只是挑眉又问了一句：“那你觉得我有资格生江攀的气吗？”

季明明自然不知道，所以干脆不回答。

沈婕也不以为意，打开手袋，拿出里面薄薄的女士烟盒，抽出一支细长的薄荷烟递给季明明说：“来一支吗？提神醒脑。”

“我很清醒。”季明明说。

这个拒绝又惹得沈婕笑了一声。她侧过身子避着风点了烟，动作自然，姿态迷人。看着吐出的烟圈还来不及成形，便很快被海风撕扯着不留任何痕迹，她好看的双眼不自觉地眯了一下，但转瞬又恢复如常了。

“我喝了太多酒，睡得很沉。助理早上没敲开门，以为我不在，去江攀那边找我，结果发现他伤得不轻。”沈婕笑得真切又肆意，语气却又很微妙，“昨天晚上我特别想甩他一巴掌，但突然发现自己好像没什么资格和立场，所以也只能这么算了。”

她仍是笑着，但说完后笑容渐消，看着海天交接处沉沉的雾霭，眸底终是闪过了一抹怅然。

季明明听懂了沈婕的意思——她在告诉自己，对于昨晚发生的事，她没有生任何人的气的理由和资格。可季明明看多了沈婕的优雅和明媚，并不习惯她此刻的神情。

雨又下起来了，悄无声息，银丝般细密又温柔。

“生不生气只是自己的心情，和别人没有关系。”季明明皱眉说道，“更不用去想什么有没有资格。”

沈婕不禁莞尔，反问道：“那你呢，你生江攀的气吗？”

“我不和陌生人生气，江攀人品不好，对我来说不如陌生人。”季明明语气漠然又平静地说。

她对江攀，连厌烦都不肯再给予。

沈婕自无限远的地方收回视线，不由得叹道：“迷恋卓清淮的人很多，他从来不缺崇拜者，也不缺仰慕者。但我从第一次见你就觉得他对你不太一样，现在想来，你的确很特别。”

提到卓清淮，季明明的眼神里便多了几分神采，虽然原本玉雕一般精致冰冷的脸上仍没有什么表情，但整个人看上去鲜活了许多。沈婕没有回避自己内心的羡慕，她看着指间夹着的烟有些出神，片刻后，突然说道：“所以江攀没有理由不被你吸引。”

季明明一怔，眉头随即紧皱。

“很多时候，我比江攀更了解他自己。”沈婕轻嘲道，当她看向远方时，语气里像是多了些怀念的味道，“我是他的初恋，那个时候他当然是喜欢我的，但偏偏我喜欢的是清淮。江攀的家庭情况有点儿复杂，习惯了喜欢什么都去争、去抢，所以他开始处处针对清淮，而我就成了他最期待的战利品，这么一来，再普通的初恋也要被镀上金。”

季明明目不转睛地看着沈婕的侧脸。

“之前我跟你说过，我和清淮那段恋爱谈得不咸不淡，分手后我就出国了，江攀也追了过去。他要对一个人好的时候，就算是天上的月亮也会毫不犹豫地去为她摘。那时候我们一起读书，一起旅行，在异国他乡就像相依为命的连体婴儿。我其实早就忘了清淮带给我的挫败感了，但我不能让江攀知道。”沈婕轻轻吐出一个不成形的烟圈，意味不明地说道，“因为随着我对他的了解越来越深，我也就更能看清楚他这个人、他的这份感情是怎么回事。爱是有浓烈程度的，能最直观地感受到不同的一定是被爱的那个人。而女人对感情的敏锐度是男人不能想象的，尤其是江攀这种本质上不成熟的男人。”

季明明有些迟疑地开口道：“所以……”

“所以我从那个时候就知道了，”沈婕看向她，自顾自地说，“我可以和这个世界上的任何一个男人谈恋爱，对他们说‘我爱你’，但绝不包括江攀。”

她很肯定，绝不可以包括江攀。

她每一次的不在意都是一根扎进江攀心底的刺，其中最初也最让他记忆犹新的是关于卓清淮的。于是他始终介意，如鲠在喉，但同样地，无论偏离航线多少次，最后他总会回到她的轨道上来。

“你爱他。”季明明终于懂了。

“我当然爱他。”沈婕毫不犹豫地承认了，但她的声音很轻，轻得像是下一秒就要被吹散在风中，“但那又怎么样呢？江攀这个人啊，看起来玩世不恭，但是其实一直有自毁倾向，心里的洞谁也补不上。而且他永远在追求自己得不到的东西。”

季明明不知如何评价这样复杂的感情，但她突然明白了，为什么沈婕对卓清淮表现得亲密热络，江攀找理由挑衅时，卓清淮从来都不放在心上。她想，旁观者清，以卓清淮的睿智，恐怕他早就看穿了这两个人之间的纠葛。

“你就这么为了江攀折磨自己，”季明明直截了当地问，“值得吗？”

“我以为相同的桥段会一直循环，直到结尾。但我没想到的是对江攀来说，只要桥段还在循环，换掉女主角好像也没什么影响。”沈婕忍不住笑出声来，笑得眼睛都湿润了，她看着季明明说，“是我太大意了。吴沛妤出现的那天我就应该明白的，她比你有心机，但清淮喜欢的人是你，江攀存心惹事的话，一定能借吴沛妤掀起风浪。但那天晚上，江攀的注意力只在你身上。”

季明明想起了吴沛妤突然出现的那天。但和当时自己糟糕到无以复加的心情相比，她印象更深刻的是吴沛妤出现前，几个人在湖边烧烤、聊天的情景。直到今天，她还记得那晚绮丽的夜色。她也是此刻才意识到当时的轻松愉悦是短暂的，言笑晏晏的江攀和沈婕，也只会存在于那一晚了。

第一次见面时她很不喜欢沈婕，态度也始终像是带着刺。但人的感情总是很奇怪，会随着一次次相处产生或强烈或微妙的变化。不知从什么时候开始，她面对沈婕时的冷言冷语已经带上对亲近的人才有的情绪了。

“我是真的觉得你很有趣，一直很喜欢你。”沈婕看着季明明说，随着眸底泛起的湿意被压下，她脸上最后一丝脆弱也消失不见了，“可惜……我们没办法再做朋友了。”

这种话一点儿也不符合成年人礼貌、圆滑的特点，季明明无端冒出这样的想法。她原本不轻不重地咬着下唇，此时随着呼吸微滞，力道不自觉地加重了几分。感觉到唇瓣上一阵刺痛，她垂眸冷冷地说：“我从来都没觉得我们是朋友。”

沈婕笑起来，看着她的目光格外复杂，带着了然、怜爱、嫉妒、伤感，但……她最终总是要回归理智的。

她迈下台阶，打电话叫司机把车开上来，并不在意被细雨淋湿。

季明明却比她更早转身，虽然在转身的时候，牢牢握着手机的手已经隐隐泛白。

彼时大厅里迎面走出来几个人，个个都很熟悉。被围在中间的是拉着行李箱的吴沛妤，她脸色苍白，眼睛红得厉害，一看就知道哭过了，不过脸上难得没什么表情，让她看上去和平时判若两人。

何瑗、孙�和其他几个相熟的同事送她出来，大家或多或少面带疑惑，只不过有人闭口不言，有人忍不住追问：“早上要去看篮球赛的时候还好好的，怎么突然要提前回去了？”

吴沛妤始终缄默，何瑗只能劝道：“天气不好，你一个人打车回去实在不安全。如果有急事，能不能让你家里人来接你？”

其他人纷纷附和。

一行人边说边出门，吴沛妤很快就看到了季明明。她原本晦暗的目光因不甘而燃起一丝光亮，离季明明越近，卓清淮最后对她说的话便越清晰地在耳边回荡——“很遗憾，卓越和吴家不会再有商业往来了。至于以后吴家怎么发展，国内外商机无限，只要眼光放长远一点儿，躲过卓越，还是很容易的。”

躲？以卓越集团的体量，又能怎么躲呢？

吴沛妤再清楚不过，吴家就算不倒，也不可能再有什么发展了。而她还要乖乖地躲开季明明，若再行差踏错一步，赔上的将会是整个吴家。

季明明站在对面，不带任何情绪地看过来，高挑、明艳、冷若冰霜，似乎自始至终没有任何改变。

吴沛妤需要用尽全身的力气才能扯出一抹笑容来，神情复杂地说道：“明明姐姐，你的命可真好。”

季明明因为看见了吴沛妤，正在回忆刚才离开卓清淮的房间时，卓清淮有没有看自己、脸上又是什么表情，此刻听到吴沛妤的话，面上的厌烦便明显了起来。

命好这个说法，她也是听过的。

她有一个四肢发达、头脑简单的富二代朋友，家里管束严格，不允许他过度挥霍。高中毕业他拿到驾照，过生日的时候她送了他最喜欢的限量款跑车，他惊喜之余掰着手指头细数季家的产业，感慨道：“明哥，你的命真好啊。”

不过他马上被其他朋友以庆生为名把头按进蛋糕里，又在还击时把蛋糕扔得四处都是。她一脸嫌弃地躲开，但也是因为那些笑闹声，她心中那点儿酸涩甚至没来得及成形便被她抛在了脑后。

如今这句话出自吴沛妤之口，她只觉得可笑。

什么时候她也轮得到被家境优越、父母长辈疼爱、生活平顺幸福的小女孩儿羡慕命好了呢？

其他人因为吴沛妤的话和季明明的脸色而越发费解，季明明则静静地看着走到面前的吴沛妤，第一次没有因她的称呼皱眉，只声音没有半分起伏地问：“为什么觉得我命好，父母健在让你感觉很痛苦吗？”

一句话驱除了所有嘈杂，周围顿时一片死寂。

吴沛妤的手猛地举了起来，可卓清淮的话言犹在耳，她的手悬在半空中，只犹豫了一秒，便被身边的人拉住了。

大家你一言我一语地劝道：“沛妤，你消消气，是不是有什么误会？”

“大家都是同事，有什么误会说清楚就好了，千万别动手。”

有什么误会呢？无论是什么样的误会，这些人都只不过是因为忌惮季明明的身份，所以背后做长舌妇，当面又做和事佬。

吴沛妤心内冷笑，抽回自己的手。

整个过程中，季明明的神情都没有一丝波动。

吴沛妤死死地盯着季明明，正要说什么，就听季明明身后传来一道熟悉的声音：“怎么一转眼的工夫就这么热闹了？”

已经打完电话的沈婕拾级而上，走到几个人面前。她打量了一下拉着行李箱的吴沛妤，原本还算平和的面容里蓦地带上几分笑意——如此荒唐的一晚过后，第一个离开的竟然是吴沛妤，沈婕自然一下子就想通了所有关窍，本就没什么温度的笑容中不可避免地多了一抹冷淡。

苦心孤诣维持的平衡一夕被打破，所谓的爱情看不到出路，连朋友也因为不知如何相处只能舍弃。沈婕不知道阴差阳错走到今天这一步，该更怪江攀还是更怨自己，不过她也是此时看着吴沛妤才发现，原来一旦竖起靶子，怨怼有处可去，心中的酸楚和委屈会远比自己意料中的多。

沈婕走到近前，目光从吴沛妤微微颤抖的手移向她强压恨意的脸，抬起手来，用手袋的一角轻轻点了点她的额头，语气微妙地笑叹道："我怎么都没想到……小妹妹，我还真是小瞧你了。"

她没用任何力气，声音也温柔得很，然而这个动作本就带着不言而喻的轻慢意味，吴沛妤眼睛顿时又红了几分，扔下行李箱，一把推开她的手就要上前，但马上就被身边的几个人拦了下来。

"你们放开我！"吴沛妤没心思去想她们到底是出于什么样的考量要息事宁人，眼前的一切都令她作呕，眼见季明明被沈婕有意无意地挡住，只觉得更可笑。她一边用力想要挣出自己的手，一边看向沈婕身后的季明明，怒极反笑，说道："你什么都不用做，却永远有人为你出头，你很得意吧？"

季明明没理会快要冲到她眼皮底下的吴沛妤，孙筠、何瑗等同事想要把人拉走，其中还隔着一个不动如山的沈婕。

几个人怕事情闹得难看，你一言我一语的劝阻声搅和在一起，反而乱成一团。

季明明不胜其烦，拉着沈婕便要离开，却突然感觉到有一只手在纷乱中按上她的腰窝，猛地推了她一把。

常年的运动基础使季明明的全身肌肉条件反射般用力，退后一步想稳住身子，但被她拉着的沈婕因为突然发生的变故趔趄了一下，朝台阶下摔去。电光石火间，季明明扯过沈婕，整个身子垫在下面，直接摔在了台阶上。

在疼痛感袭来之前，季明明始终在朝反方向用力。与此同时，伴随着惊叫声，不知是谁最先反应过来，伸手往回扯了她一下。台阶上铺着红毯，也减小了雨水带来的湿滑，于是在几方作用之下，季明明和沈婕两个人斜着滑下去一段距离，但总算没有彻底滚下台阶。

沈婕压在季明明身上，摔倒的时候脚扭了一下，但不严重。她被扶起来后，立刻查看季明明的情况："你怎么样了？"

季明明眉头微皱，脸色有些苍白，可神情一如往常，冷漠中透着不耐烦。

面对围上来的几个人关切的询问和试图搀扶的动作，她抬手谢绝，然后动作缓慢地起身。

沈婕没敢大意，一边查看她的情况一边问道：“头磕到没有？”

季明明没回答，冷冷地扫了一遍在场的人。

她们一个个都是一副惊魂未定的模样，上下打量着季明明，不无担心地问道：“季助理没事吧？我扶你进去？”“你活动一下，看看有没有哪里疼？”“头晕不晕？还是去医院做个全面检查比较好吧……”

唯有吴沛妤是例外。她比谁都希望季明明从这个世界上消失，所以在季明明摔下去的那一瞬间，她心底恶念横生。可一想到卓清淮，她的呼吸瞬间屏住，刚扯出的笑容也随之僵在了嘴角。

在季明明看过来的时候，她已经拖过了行李箱，语气和笑容都有些古怪地说：“明明姐姐不用这么看我，你自己的运气不好不会要怪我吧？就算你这么想，我还是得告诉你，也会告诉他，这和我没关系。”

她没说“他”是谁，她也不认为季明明蠢得听不懂，所以说完之后，没再管其他人是什么表情，径自拉着行李箱从一旁的行车坡道离开了。

酒店的工作人员已经闻声赶了过来，季明明收回视线，扫了一眼周围摄像头的位置，叫过酒店经理，吩咐了两句。

经理当初亲自为她办理的升房服务，自然知道她是谁，对她的话连连称是。

季明明随后看向其他人，再次一无所获后，她神情冷淡地说：“你们先回去吧。”

她的脸色依然苍白，额头上不知是汗水还是被风卷过来的雨水，裙子也脏了，但她好像丝毫不在意眼下的狼狈，那张脸仍旧冷漠、精致，似乎生来便有一种让人无法靠近的距离感和压迫感。

即使平时接触不多，同事们对她的性格也有最起码的了解，于是依言离开。有人在离开前帮她把摔出去的手机捡了回来。她接过来，也没忘说一句“谢谢”。

手机关机了，屏幕开裂得很严重，不过季明明按了一下，发现还能开机。她看着屏幕上的裂痕有些出神，抬头时发现沈婕还在，提醒道：“你的车已经过来了。”

确认她应该没什么不妥，沈婕的心总算落回原处，但看着她的目光更加复杂了。

季明明有些不耐烦地皱起眉，垂眸看着湿了的裙角说：“就当是我为了谢谢你昨晚送我的那条裙子。”

沈婕想笑，但嘴角终于翘起的时候，这抹笑容更像此时阴雨绵绵的天气，只透着说不出的怅惘：“发布会一季只有一个主题，我以后不会再设计这个风格了。”

季明明没有看她，只答道：“和我无关。”

脚步声响起，渐渐远去，不久后，沈婕的车也消失在雨幕中。

季明明心中那点儿浮动的情绪似乎被蒙上了一层雨水，潮湿，阴冷，不甚明朗。她身上的疼痛其实没那么重要，因为疼痛是她多年来抵御痛苦的工具。现在面对着朦胧的雨幕，她只感到前所未有的孤独感向她袭来。

季明明左手握着手机，重新开机，单手按键的动作不是很灵活，按下那串这些年一直烂熟于心的号码时，想到抽屉里那张重新粘合在一起的名片，她才意识到，原来经过这些年她仍没有太大的长进，即使已经来到卓清淮身边，打出这个电话的时候她还是像当年那个晚上一样犹豫和忐忑。

几秒钟的寂静，像被拉长到几个世纪。

随着等待的提示音响起，这个号码被证实仍处于使用中，季明明突然忘了该怎样呼吸，有些慌乱地咬紧嘴唇，一直垂着的右手剧烈地抖了一下。

一声，两声，三声……

“喂？”

因为手机被摔坏，细微的电流声缠绕着清越的声线，那个熟悉的声音带着几分不真实的感觉，像是跨越了无数个日夜，也跨越了季明明漫长而又黯淡的青春，终于在耳边再次响起了。

是卓清淮。

季明明觉得眼睛有些发烫，动了动唇想要回答，可一时发不出任何声音。

电话那头的人听不到回应，也并未挂断，再次开口时，虽是询问的语气，话中又透着莫名的笃定：“明明？”

“嗯……”季明明的声音有些发涩，轻声说，“卓清淮，我在酒店门口。”

卓清淮找到季明明的时候，她正靠在酒店外的罗马柱边，看着再次关机的手机，表情里有掩饰不住的烦躁。

听到脚步声，她抬起头，看到走过来的卓清淮，她抿了抿嘴唇，苍白的巴掌脸看上去又倔强又委屈。

伴随着轻微的细雨声，卓清淮走到近前，并未问她为什么如此狼狈。他第一时间看向她有些不自然地垂着的右臂，素来从容的笑容淡了几分，边伸手查看边蹙眉问道：“手怎么了？”

“应该是骨折了……”季明明低声说。

刚触及她手臂皮肤的手瞬间顿住，卓清淮看了她一眼，其实这一眼也同样淡淡的，看不出任何情绪，但季明明还是觉得委屈。压抑许久的情绪因他的出现而在心里翻涌着，季明明倾身用左手抱住卓清淮，察觉到他想拉开自己，反而更加用力，脸紧紧地贴在了他的胸口。因为已经在书房有过甜蜜的亲吻，所以她的动作不似从前那般生疏、僵硬，自然得好像他的怀抱原本就应该只属于她。

卓清淮了解她的执拗性格，安抚似的轻拍她的后背，说道："我先看看。"

"不疼。"季明明摇了摇头，难得地没有听话，也不松手，只抱着他闷声说道。

卓清淮微不可闻地轻叹一声，避开她的右臂，动作温柔地回抱住她。

季明明感受着他的拥抱和他缓缓加在这个拥抱之中的力量，终于感觉到了安全。

他永远懂她。

"我没做过对不起别人的事，但好像总是有很多人讨厌我。"她闭着眼睛慢慢说道。

卓清淮抚着她发丝的手顿了顿，温声问道："怎么伤的？"

"有人想把我从这里推下去。"季明明说着，抱他抱得更紧了。

即使她从不把旁人的想法、看法放在心上，但她这些年生活简单，交际圈子也不复杂，所以从没有直面过任何钩心斗角，第一次面对这种事，心情或多或少有些波动。

卓清淮垂眸看了一眼她身后的台阶，眸底的情绪深沉而又复杂，片刻后，又尽数敛起，快到让人来不及捕捉。他低头对怀里的季明明说："这件事你要自己处理还是需要我帮你？"

"我自己可以。"季明明声音微哑，说道，"但是我现在不想留在这里了。"

"胳膊要先让医生过来看一下。"卓清淮没有反对，帮她整理了一下耳边的发丝，说道，"然后我们回海城，去医院做全面检查。"

"好。"

季明明的手臂被简单地处理过后，她便和卓清淮先行离开了度假山庄。

银灰色的库里南像穿梭在雨幕中的子弹，后座上的季明明靠在卓清淮怀里，神色始终恹恹的。卓清淮的手背贴上她的额头试了试体温，然后问道："头晕吗？"

"还好。"季明明答完，也抬手摸了摸自己的额头，但未感觉出异样。

卓清淮调整了一下她搭在膝前的右手的姿势，然后说："有点儿发热，有什么不舒服要告诉我。"

季明明靠在他的肩窝里，一动不动地看着他的侧脸，本来想说她不在乎这点儿疼，但感受着他言语和动作中透露出的珍视，又觉得如果可以一直这样被他抱着，就算再疼一点儿也没什么不好。

眼下的宁静被突然响起的手机铃声打断，卓清淮拿过手机，看到来电显示，将手机递给了季明明，说道："应该是找你的。"

季明明看到显示屏上虞兮的名字，拿过来接了，虞兮说话的语气礼貌又克制："卓叔叔，我刚到这边，已经听工作人员说了。明明现在怎么样，在你身边吗？"

"在。"季明明开口答道，"别担心了，没什么事。我给你开好了套房，你既然过去了就别急着回来，在那边好好休息两天。"

知道电话这头的人是季明明，虞兮不需要再装礼貌，一连串问题便砸了过来："你都走了，我为什么要在这里休息？你到底怎么样了？不小心摔了一下是什么意思？"

"字面意思，胳膊磕了一下。"季明明的声音没什么温度，到底身体不适，所以比平时少了几分"杀伤力"，她怕虞兮舟车劳顿地立即赶回来，只避重就轻地说，"你当初在学校为了跟学长搭讪，平地也能崴脚，雨天地上滑，我摔了一跤，不可以吗？"

短暂的沉默后，电话那头的虞兮冷笑一声，反问道："你平时怎么不敢跟我提以前那些事？人蠢就别想着耍花招了，季明明，你越这样就越说明有问题。”

季明明难得语塞，半晌才承认道：“胳膊骨折了，其他问题等回来见面的时候再说。你要回来的话，路上最好小心一点儿，我不想吊着胳膊去给你收尸。”

挂了电话后，季明明看向卓清淮，发现他在闭目养神，唇边却有一丝若有若无的笑意。他好看的侧颜给人一种恬淡安适的感觉，季明明静静地看着他，又想到电话那头的虞兮——最喜欢的人，最好的朋友，他们都是让她安心的存在，于是她心底的那点儿低落也渐渐被压了下去。

她正要把手机递还给卓清淮，信息提示音又响了一声，她低头扫了一眼，从没有锁屏的页面上看到了吴沛妤的名字。一时之间，她不知心中油然而生的醋意和愤懑哪种多一些，直接问道：“吴沛妤的消息，我可以看吗？”

卓清淮并未因她语气里明显的不满而睁开眼睛，只问道：“发了什么？”

季明明意识到这是允许她看的意思，于是对此结果还算满意。她看了看吴沛妤发过来的消息，发现内容恰好和自己有关：“清淮哥哥，无论你肯不肯相信我，我还是要替自己辩解一句，刚刚在酒店外面季明明摔倒的事真的和我无关。我说到做到，我会尽快出国的，对不起。”

季明明早从吴沛妤和沈婕各自的几句语意不明的话里猜出了些眉目，但此刻看着吴沛妤的这条信息，回忆着酒店外她摔倒前后的情景，她又一时不知该如何判断。不过季明明还没思索出结果，就看到了这条信息上面的照片——虽然只是缩略图，但她还不至于认不出自己。

“我能看看她发的照片吗？”季明明平静地问。

卓清淮睁开眼睛，发现她正低头盯着手机界面，原本苍白的脸此刻显出几分沉郁，她看似还算平静，声音却有些发紧。他轻抚她的发顶，下一秒她却偏头躲开了。卓清淮的手悬在半空，半晌后收了回来，说道："看吧。"

季明明点开照片，看了很久，随后视线移向身旁的人，注意到他淡然的神情，最初的恼意顿时被放大了无数倍，她哑着嗓子问道："是因为觉得无所谓吗？所以你不问我，也不觉得生气？"

面对如此义正词严的质问，卓清淮从她的手中抽走手机放到一旁，见她脸色因此而更加苍白，似笑非笑地反问道："这是你得出的结论吗？"

季明明呼吸微滞，咬紧了下唇不肯吭声。

紧接着，她的下颌被轻轻捏住，虽然他用的力道不大，但还是迫使她松了口，于是原本被咬得刺痛的唇瓣因此得以被拯救。她气恼地抬眸，撞上卓清淮深然的目光。

卓清淮用指腹不轻不重地擦过她的唇瓣，然后才松开手，慢条斯理地说道："你必须承认，相对聪明一些的人，无论看待问题还是处理问题，都会更简单一些——任何方面都是如此。"

季明明的注意力原本集中在卓清淮的指腹印在她的唇瓣上的微凉触感上，此刻听了他的话，她又迟疑起来，半是不解，半是负气地问："对感情也会永远理智吗？"

卓清淮目不转睛地看着她，淡淡地反问道："理智的人没有感情吗？"

季明明顿时偃旗息鼓。

信任是相互的，她心里明白，他的做法除了出于自己下意识认为的不在乎，其实更出于他对她的了解。真正聪明的人很难被两张似是而非的照片挑拨，更何况那个人是卓清淮。

她只是习惯了遇事去想最坏的可能，涉及他，她更是容易一头陷入糟糕的情绪中去。理智回笼，她敏感地意识到了他情绪的变化，也因此懊悔自己的武断，可她连服软也不会，只能默默地低头坐着，不再看他。

看着连身形都透着倔强的季明明，卓清淮复杂的神情渐渐只归于一抹无奈的笑容。不知过了多久，他微不可闻地叹了口气，受伤的小姑娘迅速察觉到某种和解的信号，直接扑过来紧紧地抱住了他。她最终没有说出话来，但一举一动都透着委屈。

某些时候，她身上带着一种仿若与生俱来的敏感和狡黠。

卓清淮无奈地笑了，抬手避开她受伤的手臂，将她抱进怀里。

全面检查的结果显示，季明明的右手骨折，除了身上几处擦伤，还有轻微的脑震荡。手臂被打上石膏，鉴于季家有完整的私人医疗团队，所以她直接回了家，没有留在医院。

海城已经下过一场大雨，此刻天色同样阴沉，雨下一阵停一阵。

卓清淮的车驶入季氏庄园，路边原本繁盛的花木被洗涤，也同样被摧折，满地落花。车轮碾过路面，将雨水中的花瓣带走了许多。

季明明躺在床上输液，她从手臂打上石膏开始，脸色便已苍白如纸，此刻越发疲惫，但看着床边的卓清淮，还是不舍得闭上眼睛——他不是第一次来季家，却是第一次来她的房间。

他的存在使得这里的气氛变得与众不同，她甚至感谢骨折带来的疼痛持续不断地提醒自己眼前这场面的真实性。

不久后，她见卓清淮站起身来，眼神随之一闪，虽然没有说话，但面上能看出几分紧张。卓清淮将她神情的变化看在眼里，俯身调整了一下她手边软管的位置，然后对她说道："你先休息，我去一趟主屋。"

"哦。"季明明应了一声，也知道他来了季家，理所应当要过去拜访，她不想让他觉得自己麻烦多事，所以忍不住解释道，"酒好像一直没有醒，总觉得像在做梦。”

似乎是从早上的吻开始，她的生活就蒙上了一层又一层绮丽的色彩。

卓清淮无奈地笑了起来，但抬手覆上她双眼的动作是温柔的。她感受着他掌心微凉的温度，慢慢地闭上眼睛，然后听到他在耳边说：“不是梦，睡吧，我很快就回来。”

季明明沉默许久，最后无声地点了点头。但随着脚步声远去，她还是忍不住看了看他的背影，然后重新闭上眼睛，渐渐睡了过去。

护士拔针的时候季明明才醒过来，对方小心翼翼地帮季明明按住针孔上的医用胶布，她的注意力却全不在此，偏过头四下环视，发现正在窗前躺椅上小憩的卓清淮，这才心下稍定。

护士松开手后本想嘱咐两句，但刚开口，季明明已经下意识地摇了摇头。

守在旁边的薛珊见了，立即了然地带护士先出去了。

季明明坐起身来，头晕的症状已经缓解了许多，但行动间手臂的痛感犹在，而她对疼痛的承受能力向来很强，所以不是很在乎。

时间已是午后，窗外的乌云遮蔽了大部分天光，看上去阴沉如傍晚。

卓清淮并未被先前房间内轻微的响动吵醒，季明明下了床，赤着脚轻轻走到落地窗前，看着他的睡颜有些出神。知道昨夜他几乎没有睡过，她本以为他早上开完会可以休息，结果偏偏所有事都搅到一起，扰得他此时才能安睡。

季明明看着卓清淮，心中弥漫着一种难言的酸涩。她原本想帮他盖条薄毯，怕吵醒他便没这么做，但即使她什么都没做，不久后卓清淮也仍是醒了过来。他睁开眼睛，看到坐在旁边椅子上的季明明，因她正目不转睛地盯着他，所以唇边不由得漾起一丝笑意，加之眸底残存的睡意，越发透出几分慵懒。

书房里的情景历历在目，即使相隔时间不算久，季明明已经开始怀念他怀里的温度了。但手臂上的石膏彻底断绝了她上前拥抱他的可能，她抿了抿唇，不得不打消念头，问卓清淮：“你想吃点儿什么？我让人去准备。”

“客随主便吧。”卓清淮笑着说，随后他见季明明不耐烦地看着右臂上的石膏，提醒道，“一个月后才能拆，再不方便也不要动它。”

季明明点了点头，起身朝门外走去的时候，身后温和的声音再次命令道：“穿鞋。”

被命令的人依旧没说话，但嘴角不自觉地翘了起来。

在她看来，卓清淮和其他人的不同之处也在于此：在她小时候，他给予她平等和尊重；在她长大后，他又给了她居高临下的指引和教导。他足够特别，随着两人关系的发展，她也渐渐意识到了自己之于他的特别之处。

季明明刚出门便遇到再次上楼的薛珊，交代她让人去准备吃的之后，薛珊提起上次定做的衬衫昨天已经送了过来，季明明点了点头，回房后就拉起卓清淮去了隔壁。

偌大的衣帽间服饰齐全，由专业造型师根据季明明的风格和喜好搭配完后，按需要出席的不同场合分门别类地摆放，再定期成批更换。新的一批衬衫因为要送人，所以没有挂入衣柜，此刻罩着防尘袋，放在了房间正中央。

整排的定制衬衫只有黑、白、灰三色，款式则各不相同。

季明明单手拉开其中一个防尘袋的拉链，把里面的白色衬衫连同衣架一起抽了出来，在卓清淮身前比了一下，抬眸问他：“还可以吗？”

卓清淮接过去，不答反问：“怎么想起送我衬衫？”

这个念头起自她那天在射击场哭湿了他的衬衫，季明明自然不可能承认，只避重就轻地说："想送就送了。"话音落下后，对于卓清淮神情中的了然，她佯作未觉，直到见他拿着衬衫要离开，才绷着脸说，"我又不会偷看你。"

卓清淮停下脚步看了她一眼。

季明明总觉得这一眼意味深长，但他偏又什么都没说，让她想反驳都无话可说。平常和虞兮互相攻击的刻薄话不可能说给他听，更何况她在他面前向来想不起任何刻薄的话。她脸都憋红了也没说出话来，索性咬着唇别过了头。

在卓清淮轻浅的笑声响起后不久，季明明听见了布料摩擦的窸窣声。她看似神色如常地看着其他衬衫，却总觉得脸颊有些发热。

少顷，卓清淮整理了一下袖口，白色贝母扣只系至领口下的第二个，随后看向那个连背影都透着僵硬的人，说道："好了。"

季明明转过身来的时候，表情隐隐有些不自然，看着面前长身玉立的卓清淮，心跳抑制不住地乱了节奏——无论是修身的版型，还是顶级的面料，抑或是精细的手工剪裁，都很适合卓清淮，原来无论怎样的衣服穿在卓清淮身上，都不会比他本人更耀眼。

她突然明白，自己已经不需要再从这些衬衫里挑选了，不管是什么款式，都适合他。他的样貌、身材和气场足以驾驭一切。服饰之于他，只不过是最华丽的锦缎上点缀着的一朵无关紧要的花。

"怎么样？"卓清淮站在原地看着她，含笑问道。

"嗯。"季明明含混地应了一声，只说道，"回头我让人把这些都送去给你。"

卓清淮了解她比她自己更甚，其实是满意她的反应的。不过见她仍然是一副别扭的模样，他还是笑了起来，主动递了话题给她，问道："为什么这个不太一样？"

他指的是一旁的饰品柜。衣帽间的布置就像出自一个极端强迫症患者之手，所有的一切都整齐有序，包括几个首饰柜。其中最大的一个首饰柜摆在最显眼的位置，和其他的不同：玻璃柜里摆放的物品风格并不统一，而且种类繁杂，也正因如此，在整个衣帽间里显得有些格格不入。

季明明最初还因为话题的突然转换而微怔，俄顷，才走过去，看着里面的东西说："这里都是一些朋友送我的礼物。"她打开柜门，指着左上角一格里的墨镜说，"这个是大学毕业那年我过生日，石头花了第一个月的工资买的。"

卓清淮顺着她指的方向看过去，因为常见她戴这副墨镜，所以有印象，不过之前他并不知道它的由来。墨镜旁边的格子里，黑色绒布上是一条钻石项链，旁边也是一条项链，砗磲材质，看上去有些粗糙。

季明明看着它们，唇边扬起一抹微小的弧度，说道："左边那条是虞兮谈成第一笔订单后，买给我做纪念的。右边这条项链是高三的时候虞兮心情不好，在自习课上偷偷磨的，后来找人打了孔，制作成项链，也送给我了。"

在她看来，它们无论在世俗意义上有着怎样昂贵或低廉的价格，都是无价之宝，因为承载了别人给予的每一分善意。她清楚地记得它们的由来，也始终将它们陈列在最显眼的位置，妥帖珍藏。

季明明一一说着，眸光澄澈，嘴角始终带着若隐若现的笑容，像一个纯稚的小孩子，可爱地向卓清淮炫耀自己拥有的糖果。

卓清淮静静地听着，看着她的目光始终温柔。

"你知道莫晚吗？"季明明又问他，"一个还算有点儿名气的女明星，她也是我的高中同学。"

卓越集团旗下有公司投资文娱产业，即便并非如此，卓清淮也是听过这个名字的，知道季明明口中的"有点儿名气"委实谦虚了。

季明明见他点头，这才拿起一只叼着铜钱的纯金蟾蜍，托在掌心上给他看，不无嫌弃地说：“这是她出道的时候送给我的。”

“有什么寓意吗？”卓清淮边看边笑着问道。

季明明迟疑几秒，有些不情愿地说出口：“她说我就像它一样，又有钱，又讨厌。”

卓清淮终于轻笑出声。

季明明不满地看了他一眼，然后把那只金蟾蜍丢回了原处。整理东西的时候，她见卓清淮正在看一只猫咪造型的钻石胸针，于是介绍说：“这是上个月你们去法国出差，骆康带回来的手信。”

卓清淮笑了笑，把胸针放下，等她关上柜门后，慢条斯理地问道：“还有其他的吗？”

季明明用了几秒钟去理解这句话背后的含义，然后看着他答道：“有，但每一样东西保存在哪里是有区别的。”

接受她审视的同时，卓清淮问道：“什么区别？”

“重要的都在这里，不重要的放在另一个房间。”季明明面无表情地说道。

“原来如此。”卓清淮又笑起来，颔首道，“不过我倒是对不重要的那些更感兴趣。”

第八章
命运齿轮

季明明的卧室的另一侧是一间比衣帽间小一些的房间。

房间虽小，但里面的东西不多，看上去反倒宽敞。里面只有墙边放着几个大小不一的水晶玻璃展柜，像一个微型博物馆。

可展柜里面的东西很少，大部分都空着，无论整体布局多么合理，看上去再怎么纤尘不染，柜子本身制作得如何精美考究，眼前的“博物馆”还是难免透着一股萧索的味道。

季明明对里面的每一样东西都十分熟悉，直接来到距离门口最近的柜子前。里面是一台单反相机，旁边还整齐地摆放着配套的二十个镜头。

灯光下，水晶玻璃映出季明明的脸。和细数朋友们送的小礼物时不同，此时她脸上的笑容已经不见了，神情里有一种混杂了怀念和怨怼的复杂。

“这是我回国后过第一个生日时收到的。”她说。

卓清淮看着相机说：“可以拍下生活里的很多个瞬间，不管好的坏的，都算是一种纪念。”

季明明不置可否，走到下一个柜子前。里面是一块女式铂金钻表，表盘上的手工雕饰镶嵌着钻石，简洁流畅的造型设计搭配钢青色缎面的表带，十分适合女孩子。季明明慢慢地伸出手去，手指触及柜面的玻璃，说："这是第二年的。"

一个人送另一个人手表，其实有很多寓意。长辈送晚辈一块手表，无非是大人希望小孩儿珍惜时间。

第三个柜子里是一枚翡翠平安扣。翡翠是上好的冰种帝王绿，水头极好，温润通透，没有一丝杂质，在灯光下泛着浓郁的绿意。

平安扣的寓意自然不言而喻。

季明明只说道："第三年。"

第四年她收到的是一顶钻石冠冕。镂空的铂金花冠上，每一颗钻石都被切割得极其完美，枝蔓向上延伸，在中间交会的位置缀着一颗花朵形状的红宝石，清新可爱的造型中和了冠冕本身的华丽，并不让人觉得繁复。

季明明看着它，这些年她这样看它已经很多次了，也早在最初收到它的时候就有了猜测：也许人生进入了新的阶段，需要一些不一样的象征意义，所以她拥有了一顶皇冠。只是有些事她骗不过自己，这必然不是卓清淮亲自挑选的。一旦经由旁人插手，无论什么样的象征意义都变成了毫无意义。

而不管有没有意义，一切都在第四年戛然而止。

第一年收到的礼物对季明明来说是个意外。

她是没有被父母爱过的小孩儿，所以对于生日从来谈不上喜欢。来自卓清淮的礼物让她觉得，原来这个日子除了被讨厌之外，也可以被期待。

她那时候还不知道之后发生的事，让人精心打造了这个房间，不止一次地想象这间"博物馆"被礼物填满的样子。可她心碎而归之后，在爱与怨交织的漫长等待中，心里那个属于他们的第五年终究落空了。

这个房间里空置的柜子成了笑话，直到今年才多了一件卓清淮拿给她挡风的西装外套，一根当初她从他手里换回来的球杆和几枚从射击场带回来的弹壳。

季明明的心情非常奇怪，以前每次进来时的五味杂陈此刻亦有，但看着出现在这里的卓清淮，以及他的目光落在她身上时的深邃与柔和，她又觉得可以放下这些年的沉重，因他的存在、因两人关系的转变而心生感慨。

一颗心酸涩不已，季明明觉得自己的眼圈有些发热，于是转过头去，不肯再看卓清淮。

卓清淮早已过了会被心情左右思想的年纪，但看着周围的一切，如同目睹了季明明漫长又寂寥的岁月，和她在这些岁月中一次又一次的期望和失望。

以她的性格，选择铭记和珍藏，痛苦远远超过喜悦，但她仍是这么做了。

卓清淮第一次无法说清自己心里的感觉。

不爱她的时候，拖泥带水才是真正的残忍。如果时光倒流，他仍然会在那座城堡里拒绝季明明。清醒如他，哪怕在意识到自己已经心动时，仍认为有更适合季明明的人。可即使他从不回头看自己走过的路，此刻面对一个个空荡荡的柜子，审视自己的内心，他也还是会重新衡量选择的对错——他对她终究是残忍的。

卓清淮自季明明身后环住她的腰，将她整个人抱进怀里。

一连几天，孙筠的情绪都有些不对劲，虽然工作不至于出错，但话比平时少了许多，时常一个人坐在座位上发呆。

“你最近心情不好吗？”茶水间里，何瑗忍不住问孙筠，没等到她的回答，朝孙筠看过去的时候，何瑗忍不住低呼一声，“水！

孙筠！”

走神的孙筠猛然一惊，这才意识到她按着饮水机的手忘了松开，她手忙脚乱地收拾，何瑗也过来帮忙，问道：“你到底是怎么了？不舒服吗？”

何瑗一边说一边抬手去试孙筠额头的温度，但孙筠猛地躲开了。

何瑗的手停在半空，片刻后默默收了回来。看出孙筠眼里的尴尬，向来善解人意的她宽慰道：“不想说就不要说了，虽然不知道你最近遇到了什么事，但你如果想找人聊聊的话，随时可以找我。”

何瑗说完后拿起马克杯，朝门外走去。

看着何瑗的背影，孙筠动了动唇，忍不住脱口而出：“我看见了……”

何瑗回过头，亚麻色的中长发在空气中划出弧度，清秀的脸上满是不解，问道：“什么？”

孙筠在开口的那一瞬间其实有些后悔，但话已经说出口了，便也没再掩饰，直直地看着何瑗，低声说：“你推季明明的时候，我看见了。”

何瑗的眉头微不可见地皱了一下，随即露出一抹无奈的笑容，叹道：“你在说什么啊？”

“你知道我在说什么！”因为何瑗的否认，孙筠的呼吸急促起来，“瑗瑗，倒是你，你知不知道自己做了什么？”

何瑗脸上的笑容淡了几分，但语气没有太大的变化，问牢牢盯着自己的孙筠：“你不是一直很讨厌她吗？”

“可我没想过——”孙筠没控制好音量，话说到一半又猛地咽了回去，她朝何瑗的方向走了几步，压低声音说道，“这种事搞不好会出人命的，你知不知道？”

面对孙筠的诘问，何瑗不以为意地轻声一笑，反问道：“她不是没事吗？”

“有事就晚了！”孙筠觉得眼前的何瑗像是换了一个人，只让她觉得陌生，但两人共事几年，在公司同进同出，私下也时常一起逛街、吃饭，关系最好，所以她还是忍不住说道，“你就算再讨厌她，也要为自己的将来想一想！要是季明明真有个什么好歹，你觉得季家会放过你吗？如果被人知道了……”

“只要你不说就没人知道。”何瑗突然冷冷地打断她，注意到孙筠呼吸一僵，又放缓了语气，解释道，“那天下楼的时候我听到工作人员聊天，说雷雨天有几条线路失灵，监控设备正在检修。而且当时那么乱，具体是怎么回事，谁也说不清，我当时看她要摔倒伸手要拉她，是你看错了。”

何瑗说完后，没有给孙筠再开口的机会，直接转身朝门外走去。直到茶水间的门重新被关上，孙筠才收回了视线，但眼中的凝重并未褪去。

她当然知道何瑗在说谎，因为当时虽然只有短短一瞬，她却看得清清楚楚，更因为那个拉季明明的人是她自己。

从茶水间离开后，何瑗回到办公室，神情一如既往地平静，心头却蒙上了一层阴霾。

季明明伤了胳膊，请了假在家中养伤，一直没有来公司。这几天公司里也始终风平浪静，这件事似乎已经彻底过去了。

何瑗没有因此放松，尤其是在听到孙筠提及之后，她心中那根弦顿时绷得更紧了。对她来说，孙筠的优点在于庸俗浅薄，缺点则在于太庸俗浅薄。按捺住心中的烦躁，何瑗拿出手机编辑信息，约孙筠晚上一起吃饭，好好聊一聊。发出去之后，她正静静地想着晚上安抚对方的措辞，桌上的座机突然响了起来。

骆康斯文的声音从听筒中传过来：“何秘书，麻烦来一下我的办公室。”

“好的，骆助理。”何瑷微笑着说完，挂上电话，扬起的嘴角又落了下去。她感觉骆康的态度与往常无异，按下心底的不安，从座位上站了起来。

到了骆康的办公室外，她停顿几秒，调整了一下脸上的表情，然后才抬手敲了敲半敞的房门。听到骆康说“请进”的声音，何瑷才推门走了进去。

彼时骆康正在看资料，见她进来，一边合起手里的文件，一边说道：“先坐吧。”

何瑷依言在一旁的沙发上坐了下来，问道：“骆助理找我有什么事吗？”

骆康从桌上拿起一个白色的信封，起身从办公桌后走来，先关上了办公室的门，然后才走到何瑷面前，把信封递给她。

何瑷早在他去关门的时候，心头就猛然一跳，此刻一脸不解地接过信封，打开来只看了一眼，顿时脸色一白。她抬头看向骆康，质问道：“凭什么？凭什么开除我？”

骆康没有回答她的问题，即使在这种时候，他依然是一副斯文有礼的模样。

何瑷也向来和气，但此时眉眼间只有意外和难以置信。她努力控制着不让自己的呼吸过于紊乱，神情端肃而又执着地看着骆康，说：“我需要一个合理的解释。”

“季助理在酒店门口发生的意外，你有什么要解释的吗？”骆康终于开口，只一句话就让她的脸色变得更加苍白。

何瑷第一反应是孙筠那个蠢货泄了密，但距离她从茶水间出来不过片刻，就算孙筠选择告密，到骆康找上她，时间上也不对。想到这里，她心下稍安，眉眼间露出恰到好处的错愕，反问道：“季助理的意外？你什么意思？为什么我需要解释？”

骆康见她如此，看她的眼神越发复杂起来，直接把话挑明：“除了做出开除决定，公司还出面把当时的监控交给了警方，你大概很快会收到通知。”

何瑗蓦地站起身来，直视骆康，眼圈有些发红，难以置信地问：“你到底在说什么？难道你想说季助理的意外是我造成的吗？未免太可笑了！这些事和我有什么关系？”

“当天酒店的监控设备确实在检修，但是线路出问题后酒店已经第一时间启动了备用装置。”骆康说着拿出手机，打开存储的视频递给她看，“你可以确认一下，这是不是……”

他话未说完，何瑗看到视频里酒店门口的画面时猛地将他递过来的手机打落在地。

随着手机砸在地板上发出的响声，何瑗脸上强撑出来的委屈消失不见了，她脱力般跌坐回沙发上。她没敢去看骆康此刻的表情，只是有些茫然地想：他看到那些画面时会怎么想她呢？

骆康捡起手机，因着她此刻的反应，素来温厚的他眼神也沉了几分，他问：“你为什么要这么做？”

何瑗像是听到了什么笑话，她亟待确认一样看向骆康，问道：“你是在问我为什么讨厌季明明吗？你竟然问我为什么？”说完，她便不可抑制地笑了起来，并且因为骆康不明所以的目光，笑声越发止不住，以至于眼角都泛起泪光。

不知过了多久，她抬手抹了一下眼角，再次看向骆康，一字一句地说道：“你买给同事的咖啡，只有季明明的那杯永远不一样。你从法国回来那天，我去她的办公室送资料，在她的桌子上看到了一枚小猫胸针。只有非常关注一个人才会第一时间注意到她不见了，第二天你眼里的红血丝那么明显，不去参加篮球赛的理由却是前一天晚上在处理公事，所以没休息好……”话说得越来越多，何瑗的声音也越来越清晰，她停顿片刻，问骆康，“这些事一件又一件，你又是为了什么呢？”

早在她第一句话说出口时，骆康的脸色就有了微妙的变化，一如他没料到他的举动会被他人窥探，他也同样没有想过，人前永远和善内敛的何瑗会有这样的心思。

“为了给季明明送咖啡，你给每一个人都买了咖啡。胸针也是专门为她选的，因为你那么细心的人，不可能没有察觉出她不用香水……至于她喝醉酒的那天，你整晚都没睡着，当时你又是什么心情呢？”何瑗直视骆康，自嘲地说道，“骆康，你是为了什么，我就是为了什么。”

那些和他接触时悸动的心情，因两人的关系毫无进展而生的焦躁，还有觉得自己配不上他的自卑……所有的一切堆积成山，这么久以来，沉甸甸地压在她的心头，如今终于说破，却并没有给她带来一丝轻松感。

她只觉得自己可悲。

“对不起……”骆康眸底的无措只存在了短短一瞬，他虽然为自己无法给她任何回应而道歉，却仍然无法理解她的做法，所以再次开口时，神情里透着平时工作时才有的冷静和严肃，“无论你有什么样的想法，都不该牵扯无辜的人。”

何瑗冷笑起来，眼底终是蒙上了一层水雾。她克制着声音里的颤抖问他：“这几年我们一起共事，和你朝夕相处的是我！一直关心你、在意你的人也是我！季明明到底凭什么？难道就因为她长了一张漂亮的脸蛋？还是说……因为她姓季？难道你也幻想着做季家的乘龙快婿，少奋斗几十年吗？”这句话脱口而出后，她又急忙说，“不，我知道你不是这种人。整件事从头到尾最不无辜的人就是季明明！她如果真的那么无辜，就不该在千方百计接近卓董的同时还要勾引你！”

“何瑗！”骆康出声制止她无端的污蔑，蹙眉看着她说，“她从来都不是这样的人，更没做过伤害你的事，你可以不喜欢她，但你没有任何理由恶意污蔑她、伤害她。”

眼泪滴落在手背上，可即便再灼热的温度，片刻后也冷了下来。何瑗擦去手背上的眼泪，迎着骆康的视线声色俱厉地反驳道：“她的存在对我来说就是最大的伤害！从她得到了你的关心、你的特殊对待那天起，我就不需要再去找什么理由了！”她的嘴角勾起一抹讽刺意味浓重的笑，可笑意丝毫没有抵达眼底，“她的命太好了，我这种小人物能拿季家的大小姐怎么样呢？破坏她几份文件，对她来说根本就是不疼不痒的小事。挑拨同事也没有意义，因为她本来就高高在上，私下聚会更是从来不屑于参加。她平时大多数时间跟在卓董身边，就连上下班也有专职司机接送……一直以来，我连接近她的机会都没有。”何瑗的声音轻飘飘的，接下来要说的仿佛只是一件再理所当然不过的事，“不瞒你说，我甚至连在饮水机里投毒也想过了。”

骆康呼吸一滞，难以置信地看着何瑗。

她嘴角的笑容看上去比平时还要温婉几分，落在他眼中，却陌生得可怕。

事已至此，他不想再听她说下去，直接用肯定的语气说道：“所以当时在酒店门口，你趁乱把她从台阶上推了下去。”

何瑗轻嗤一声，不无遗憾地说：“也许她觉得这次的事发生得很突然，但对我来说已经是天时、地利、人和齐备了，可惜……她只摔断一条胳膊。”

听着她语气平静的话，骆康眉头皱得更深，他拿出口袋里的录音笔，当着何瑗的面关了。

何瑗说出一切后，总算感到一点儿久违的轻松，但看着眼前骆康的举动，她的神情里又多了几分探究。

何瑗用了不到一分钟的时间去想为什么在证据确凿的情况下，骆康还要录下两人的对话。她猛然瞪大了眼睛，先前用尽全力粉饰的平静一扫而空，难以置信地问道：“你骗我？监控根本没有拍到我是不是？”

骆康收起录音笔，面对她的质问，神情显出鲜有的冷淡：“那个酒店的管理存在一点儿漏洞，设备全部检修时并没有启用备用装置。你们在场的每个人，今天都被问过相同的问题。”

这是季明明提出来的办法。

她要人事部分别给每个人发了一份辞退报告，以及一段所谓的现场视频录像。唯一不无辜的那个人总会露出马脚。

可是骆康从未想过那个恶人竟是何瑗。

对何瑗来说，即使是骆康知晓她心意时的无动于衷，也比不过此刻更让她难堪。

何瑗的心口仿佛被人剜了一刀，她的眼泪再也不受控制，疼得连强撑的笑容也有些扭曲，她不甘心地追问道：“你为了季明明亲自来审我、骗我，是吗？骆康，她到底哪里值得你这么做，我又有什么对不起你的地方，你要这样对我？！”

可她得到的只有沉默。

骆康站在原地看着她，就像公正无私的法官看着一个俯首认罪的囚犯。可抛开爱慕者的身份不谈，哪怕只作为一个和他相处融洽的同事，此时她也没能得到他一个有温度的眼神。

他沉默的时间越久，何瑗就越绝望。她通红的眼里流露出一丝了然，哽咽着说道：“我知道了，因为她受伤了，所以你心里怨我、怪我。你要给你尊贵的公主殿下做骑士，当然不会在乎恶毒巫婆的心情。”

骆康不置可否。

“可为什么……偏偏是你来问我呢？”何瑗颓然地抬手捂住眼睛，但眼泪还是顺着指缝不断地涌出来。

看着无声哭泣的何瑗，骆康微不可闻地叹了口气，说：“人选由卓董安排，我只是配合人事部的工作。”

何瑗仰头靠在沙发里，捂着双眼的手始终没有放开，只在听到骆康的脚步声由近及远的时候，哑着嗓子说：“果然什么事都瞒不过他……骆康，原来你也会自作聪明。他连我对你的心思都看得出来，你觉得他会不知道你喜欢季明明吗？”

骆康低头拧动门把手的动作一僵，伴随着墙上时钟的秒针一下接一下转动的声响，他脸上浮现出的所有复杂情绪最后都随着开门的手缓缓用力而重新归于平淡。

他没有回头看何瑗，一言不发地走了出去。

季明明留在家里养伤的时候，卓清淮又去欧洲出差了。

欧洲如今的经济形势动荡，不过风险和机遇并存，此时正是商场博弈的有利时机。

卓清淮这一去便是月余，季明明石膏还未拆时就知道他每天的行程有多繁忙，所以没有跟去添乱的打算。她没跟着去的另外一个重要原因则是她能感受到她和卓清淮之间有变化、有进展，但两个人的关系似乎停滞在一个较为微妙的状态里。她既能感觉到卓清淮对她的不同，又不确定在他内心深处，究竟把她放在一个怎样的位置上。

“你不想他吗？怎么也不见你们联系？”虞兮穿着睡衣躺在季明明的床上，正敷着面膜闭目养神，突然问了一句。

她刚拿下一笔大订单，难得有时间来找季明明厮混，结果发现季明明这两天除了居家办公，就是在医生的指导下做康复训练，公事之外很少接打电话，信息也没见发。

季明明靠坐在沙发上，把写完的报告检查了一遍才发出去，然后站起身来，活动了一下酸痛的颈椎和仍不舒服的右臂，忽略虞兮的第一个问题，直接答道：“我们都很忙，而且有时差，偶尔会发两条信息，说一下自己做了什么。”

虞兮意味不明地“嗯”了一声，又问：“这个‘偶尔’是什么频率？”

“大概一天一次。”

季明明不觉得这有什么问题。她和卓清淮没有固定的相处模式，两个人在一起时，有时候会断断续续地说很多话，有时候各自忙碌、一言不发。如今短暂分开，她自然是想念卓清淮的，但性格使然，她说不出什么肉麻的话，像现在这样在繁忙的工作之余和他聊几句天，然后安安静静地等他回来，就让她感到很开心了。

“我不应该表现得太吃惊，毕竟你们也没有谈恋爱。”虞兮忍不住睁开眼睛看着她说。

季明明的神情没有半分波动，反驳道：“怎么才算谈恋爱，站在心形花圈里当众表白，在围观群众的起哄声里接个吻，然后拍照发朋友圈昭告天下吗？”

“别激动啊，没谈恋爱也不是说你们毫无关系的意思。”虞兮不紧不慢地揭开面膜，奚落道，“你们就像那种过了十几年平平淡淡的婚姻生活，要么马上去民政局离婚，要么破罐子破摔凑合到一起进坟墓的——形式上的夫妻。”

季明明冷笑道：“我倒是觉得，如果一把年纪了还被人叫‘宝宝’，那才是真正的生不如死。”

虞兮终于被噎住，一脸吃瘪地瞪了季明明一眼，起身去了洗手间。等她洗完脸回来，脸上的不悦依然没有消散，看着正仰面躺在床上发呆的季明明，没好气地问：“又想什么台词呢？”

“对于你这种有仪式感的人来说，在一起或者分手都需要非常正式的流程，但我没有，我一直觉得很多时候心里清楚就够了。”季明明眼睛一眨也不眨地看着天花板说。

“你喜欢他这么多年，你当然够清楚，但你清楚的只是你自己的内心，你知道卓清淮怎么想吗？”虞兮躺在她身边，单手支颐看着她问。

“多少知道一点儿，不过问得再清楚一点儿也没什么不好。”季明明说完，忽然又想起什么，有些迟疑地转过脸，皱着眉头认真地说道，“但是你以前跟我说，永远不要表白，不要问一个男人爱不爱你。”

虞兮的表情顿时一言难尽，看着身边的人仿佛是在看一个白痴。她抬手毫不温柔地揉着季明明的头发，假笑着说：“我们明明真聪明啊，都会举一反三了。但我拜托你用你落了灰的脑子想一想，你在他面前那个样子，有没有表白有区别吗？”

季明明皱着眉头打开虞兮的手，虞兮也没有计较，就势躺回床上，同样看着高高的天花板，许久后才开口说道：“这个世界上总有一些像卓清淮这样聪明的人，不管是事业还是生活，对他们来说都很容易。即使碰到像感情这么复杂的事，他们处理起来也得心应手。你天生就是一根筋，对他从来没有戒心，但我不行。我总得确认他到底是怎么想的，才能放心。”

与其说她想让季明明问个清楚，不如说她自己才是最想知道的那个人。

季明明沉默良久，学着虞兮的样子伸手揉了揉她的头发，轻声说：“知道了。”

季明明没有知会任何人，尤其是没有提前告知卓清淮她要去英国——她的手还没有彻底恢复，一个人突然跑这么远，卓清淮大概不会有惊喜的感觉。

她的出行依然由薛珊安排，出了希思罗机场，来接她的司机已经等在那里了。她上车之后才打电话给卓清淮，听着电话那头机械的女声提示对方已关机，一直没什么表情的脸上露出诧异的神色。

连打三次电话始终不通，她只能尝试打给骆康。

好在骆康很快就接了，她开门见山地问道：“卓清淮的手机没电了吗？我打过去提示关机。”

“卓董和向总他们昨天连夜飞往德国了，现在这个时间应该在回程的飞机上。有什么事需要我转告吗？”骆康解释道，“我有其他工作要处理，所以没有一起去。”

季明明沉默了。她不得不承认，惊喜这种脱不开梦幻色彩的词大概天生不适合她这种人。

得不到她的回应，电话那头，骆康的声音再次传过：“明明？”

季明明回过神，不带任何情绪地说：“我到伦敦了。”

骆康显然是意外且错愕的，愣了好一阵才反应过来她说了什么，随后一连串问题就抛了过来：“你现在在哪里？一个人吗？需要我现在去接你吗？”

对于骆康的细心和妥帖，季明明早有认知，等他问完才答道：“不用了，有人接我，谢谢。你把他住的地址发给我吧。”

“好。”骆康很快答道，挂电话之前又叮嘱道，“天快黑了，你一定要注意安全。”

季明明对骆康发过来的地址没有什么印象。随着司机按地址一路疾驰，目的地越来越近，她百无聊赖地看向窗外时才意识到，沿途的建筑和风景虽然略有变化，却给她一种久违的熟悉感。

直到一座私人庄园出现在视野中，季明明看到夜色中矗立的城堡，这才想起如潮水般漫上心头的熟悉感究竟从何而来。

她来过这里。

只不过当年她在来的路上看似在看沿途景物，但手里一直紧攥着堂姐季湘湘帮她拿到的请柬，脑子里想的是等会儿见到卓清淮后该说什么、怎么说。等到彻底回过神时，车已经驶入了庄园大门。

那段记忆算不上好，满腔恋慕还未说出口就在对方看过来的陌生眼神中被冻结成冰，紧接着更是因他与别人旁若无人地调情而彻底支离破碎。她这几年反复回忆那些画面，所以刚进卓越集团工作时还有怨怼。如今她不再受困于过去的痛苦，可是当她站在大门外，看着远处那座给她留下过深切痛苦的城堡时，心中还是有一种无法言喻的压抑感。

不久后，她所站的位置被后面的车灯照亮了，她回过头，抬手挡住眼睛，那辆车刚停稳，骆康就从车上走了下来。

“卓董的电话打不通，这些人做事有些死板，估计会核实信息后让你在这里等。你打来电话的时候我刚忙完，就直接过来了。”骆康解释完，对季明明说道，“我送你进去吧。”

白天刚下过雨，夜里格外阴冷。

骆康挂了电话就从公司赶了过来，外套都没穿，白色衬衣在秋风里显得格外单薄。因为怕季明明冷，所以他打开了后座车门，示意她赶快上车。

“谢谢。”季明明礼貌地说道。

“不用客气。”骆康笑起来，他亲自把季明明的行李箱搬下来，放进了他的车的后备厢里，然后回到车上，朝大门口驶去。

大门处的电子识别系统自动放行了骆康的车，他一边把车开进去，一边从内视镜看了一眼沉默的季明明，问道：“冷吗？这边的气温比海城低很多。”

季明明摇了摇头。

她穿了一件米色的高领毛衣裙，外面套了一件墨绿色的大衣。也许是米色看起来温柔，季明明低头时，小半张脸都埋进了高高的领口，骆康莫名觉得此时的她透着一股难得的柔软气息。

他想问她的伤恢复得怎么样了，但很快又意识到她是因为他才遭受了无妄之灾，愧疚感再次涌上心头，让他不知如何启齿。

“卓清淮下飞机后直接回这里还是要去公司？”季明明对他的

心理活动一无所知，先于他开口，有些心不在焉地问道。

骆康答道：“德国那边的合作谈得很顺利，如果没有特殊情况，卓董应该直接回来。”

季明明不着痕迹地点了点头。

城堡华丽复古如昔，因为记忆中的衣香鬓影已经消失不见，所以季明明踏入大厅时，甚至感觉到了一丝空旷。

她看向楼梯口，依然有一种时光倒流的错觉，仿佛下一秒乐曲声便会再起，卓清淮会走下台阶，从容地和生意伙伴寒暄，然后漫不经心地转身，朝她看过来。

帮佣来请示骆康，季明明的行李箱要送到哪个房间。

等身边的人从微怔中回过神来，骆康才出声问道：“不知道你要住哪个房间，上去看看吗？”

“随便哪一间都可以。”季明明摇了摇头，脱下大衣递给旁边的帮佣。

见她脸上透着因长途飞行而产生的疲惫，骆康说：“你先上楼休息一下，我让人帮你准备一些吃的。”紧接着，他又有些迟疑地问道，“胳膊有没有觉得不舒服？”

季明明否认了，但她确实很累，所以听取了骆康的建议，在帮佣的带领下上了楼。

洗完澡后，季明明换了一套乳白色的休闲装。

出房间后，在走廊里遇到一个帮佣，季明明不知道骆康是怎样向其他人介绍自己的，但见帮佣礼貌地向自己问好，她颔首后突然问道：“还有别人在这里住过吗？”

对方绿眸中有明显的意外之色，虽迟疑了片刻，还是答道：“只有先生一个人。”

季明明下楼的时候，心中的沉郁少了一些，虽然知道她今天是不请自来，但神情仍然明朗了许多——反正不管怎样，卓清淮又不会把她扫地出门。

刚到楼下，季明明就听到骆康的手机响了，他接起来叫出“卓董”这个称呼的同时，她也到了近前。两人视线相撞，季明明下意识地朝他摇了摇头，做了“噤声”的动作。

她看上去心情好了很多，虽然脸上还是没什么表情，但睁大的眼睛比平时多了一丝灵动，可爱中带着稚气的模样让人很难相信她就是那个时常拒人于千里之外的季明明。

骆康心中的怜惜又多了一分，但他意识到她所有的喜怒哀乐皆因他人而起时，心底那些温情再度被一种熟悉的苦涩感包围。

“上午在这边开会的时候，我落了份文件在您的书房，现在过来取一趟。”骆康垂眸掩下黯淡的神色，很快找好了理由，认真地听着电话里的指示，一一记下，点头应道，“好的，卓董，那我把这几份文件一起整理好，明天早上带去公司。”

书房里，帮佣已经把骆康的笔记本电脑从车里取了过来，骆康打开后把两份文档发给了来帮忙的季明明，然后叮嘱道：“觉得累的话就休息。”

季明明觉得骆康临时加班也有她的原因在，更何况她本就无意休息，一心等卓清淮回来，所以面对骆康的关心，只说道：“我也是卓越的员工，这些工作本来也在我的职责范畴之内。”

这的确是季明明的风格，不过看着她一板一眼的模样，骆康忍不住笑了笑。

季明明坐在卓清淮的办公桌后，开始用书房里一台没有密码的备用电脑处理骆康发过来的文件。接下来不再有人说话，一时间只有敲击键盘的声音和纸页偶尔翻动的声音。

骆康传达了卓清淮的几点指示，季明明把一份合同的初拟版本按要求修改了一遍，然后打印出来递给坐在对面的骆康。

骆康一边看一边拿过马克笔圈出需要再次修改的部分，圈到第二处时，马克笔就写不出字了。

季明明起身去笔筒里拿新的过来，下一秒，她的动作便僵住了。她死死地盯着笔筒边的一个小巧的盒子，拿起来攥在手里时，最后一丝不确定也被打消了。她根本不需要打开它就知道里面是什么，因为这本就是她的东西。

动作僵滞地打开盒子，看着里面的凌霄花书签，季明明仿佛又一次置身于那场葬送了她初恋的宴会中。

卓清淮看陌生人的眼神浮现在眼前，她一直以为自己恍惚中遗失了本想送给他的礼物，四下寻找了许久。虽然后来她已经接受现实，明白对于卓清淮来说，自己不过是个有过两面之缘的陌生人，但每每想到这枚遗失的书签，她还是会觉得心疼。

季明明从没想过它会出现在卓清淮这里，如今乍然发现，一时想不明白这意味着什么。

骆康后知后觉地抬起头，见季明明正入神地盯着手里的一个盒子，脸色十分阴沉，他半是不解半是关切地问道："你怎……"

谁知他刚开口，季明明就拿着盒子一言不发地跑出了门。

回到房间，季明明从衣帽间里把行李箱用力地拖了出来。没有彻底痊愈的右臂隐隐作痛，但她像是没有感觉。打开行李箱后，她在原本整齐的衣物中胡乱翻找，直到找出一个同样的盒子。

两枚书签摆在一起，材质、工艺都别无二致，只有里面的凌霄花花瓣形状不同。

曾经有人从天而降，三言两语便化解了一个小女孩儿心中无从宣泄的戾气，临走前揉了揉她的头发，他指间的凌霄花瓣无意间落在她发间，直到晚上照镜子时她才发现。那时她还远远不知什么是心动，只想留住这份鲜少得到的温暖，于是她将花瓣拿下来，让人制成了这对书签。

看着手里的书签，季明明还没有傻到以为它出现在卓清淮的书桌上完全是因为巧合。她猜测着卓清淮是否已经知道它的主人是谁……或许，卓清淮一开始就知道她是谁了……

骆康站在季明明的房间门外，不知她现在的情况，犹豫着要不要敲门。

这时候房门突然打开了，季明明面无表情地走了出来，沉默着经过骆康身边，在楼梯口的台阶上坐了下来。

“你还好吗？”骆康跟过去，有些担心地低声问道。

“没事。”季明明抱着膝盖，看着下面螺旋状的台阶说，“你去忙吧，我在这里等卓清淮回来。”

和卓清淮相识以来的所有画面都呈碎片式在季明明的脑海中飞速闪过，其中在这个城堡中发生的一切最为清晰。

她以为自己于他而言是特别的，但站在这里目睹他和空姐调情的羞辱感再次涌上心头，季明明想不明白他如此残忍地对待她却留下书签的理由。

她不得不承认，虞兮是对的，她自始至终唯一清楚明了的只有她自己的感情。她眼底有伤心、有迷惘，更多的是要将她整个人都吞没的孤单。

一旁的骆康不知因由，但他没办法离开。

“我养了两只猫，你要不要看看？”沉默片刻，骆康拿出手机，打开一段视频放到了她面前，对她说，“我有时候遇到不开心的事，看看它们，就会好很多。”

视频里是阳光明媚的客厅，两只猫正蜷在沙发上睡觉。随着视频继续播放，其中一只猫醒了过来，伸了个懒腰后，便去骚扰另一只猫，于是两只猫很快就打成一团。

“这只是蓝金渐层，我刚毕业的时候买的，这只是三花猫，我前两年收养的流浪猫。”骆康像在给哭闹着不肯睡觉的小孩儿讲童话故事，语调轻柔地说，“它们最开始的时候打架打得很凶，不知道从哪一天开始，关系突然好了起来。是不是很可爱？”

听着骆康一字一句地讲述，季明明看着手机屏幕的视线又移向了他的脸，眸底的柔和转瞬即逝，快得仿佛从未出现过。她像是第一次认识骆康，目光里带着审视和探究，在他同样看过来时，那抹锐利更加明显。

“不是应该还有一只黑色的吗？”她突然问道。

骆康呼吸一滞，拿着手机的手僵住了。长久的沉寂后，面对季明明没有任何温度的注视，他听到自己干涩的声音响了起来：“生了很严重的病，没有救回来。”

季明明点了点头。

当初她从宴会上离开时，灭顶的痛苦几乎要把她淹没。可即便如此，当她意识到书签丢了时，她还是第一时间跑了回去。

发现书签彻底遗失后，她失魂落魄一般，所幸在城堡外遇到了一个年轻和善的男人。那时候她沉浸在自己的情绪里，来得突然，离开也同样仓促，之后对那个人就没有了任何印象——直到今天面对相似的场景，她才骤然想起，那个男人正是骆康。

看着骆康紧张的表情，季明明收回视线，声音平静却也冰冷地开口，不知在问谁：“为什么要装作不认识呢？”

骆康哑然，私底下他向来不善言辞，此刻更是不知从何说起。

他在那场晚宴接近尾声时遇到她，城堡外的角落不那么惹人注意，但那天她穿了一条红色长裙，所以忙碌许久的他终于能出来透一口气时，一眼就看到了她。

半明半暗的光影里，她一个人坐了很久，因为她低着头，所以他看不到她的表情，只能看到月光下的红裙和她头上乌黑的发辫。

他出于善意，走过去礼貌地询问："你不舒服吗？有没有什么我可以帮到你的？"

她猛地抬头朝他看过来，于是，从那天起，无数次午夜梦回，他眼前都是这张脸。

年轻的女孩子乌发红唇，皓齿明眸，美得那么不真实。

她看过来的那一眼里有着藏不住的期待，只是那点儿情绪出现得突兀又短暂，紧接着她的脸色迅速灰败下来，只剩掩饰不住的落寞和悲伤，就像一个易碎的水晶娃娃。

骆康本想继续询问她是否需要帮助，但看到她眼底的水光，又说不出一句话来。他感情经验有限，面对伤心难过的女孩子更是束手无策。他绞尽脑汁想了许多办法，最后也只是蹲下身去，笨拙地拿出手机问她："我养了两只猫，特别可爱，你要看一下吗？"

没有得到女孩儿任何回应，但至少也没有被拒绝。于是他打开视频，一段又一段地播放给她看，同时耐心地为她讲述养猫的琐碎趣事。她没有离开，他便一直这么讲了下去，直到不知不觉间，她身上浓重的悲伤渐渐重归淡漠，视线也开始看向他的手机屏幕。

看完所有视频和照片后，他见女孩儿的情绪已经平静了许多，暗暗松了口气，但因为她脸色苍白，所以问道："这里晚上有点儿凉，你想进去吗？"

见她摇头，于是他又问："那我去拿点儿热饮给你好不好？你喜欢喝什么？"

他已经做好了对方不会回答的准备，毕竟她连一个字都没有对他说过。但没想到她动了动唇，用微哑的声音答道："喜欢甜一点儿的。"

他因着这孩子气的口味而觉得她格外可爱，等他匆匆进去拿了热奶茶和外套出来时，坐在那里的人已经不见踪影，就像午夜十二点后和南瓜马车一起消失的灰姑娘。

再后来，她作为新同事出现在他面前，她依然沉默寡言，却也高高在上。可是，无论她是灰姑娘还是公主，他看到她的眼神只看向另一个人时就只能打消这些年来的一切幻想。

即使心中明白，即使他伪装得再好、再看不出破绽，当他听到她问出那句“我之前是不是在哪里见过你”时，伴随着不知从何处泛起的尖锐疼痛，攥紧的掌心还是出了一层薄汗。

“对不起。”骆康看着季明明，因着她黯淡的眸光，自责地说道，“我只是……”

“只是一个无关紧要的人，没必要把事情搞得太复杂，当作从来不认识就可以随意打发了。”季明明的视线落在远处，想到那两枚书签，漠然地开口说道。

“不是！”骆康矢口否认。

正因为在意，所以他能看清她情绪的变化，知道她冷漠的外表下藏着一颗怎样别扭、敏感的心。

“对不起，明明，因为我是一个胆小鬼。”

她不仅有他配不上的身家地位，而且早已有了心上人。

他无论是身为下属，还是仅仅作为一个普通男人，都没有能与卓清淮相提并论之处。所以他只能站在守护者的位置默默地看着她，看她因所爱的人而产生的一切喜怒哀乐。

他为她的开心而开心，也会在她难过无助的时候忍不住想：如果是他的话，一定不会让她受任何委屈。

何瑗的事情发生后，得知一切早就不是秘密，那些被刻意忽略的不甘反而渐渐滋长。

今天再次目睹她的难过，天长日久的压抑和隐忍摇摇欲坠。他拿出手机之前，想过如果被发现他该如何解释，但这种担心之外又并非全无希冀。

为什么不能让她知道呢？她至少应该明白她值得这个世界上最丰沛最纯粹的爱，也永远拥有做出选择的权利。

季明明没有听懂骆康这句话，但她看清了他的眼神——向来斯文有礼的人，此刻目不转睛地看着她，眼底有坦荡的痛苦和无限的柔情。

她愣了愣，因这突如其来的变故不得不暂时从个人的悲喜中抽离出来，迟疑地开口："你……"

"我喜欢你，明明。"骆康像是怕吓到她，声音很轻，"从第一次见到你的时候起。"

季明明不知道该说些什么。

读书的时候，除了几个朋友，她并不和外人来往，走在路上突然被人拦住表白的事情时常发生，她也向来不理会。如今扮演这个角色的人是骆康，她只觉得有些失望。

"我以为我们已经是朋友了。"她脸上没有常人被表白后该有的反应，语气反而更加冷淡，问道，"你为什么喜欢我呢？你甚至不了解我。"

骆康摇了摇头，认真地说道："你喜欢吃甜食，睡觉会做噩梦，心情差的时候可能靠伤害自己缓解痛苦，因为我有两次都在你挽袖子的时候看到你手臂上的伤口。你讨厌别人聒噪，别人的一点儿善意就能打动你，你却根本不知道该怎么接受，所以你总是表现得很冷漠。我甚至知道你现在对我很失望，因为我不了解你的经历，所以你觉得我的喜欢很肤浅……明明，我甚至在你还不肯承认的时候就知道卓董对你来说有多重要了，因为每次他的一个眼神就能左右你的心情。"说到这里，他脸上的笑容越发苦涩，"但我还是想让你知道，从你特别茫然、特别难过地抬头看我的时候起，我的心里就只剩下一个念头——我想，我怎样才能让她开心一点儿呢？"

季明明眼中的疏离和防备褪去了几分。她意识到自己是感动的，即使在产生这种情绪之前，她最先衡量的是对方的话是否足以取信——在纯粹的异性关系层面上，她对卓清淮以外的任何人都没有信任基础。

可她到底不希望朋友难过。即使虞兮曾经耳提面命，让她不要试图和同事做朋友，而今天过后，他们也许真的再也做不成朋友了。

“谢谢，”季明明缓缓地说道，“但你知道的，我心里只有卓清淮。”

“我知道……你很早就认识他了，人的出场顺序是很重要的。”骆康说完，试图扯出一抹豁达的笑容。他以为这是一条早已知道尽头在哪里的路，所以走过来的时候便不会伤心，但看着她分明有些懵懂的神情，他的胸口传来近乎窒息的疼痛。

他最初表明心意时微红的脸，不知道什么时候开始变得苍白了，眼角渐渐也有些红。

“对不起，”季明明移开视线，双手交握，慢慢地说道，“其实我性格很怪，脾气也很差，也许你……”

她话音未落，骆康就笑了起来。

看着眼前试图用这种方式表达歉意的季明明，他始终觉得，她是天底下最可爱的女孩子。只是他的笑容和喜悦无关，其中除了对她的疼惜，只剩了伤感。

他伸手轻轻地揉了揉她的头发——从认识她的那天起，他就想这么做了，可惜一直没有机会。而眼下，他有一种预感：也许他们以后再也没有什么机会可以这样安安静静地并肩坐在一起了。

她偏了偏头，眉头还未皱起，便看见了数级台阶外的卓清淮。

卓清淮手里拿着一个文件夹，静静地站在楼梯的转角处。

他已经脱下了西装，衬衫领口松着的两枚贝母扣透出几分随意。因为近期工作繁忙，他看上去瘦了一些，气质却愈显卓然。他的神情一如既往地温和，看着坐在上面的两个人，蹙眉说道：“怎么坐在这里？”

骆康随着季明明的视线看过去，眼中的伤感变得凝重起来。他在卓清淮身边工作多年，对他心情的变化相对敏感，所以犹豫着喊道：“卓董……”

“怎么坐在这里？”卓清淮笑着又问了一遍。

迎着卓清淮的视线，季明明一动不动。

之前被骆康突如其来的表白打断的想法再次萦绕心头，对比卓清淮此刻的安之若素，她心中原本的疑惑和委屈一时间只剩下委屈。

“在等你。”她看着卓清淮，面无表情地说。

卓清淮拾级而上，没问她为什么会突然跑过来，只看着她问道：“胳膊好了吗？”

季明明记得，当初他也是如此淡然地看着她问：“这位小姐，有什么事吗？”

“什么事也没有。”季明明蓦地站起身来，扔下这句话后转身朝房间跑去，脚步声渐远，房门紧接着就“砰”的一声被甩上了。

骆康已经习惯了卓清淮和季明明在一起时独特的氛围，过去他一直掩饰得很好，但因为刚刚对季明明表明了心意，所以此时的他看着空荡荡的走廊有些失神。

卓清淮从季明明的反应里猜到了一些事情，问骆康：“她去过书房了？”

骆康回过神来，点了点头，正要替她解释两句，看到卓清淮眸底无奈又不乏温柔的笑意，便清楚他已经没有任何立场替她开口了。

卓清淮把手里的文件夹递给骆康，态度和往常相比没有任何变化，公事公办地吩咐道：“这是德国那个项目的草拟协议，明天开会讨论。之前两份合同没处理完的话，明天到公司再继续吧，早点儿回去休息。”

季明明回到房间，一个人坐在床上，因为情绪的起伏，呼吸有些紊乱。可她一个人坐了很久，卓清淮也没有过来。于是，最初的气愤过后，她再次陷入自我厌弃的状态。

或许在卓清淮看来，她的脾气发得有些莫名其妙——他们当年只见过两次，他对她而言有着极为特殊的意义，她对他而言却未必，所以他随便找了一个理由拒绝她，也不是什么了不得的大事。更何况这次重逢以来，他已经给了她足够的耐心和关怀，甚至默许了她的亲近，所以她还有什么不满意的呢？

可她偏偏就是不满意，甚至因为这种不满的情绪而慌乱。

卓清淮说过她可以无理取闹，可她的性格本就沉闷古怪，不招人喜欢，如果越来越得寸进尺，他会不会有厌烦的那一天？

所以，到卓清淮耐心告罄的时候，她又该怎么办呢？

她下意识地举起手臂，可在咬下去之前又想到卓清淮不喜，于是慢慢地放了下去。

人总是贪心的，但贪心的人又能得到什么好结果呢？想象中卓清淮耐心告罄的那一天的到来给她造成的恐慌感，让她觉得，她可以不那么迫切地要卓清淮给她一个答案……她可以什么都不要，只跟在他身边，做一个沉默听话的影子。

季明明从床上站起身来，走到敞开的行李箱旁边，把之前为了找书签而扔出来的东西一股脑儿塞了回去，然后合起箱子，拉着它向外走去。

行李箱的轮子滚过地面，发出轻微的响声，彼时卓清淮正朝她的房间走过来，见此情景眉眼间隐有笑意。

从某种程度上说，他是乐于见到季明明发脾气的，因为这意味着她渐渐找回了任性的权利，可以不再把自己禁锢在过去，只用冷漠去抵挡可能存在的伤害了。

他走过去，正要开口，发现季明明垂眸避开了他的视线，佯装平静，低声说道：“你现在很忙，我不留在这里给你添乱了，回海城等你。”

卓清淮的眉头微微皱了起来，擦肩而过的瞬间，他按住了她拉着行李箱的手。

如果季明明此刻去看他的表情就会发现他的笑意丝毫没有到达眼底，可她没有抬头，只是用力咬了一下嘴唇，在明显的刺痛感中挣开他的手，拎着行李箱便要下楼。但下一秒，行李箱便从手中被夺走，她整个人都被拉了回来。

“手不想要了吗？”卓清淮的声音依旧悦耳，却少了平日里的温度。

季明明没有意识到她刚刚无意间用了右手去提行李箱，手臂的确感到了不适，但这远远不及卓清淮的训斥对她造成的影响。因此她终于抬眸去看卓清淮，即使拼命忍耐，但眼神里仍有藏不住的乖戾。看着他皱起的眉头，最后一丝理智瞬间被她抛到了脑后，她脱口而出道：“我自己的手，就算不想要了，和你有什么关系？”

饶是卓清淮修养极好，此时脸色也冷了下来，他单刀直入地问道：“是吗？那你拉着箱子从房间里出来的时候在想什么？既然和我无关，为什么怕收不了场，想连夜回海城当自己没来过？”见季明明一脸倔强地别开脸，咬着嘴唇不吭声，他怒极反笑，“季明明，你觉得我们在一起是因为你懂事听话，知道怎么忍气吞声吗？”

季明明猛地看向他。

她不想哭的。但那些痛苦和慌乱不能再发泄在她的身体上，就只能掉转方向朝着心底最薄弱的地方攻击。她什么都不再说，眸底分明有掩饰不住的委屈和无措，偏偏只肯沉默又执拗地站在那里，以她从小到大就习惯了的冷硬姿态对抗着。

一滴眼泪就这么毫无征兆地从眼中滚落了下来。

看着这样的季明明，卓清淮终是不可能和她僵持下去的。他微不可闻地叹息，直接伸手将她揽入了怀里。

即使怀里的小姑娘并未挣扎，她僵硬的肢体语言也说明了一切。

卓清淮轻抚着她的后背，安静地抱了她许久，等到她的身体不再那么僵硬后，才放缓语气，一字一句地说道：“不管什么时候，想发脾气都随你，但必须是在不伤害自己的前提下，能做到吗？”

本在意料之中，她没有回答。

卓清淮无奈地笑着说道：“只要能做到这一点，你怎么发脾气都可以，不需要考虑对错。‘懂事’不是什么人生必备的行为准则，我对你从来都没有这种要求。”

一直不说话的人终于有了反应，脸依旧埋在他怀里，闷声说：“真的吗？”

卓清淮笑着说道：“你平时惹我生气的次数可不少，现在再回过头来担心，有点儿本末倒置了，小朋友。”

季明明感觉自己浮浮沉沉的一颗心终于落地，得到了保证后，她心中的委屈反而越发清晰起来，她抬起的手还没抱住他又垂回身侧，生硬地问道：“那你刚才为什么不来找我？”

总算找到了压垮她的最后一根稻草，卓清淮耐心地解释：“当然是要过来的，但骆康有事要找我谈，耽误了几分钟。”他轻抚着她的头发说，“生气的人不适合一个人留在房间里，是我疏忽了。”

“一分钟也不行！”季明明喉头微哽，双手抓紧他腰侧的衬衫，呼吸急促地说道。

“好。”卓清淮说完，又无声地笑了笑——大概早在真正重逢的那天起，他就预见了自己以后会一步步妥协，所以刚刚不假思索地回答，只不过是又一件意料之中的事情，他抱着季明明说，“以后有什么话要直接告诉我，不能一个人胡思乱想。你想知道的事，我都会说给你听的。”

季明明紧紧地抱住他，用力地点了点头。

跟着卓清淮再次进入书房时，季明明虽然冷静了下来，但心里仍有些别扭。

她知道书签的事才是根源所在，自己心中的茫然加剧了情绪的变化，也催生出了一些过去没有意识到的忧虑和恐慌。但正是因为理智回笼后想清楚了这些，她才更觉得自己有些过分：无论再怎么生气，哪怕不能做到就事论事，也不该口不择言地说她的事和卓清淮无关的。

卓清淮看着她灰头土脸的模样，嘴角微扬，没有出声调侃，只是抬手摸了摸她额前的头发。

这种无声的安抚胜过千言万语，季明明心中既甜蜜又酸涩。

卓清淮走到书柜旁，打开下面的柜门，从里面拿出一个盒子。

季明明觉得盒子上的图案和标志有些眼熟，卓清淮已经把它放在了书桌上。

盒子被打开，里面的黑色绒布上分别陈列着四件首饰：帕拉伊巴碧玺和钻石组成的涌动的海浪，白钻和黄钻拼接出的叶片和花朵，镂空的蛛网状黄金镶嵌着明亮的异形钻，以及珠罗纱工艺下振翅欲飞的钻石蝴蝶。

耳环、项链、戒指、耳夹，每一件都是极致华丽的艺术品。

季明明看着这些原本有些莫名其妙，但当她看到旁边一个手镯大小的凹槽空着时，又好像明白了什么，立即看向卓清淮。

“当初不知道你买手镯是要送给虞兮的，我觉得这个系列不是很适合你，但还是全拍了下来。没想到用什么理由给你送过去，就一直留在这里了。”卓清淮靠在桌边，自嘲地笑了笑，之后看着她说道，“后来我想了想，虽然那时候我就意识到了自己的想法，但其实真正动心，大概在我留下了那枚书签的时候。否则连我自己也不能解释见你丢下它后，为什么会把它留下来。”

在等他回来的时间里，季明明的诸多胡乱的猜想中偏偏没有这一种——并非她想象力匮乏，而是她没有这方面的自信。

倘若一件事有一百种好坏程度不同的结果，那么在她的认知里，她一定会遇到最坏的那一个。

谜底揭晓，她得到的答案却既简单又复杂。

不认识是假的，拒绝是真的，空姐的示好是真的，他的顺水推舟是假的。

拒绝是因为不喜欢，但拒绝之后又有心动。无论如何，从那天开始，在她一无所知的岁月里，她的喜欢就再也不是她一个人的事情了。

季明明努力消化着这个事实，最后低着头，声音喑哑地问道："所以你真的记得我……"

卓清淮笑起来，说道："并不是每个人都能遇到季明明这样特别的小孩儿。"

没有人会忘记花园里独一无二的那朵玫瑰。

季明明也笑了，可笑着笑着就红了眼。

卓清淮张开手，她毫不迟疑地扑进他怀里。他缓缓收紧手臂，抱着她轻叹道："你是有理由怪我的，因为我就算意识到了自己的想法也没有第一时间去找你。即便在你到卓越后，我也只是一步步引导你去确认这一切是不是你想要的。"

他依然不认为自己是最适合季明明的那个人，季明明身边也不是没有出现过真正适合她的对象，但命运齿轮咬合的轨迹从不以合适为基准。

他给过自己时间，也给过季明明选择，结果证明，有些羁绊只存在于他们两个人之间，其他人无法动摇。

听到卓清淮的话，季明明用力地摇了摇头："卓清淮，我很高兴。"她克制着声音里的颤抖，脸颊轻轻贴在他的胸口，听着他胸腔间沉稳有力的心跳，低声说，“不是每个人都像我这么幸运，能遇到卓清淮。”

卓清淮低头轻吻她的发顶，笑着说道：“承蒙夸奖。”

季明明抬起头，看着他盛满笑意的双眸和眸中灿若繁星的光芒，踮起脚，轻轻吻上了他的唇。

（正文完）

番外

关于我们的已知和他们的未知

季明明拿着文件从卓清淮的办公室出来的时候，发现孙筠的视线一直半遮半掩地落在她身上，季明明看过去的时候，她又欲盖弥彰地迅速别开了眼。类似的场景并不是第一次出现，季明明本就没什么耐心，所以她走到办公桌前，开门见山地问道：“你想跟我说什么？”

“没、没想说什么啊。”孙筠目光游移地说。

季明明见她不说，也并不追问，只说道：“那你别看我了。”

虽然已经习惯了她的冷言冷语，但孙筠还是在心里默默地翻了个白眼。见季明明转身要走，孙筠还是咬了咬牙，叫住她说道：“季助理！我承认，我有时候喜欢在背后嘀咕几句，但何瑗的事，我没想到会这样……”

出于羡慕和嫉妒，以及对季明明目无下尘的性格的忌惮，孙筠不至于敢得罪这位季氏的千金小姐兼卓越的未来老板娘，但实际上两人的相处也实在是不尴不尬。

何瑗被警察带走后，孙筠每天上班时总担心下一秒就会被开除，可惴惴不安了许久，最后发现并没有被连坐，在松了口气的同时，心里又有些不是滋味。

也许只是因为季明明不屑和她计较，但细细想来，季明明来卓越之后一直认真工作，除了脸臭一点儿，从来没给任何人添过麻烦，更没做过仗势欺人的事。至于私人感情方面，孙筠明白，卓清淮对自己来说就是天上的月亮，美则美矣，但吸引她的是那份高高在上的华贵。

她有自知之明，再不高兴的事唠叨几句也就过去了。没想到一直温婉自持的何瑗，最后犯了大错。

“对不起。”孙筠尴尬地说道。

“你不需要跟我道歉，当时如果不是你拉了我一把，也许我会摔得更重。”季明明一边说一边换了一只手拿文件，“谢谢。”

孙筠摆了摆手，示意她不用再提。

就在孙筠觉得两人总算扯平了，坐回座位暗暗松了口气时，已经要走的季明明突然回过身，又补了一句：“你以后换个目标，不要再对卓清淮动心思了。”

孙筠顿时被口水呛得咳嗽几声，猛地站起身来红着脸反驳道：“你、你别胡说！我那是……我那都是正常的工作接触！”

季明明面无表情地看着她说：“正常的工作接触不用每次进他办公室前先把衣服领口拉低。”

孙筠被噎得一句话都说不出来，直到季明明走远了，她才后知后觉地为自己鸣不平，嘀咕道：“从你们有苗头后，我什么时候再拉低过衣服了？”

季明明回到办公室，刚把文件放进文件柜里，敲门声就响了起来。她朝门口看过去的时候，骆康已经走了进来，把一个纸袋放到她桌上，微笑着对她说：“楼下咖啡馆的芋泥椰奶，据说是这段时间的招牌饮品。”

几天不见，骆康依旧清秀斯文，不过瘦了一些。大概因为藏了太久的心事得以倾诉出来，所以他的笑容依然沉稳，但不需要小心翼翼地掩饰，于是以前的腼腆里也透出几分坦荡来。

季明明却拒绝了，走过去礼貌地说道：“不用了，谢谢。”

她的举动并没有出乎骆康的意料，但他还是愣了片刻，又扯出一抹笑容说：“尝尝吧，很甜的。”他不等季明明再次拒绝，便继续说道，“我接下来几年会常驻英国，可能很久都不能见面了。”

季明明闻言，有些意外地看向他。

从英国回来后，她正式销假上班，骆康则开始休年假，两人已经数日不见。

这件事她先前并未听到风声，但她本就不太善于处理人际关系，所以此刻也不知道该说些什么。

看着她眸底的些许迟疑，骆康打趣道：“不恭喜我吗？欧洲业务执行副总，很多人眼红的职位。”

季明明看不出他是发自肺腑地开心，所以“恭喜”两个字到底也没说出口。于是骆康的笑容也有些维持不下去，声音里有无法掩饰的失落：“虽然好像没什么资格，但还是会抱有幻想……如果能早一点儿认识你就好了。”

季明明没有回答，但她也知道自己应该说些什么的——虞兮曾经说过，每个人的心意都很珍贵，就算不能回应，至少要真诚地道谢。

以前她对陌生人做不到这一点，但骆康不是陌生人。

“谢谢你喜欢我，可是不会有结果的，所以不要继续了。”她从书桌抽屉里拿出一个盒子，递给骆康，认真地说，“你之前送过我胸针，去团建的时候，我不知道那天是你的生日，所以没有准备礼物，后来因为受伤的事耽搁了……这个送给你，但我们以后没办法做朋友了，对不起。”

熟悉而又独特的季明明式思维，让骆康心里原本的酸楚中，又掺杂进了几分哭笑不得的无奈。他自然是不想收的，也想告诉她不会有人以此为目的送礼物，看着她认真的表情，却什么都说不出口，那些恻然和失落也渐渐变成了刺向软肋的薄刃。

骆康默默地把盒子接过来，里面是一对猫咪造型的钻石袖扣。他只打开看了一眼，就匆匆合了起来，屏住呼吸说："明明，我希望你幸福，也希望你能记得，你永远有退路。"

"我想要什么，除了卓清淮没有人给得了，"季明明迎着他的视线，语气平静地答道，"所以我没有退路，也不需要退路。"

骆康看着她，突然想起那天晚上自己和卓清淮在书房里的对话。卓清淮提出职位调动的建议时，他本能地选择了拒绝。如果有可能，他可以永远做季明明最普通的同事，哪怕没有说话的机会，但每天能见到她对他来说也是好的。

卓清淮的眼神像是带着一种能看透人心的力量，语气十分平和地对他说："何瑗的事情之后，你没有主动和我谈这件事，我大概了解你的想法了。这个调动安排其实一直在计划里，你在我身边工作这几年，无论是能力还是职业素养都足以胜任这个位置。只要三年内，卓越在欧洲的市场份额能达到预期，回来就有更好的职位留给你。"

像是知道他要拒绝，卓清淮继续说道："当然，你也可以理解为这是为你着想。即使抛开所有的外在条件，明明依然是一个非常值得人喜欢的女孩儿。你的眼光很好，这一点我一直都知道。我希望自己能永远保持清醒的头脑，但是再理智的人，本质上也只是普通人。所以骆康，我们都不要去赌人心。"

骆康从短暂的回忆中抽离，所有情绪渐渐归于沉寂。他早已知道，季明明从不是会给自己留任何余地的人，更何况卓清淮一旦确立了底线，就不会容许任何人触碰。他们之间所有的推拉，都从没有真正涉及过第三个人。

努力压下心中的痛苦，骆康用视线描摹着季明明的眉眼，许久之后，终于轻声说道："再见了，明明。"

"再见。"

秦公馆的包间里，季明明把卓清淮介绍给几个朋友时，依旧面无表情且言简意赅。

在座的几个人，英气俊朗的石桥寒、文雅娴静的林月、想法简单的陈齐，再加上一个虞兮，性格不同，职业各异，家庭背景、人生阅历都没有太多共同点，但这并不妨碍他们走过漫长的岁月后，友谊始终深厚。

季明明第一次正式带卓清淮见朋友，虽然心里不愿承认自己的紧张，但她默默地喝着热橙汁，话比平时还要少，虞兮一眼就看穿了她所有的心理活动。

虞兮最近情场、商场双失意，于是自己为自己寻找乐趣，突然问卓清淮："卓叔叔知道明明在我们这几个人里面和谁的关系最好吗？"

卓清淮摇了摇头，给了她一个愿闻其详的眼神。

虞兮指了指陈齐，说道："头脑简单、四肢发达二人组。"

以卓清淮在海城商界的地位，陈齐认㞞认得毫无心理负担，从进门后到现在一直有些拘束，老实得很，此时听虞兮这么说，生怕卓清淮误会什么，连忙否认道："你可别胡说！明哥什么时候和我关系最好了？她当年转到咱们班的第一天，我一句话没说对，她一脚就把我的肩膀踢脱臼了！"

听到这件每次陈齐喝醉之后才会重提的旧事，季明明拿着杯子的手一顿，冷冷地瞥了他一眼。

陈齐接收到这个毫无温度的眼神，迅速反应过来，自己的话听上去未免显得季明明太跋扈，有点儿破坏她的形象，于是立即又对卓清淮解释道："那什么……其实主要怪我，玩笑开得有点儿过分。

不过我道歉之后，明哥也就原谅我了。后来我被隔壁学校的人堵在校门口，还是明哥帮我出头把人打跑的。她从小就练散打，特别厉害！”

在卓清淮的轻笑声中，季明明忍无可忍地看向陈齐，从齿缝里挤出两个字：“闭嘴。”

陈齐缩了缩脖子，虽然没觉得自己说的有什么问题，还是乖乖地伸出手，在自己的嘴巴前做了一个拉拉链的动作。虞兮往常最爱的消遣之一，就是观察季明明和陈齐，此时不出意料地见到期待中的画面，她总算开心起来。

不过陈齐难有超过一分钟的安静时间，很快又招呼大家喝起酒来。在其他人的说笑声里，季明明头也不抬地低声对卓清淮说：“你不要听陈齐胡说。”

身边的人纷纷说道：“知道了，明哥。”

季明明神情僵硬地看向卓清淮，对上他笑意盈盈的眸子，一时之间完全不知该说些什么。

这时候，卓清淮察觉到手机振动，拿出来看了一眼，拒接后直接放到了桌上。几秒钟之后，手机再次振动起来，季明明瞟了一眼，看见乔方的名字，有些不耐烦地皱了皱眉，但见对方似乎锲而不舍，于是问道：“他又要干什么？”

卓清淮不紧不慢地说道：“昌隆的资金链有问题，为了拿下和卓越合作的项目，当时找配资公司做了高倍杠杆。”

“你既然知道，为什么还要和他合作？”季明明眉头皱得更紧，不过问完之后，她又想起什么，看着他说，“这个项目虽然后期我没有参与，但我记得目前为止，咱们的资金还没有入场。”

卓清淮满意于她敏锐的洞察力，说道：“按常规流程，这个项目前期投资以昌隆为主，还有一部分第三方科技公司的资金和技术支持。但前几天乔方合作的配资公司出了问题，所以他现在急于把项目出手来补亏空。”

他不需要再说下去，季明明已经明白了——目前吞得下这个项目的人不多，而且当初她亲自修改过合同条款，知道如果卓清淮不签字，涉及合同期内项目转手简直是天方夜谭。

现在想来，卓清淮最初拟定相应条款，主动调高己方资金不按期入场的违约金，就是为了打消对方的顾虑。但对方恰恰在卓越的投资入场前出事，她自然不会天真地以为这是巧合。

“那家科技公司怎么办？”季明明问。

“钱总是要损失一些的。”卓清淮嘴角扬起的弧度加深了，说道，“但以退为进向来是维礼的拿手好戏。”

这件事情里突然出现季维礼的名字，季明明有些意外，但想到季维礼无利不起早的性格，又不觉得奇怪了。

对她来说，乔方甚至还不如一个陌生人，所以她看着桌上停止振动的手机，心情格外平静，连幸灾乐祸都没有，更别说落井下石。她只问道：“他不会狗急跳墙吧？”

卓清淮在桌下摊开掌心，她不假思索地伸手握了上去。两个人十指紧扣，卓清淮轻描淡写地说：“我只是顺水推舟，做生意而已，不需要把人逼到那种地步。只要他给出我满意的让利条件，这个项目卓越完全可以同意收回来自己做。”

两人正说着，手机再次振动起来。季明明看了一眼，自然仍是乔方。

卓清淮见她移开视线，笑着捏了捏她的手，和其他人打了声招呼后，拿起手机边接起来边朝包间外走去。

目视着他的背影消失在包间门口，季明明回过头来，耳边突然响起了虞兮温柔的声音：“面对他这种人，以你这种脑子，就怕哪天你被卖了，还帮人家数钱呢。”

季明明面无表情地看了一眼她装腔作势的模样，只问道：“你刚才当着他的面怎么不说？”

“我又不像你这么傻。”虞兮没好气地瞟了她一眼，随后又嗤笑了一声，“算了，傻人有傻福。”

正说着，虞兮的手机突然响起来。她看着对方发过来的视频邀请，接通之后戏谑地道：“有什么指示啊，女明星？”

手机里传出一个甜美的女声，不无怨怼地说道：“不敢，比不了你们逍遥自在。我刚拍完夜戏回酒店，反正睡不着，就勉为其难地‘与民同乐’一下好了。”说完之后，她又问，“不是带男人见家属吗？人呢？给我看看！”

林月笑着说道：“刚才出去接电话了。不过财经新闻里不是见过吗？”

虞兮直接把手机竖靠在季明明旁边的酒杯上，屏幕上是一张精致明艳的脸，莫晚大刺刺地说道：“但我没见过活的啊。真人怎么样啊？真那么好看啊？”

“你问林月干什么，她当然觉得石头最好看啊。”虞兮晃着酒杯说道，“至于卓清淮，就算不好看，你觉得我们会当着季明明的面告诉你吗？”

“有什么不能说的？那到底是好看还是不好看啊？”

“莫晚，”虞兮叹了口气，认真地说道，“你吃亏就吃亏在四肢不够发达，不然绝对可以和季明明、陈齐三人成团。”

屏幕里的人没反应过来，不解地问道：“什么意思？”

本来脸正发红的林月闻言笑起来，但注意到石桥寒别有深意地一直看着她，忍不住嗔怪似的瞪了他一眼。两人的小动作被陈齐无意间看到，他顿时吹了声口哨，起哄似的笑起来。

热闹的气氛中，季明明刚站起身来，莫晚见了，问道：“你干什么去？还没和我打招呼呢！你怎么从小到大都这么没礼貌啊？”

“出去透透气，”季明明不冷不热地说，“因为你这样出现在屏幕里，我会忍不住想在手机前面帮你摆个香炉。”

一片笑声里夹杂着莫晚咬牙切齿的叫声，季明明向外走去的时候，嘴角也抑制不住地翘了起来。

问过服务生，季明明走到走廊尽头右转就看到了她要找的人。

彼时卓清淮已经打完了电话，正站在小阳台上抽烟。

季明明刚要过去，她的手机突然振动起来。她拿出来，看着屏幕上沈婕的名字，眸底闪过一丝意外之色。

自从上次在酒店外分开，她们已经没有任何来往了。哪怕是上个月季湘湘突然回国，在为季湘湘举办的私人宴会上两个人迎面遇见，彼此也只是礼貌又疏离地打了个招呼便擦肩而过了。

季明明看着手机屏幕，片刻后，还是接了起来。

"还以为你不会接呢。"

听着电话那头传过来的笑声，季明明的眉头一下子皱了起来，对方见她不说话，问道："这才多久没见，总不会连我的声音都听不出来了吧？"

眼前浮现出沈婕站在雨中时压抑着悲伤的模样，季明明有些难以置信地问道："你用沈婕的手机给我打电话？"

她觉得江攀如果不是生来就没有心肝，就是脑子有问题。

"她现在和混血帅哥跳舞跳得正开心呢。我的号码被你拉黑了，借她手机用一下不也很正常吗？小明明，世界不是非黑即白的，我们成年人的社交关系，不像你这种'伪成年人'那么单一。"江攀不以为意地笑起来，又像是猜到了她的想法，说道，"不过你别急着挂电话，我只说两句话。"

江海集团内部，家族倾轧严重，江攀因为东山项目上的重大过失被踢出了董事局，"发配"到北美分公司任职，是商界人人皆知的事情。

"本来想见你一面，但怕你气还没消，又忍不住揍我一顿。"

江攀有些夸张地笑叹道，话说得半真半假。

季明明边朝卓清淮的方向看去，边用毫无起伏的语气说道：“你还有一句话。”

卓清淮也已经看到了她，并且朝她走了过来。走到近前后，他看着季明明有些阴沉的脸色，目光里透出几分询问之意。

季明明还没来得及向他说明情况，电话那头的江攀已经继续带着笑意说道：“上次的结果是我锁骨骨折，左胸第二根肋骨骨折，现在好是好了，但很可能留下后遗症。也许以后阴天下雨都能提醒我想起你，虽然这也没什么不好，但还是希望你能做好为我负责的思想准备。”他笑盈盈地说了这么多，像是在做铺垫，沉默几秒后，声音里的笑意淡了几分，难得正经地喊她的名字，“明明，也许是我们认识的时间、场合、方式都不对，如果我从一开始就对你认真一点儿，结果会不会不一样？”

季明明忽然想起当初走廊里那个冲她吹口哨的穿着粉色西装的男人。她眉头微皱，语气淡淡地说道：“不会。”

她和江攀之间的结果和他们是怎样认识的没有任何关系。

电话那头的江攀轻笑一声，第一次口吻郑重又温柔地对她说：“明明，你等我回来。”

季明明拒绝的话还没来得及说出口，电话就被挂断了。她捏着手机，脸色有些难看，撞上卓清淮的视线后，不等他问起，就老实说道：“是江攀。”

卓清淮似乎并不觉得意外。他伸出手来，轻轻按向季明明的眉心，等她紧皱的眉头渐渐舒展开，才问道：“心情被影响了吗？”

季明明摇了摇头，说：“也没有，只是有点儿烦。”

她抱住卓清淮，把脸埋进他的胸膛。这些日子，私下无事的时候，她习惯了赖在卓清淮的怀里，和他有一搭没一搭地说话，静静地听他的心跳声。这是专属于她的怀抱，能开解她遇到的难题，也能包容她所有的情绪。

“我们明天去石头家看爷爷、奶奶好不好？”季明明扬起脸看着卓清淮，问道。

“好。”

于是，季明明心里那点儿烦躁很快便消失不见了。她抱着卓清淮，突然又问：“我每天都这样缠着你，你会不会觉得烦？”

关于两个人的相处，她时常会抛出一些问题。

一部分的确是因为不解，另一部分更近乎无理取闹。但所有一切都得到了卓清淮的配合。时日渐久，这甚至变成了他们之间的一种情趣。

卓清淮嘴角微勾，揉了揉她的头发，轻声答道：“永远不会。”

季明明得到了满意的回答，如愿以偿，将他抱得更紧。

她比谁都清楚，单方面才是纠缠，而他们会是永远在一起的人。

他在她身边，给予她恒定的安全感。她拥有了爱，也开始在他的引导下学着怎样去培育、呵护这份爱。她心底的茫然和无尽的渴望早就渐渐模糊而遥远了。

只有在他的身边，她才得以变得完整。

“卓清淮。”

“嗯？”

“卓清淮……”

“我在。”

（番外完）

红桑写于 2021 年春日